Windy Mcpherson's Son

Windy Mcpherson's Son

饶舌的
麦克弗森的儿子

(美)
舍伍德·安德森
著

钟京伟
王薇
张红菊
徐慧娟
等 译

山东大学出版社
SHANDONG UNIVERSITY PRESS
·济南·

图书在版编目（CIP）数据

饶舌的麦克弗森的儿子 /（美）舍伍德·安德森著；
钟京伟等译. 一济南:山东大学出版社,2023.6
ISBN 978-7-5607-6799-4

Ⅰ.①饶… Ⅱ.①舍… ②钟… Ⅲ.①长篇小说一美国一现代 Ⅳ.①I712.45

中国版本图书馆 CIP 数据核字(2022)第 244101 号

图书策划：滕希功
责任编辑：滕希功
装帧设计：牛 钧 禾 乙

出版发行：山东大学出版社
社址：山东省济南市山大南路 20 号
邮编：250100
电话：市场部(0531)88363008
经销：新华书店

印刷：山东和平商务有限公司
开本：720mm×1000mm 1/16 印张：14 字数：240 千字
版次：2023 年 6 月第 1 版 2023 年 6 月第 1 次印刷

ISBN 978-7-5607-6799-4
定价：49.00 元

目　录

第一卷

第二卷

第三卷

第四卷

第一卷

1

一个漫长的夏日黄昏的伊始，十三岁的萨姆·麦克弗森来到艾奥瓦州卡克斯顿玉米航运小镇的车站月台。他身材高大魁梧，一头棕发，眼睛乌黑。萨姆还有个有趣的小习惯，走路时爱向空中仰着下巴。那是一个木板站台，他走得非常谨慎，抬起赤着的脚，小心翼翼地放在干热、破裂的木板上，胳膊下夹着一捆报纸，手里拿着一支长长的黑雪茄。

他在车站前停了下来。行李员杰里·唐伦看到他手中的雪茄，哈哈大笑，慢慢地扬起半边脸，矫揉造作地眨了眨眼。

“今晚打什么鬼主意呀，萨姆?”他问道。

萨姆走到行李室门口，把雪茄递给杰里，开始指路。面对这个爱尔兰人的笑声，他认真专注地指向行李室，然后转过身，穿过车站月台，走到镇子的主街上。他掐指算着，全神贯注地盯着指尖。杰里看着他，咧着嘴笑着，露出的红牙龈为他长满胡须的脸增添了一抹色彩。他摇了摇头，眼光中闪烁着父亲般的骄傲，赞赏地喃喃自语着。随后，他点燃雪茄，沿着月台走到电报局的窗户下面，一捆包好的报纸靠墙放着。他把报纸往胳膊下一夹，依旧咧嘴笑着，消失在行李室里。

萨姆·麦克弗森沿着主街走着，经过彭尼·休斯开的鞋店、面包店和糖果店，朝着盖格药店门前一群闲逛的人走去。他在鞋店门前停了一会儿，从口袋里掏出一个小笔记本，手指顺着纸页往下一摸，然后摇摇头继续赶路，又一次掐着手指专注地算着。

突然，药店旁的人群中传来一阵高亢的歌声，歌声打破了夜晚街上的寂静，嘹亮的喉音使萨姆的嘴角漾起了微笑：

他擦窗又扫地，
擦亮了大前门的把手。
他一丝不苟地擦着，
现在是女王海军的统帅。

歌手是个身材矮小的男人，肩膀却宽得出奇，蓄着又长又飘逸的胡髭，穿着一件长及膝盖的黑外套，外套上面布满了灰尘。他手里拿着一支冒着烟的欧石南根制的烟斗，用它打着拍子。一排人坐在商店橱窗下的一块长石头上，用脚跟敲打着人行道，为这首歌伴奏。萨姆看着买卖黄油鸡蛋的弗里德姆·史密斯——他正唱着歌——和从他身边走过的雄辩家约翰·特尔弗，笑得更开心了。特尔弗好打扮，他是这个镇上除了迈克·麦卡锡以外唯一一个穿的裤子没有一丝褶皱的人。在卡克斯顿所有人中，萨姆最钦佩约翰·特尔弗，在这钦佩中，他发现了这座城镇的闪光点。特尔弗喜欢讲究的衣服，总是穿得神气十足，从不会让卡克斯顿人看见他穿得寒酸或者随便。他大笑着，声称给这个城镇增添格调是他一生的使命。

约翰·特尔弗的父亲曾是城里的银行家，给他留下了一小笔财产。年轻时，他去纽约学艺术，后来又去了巴黎，但由于缺乏能力，或者更确切地说，没有上进心，就回到了卡克斯顿，娶了一位成功的女帽商埃莉诺·米利斯。他们是卡克斯顿最成功的一对夫妻，在一起生活多年后，仍然相爱。他们从未争吵过，一直都对彼此关心备至。特尔弗对妻子考虑周到，会尽可能多地给予尊重，好像她是他的爱人，抑或他家里的客人。而她不像大多数卡克斯顿的妻子，非但从未质疑过丈夫的所作所为，反而给他自由，让他以自己的方式去生活，她则去处理女帽类的业务。

四十五岁的约翰·特尔弗身材修长，仪表堂堂。他头发乌黑，留着一小撮尖尖的黑胡子，每一个动作都显得慵懒而又无忧无虑。他穿着白色法兰绒衣服，脚上穿着一双白鞋，头上戴着一顶时髦的帽子，用金链子挂着一副眼镜，轻轻摆动着手杖。他这一身打扮在时尚夏日酒店前的长廊上可能并不会引人注目，但出现在艾奥瓦州一个玉米航运小镇的街道上，却显得不合常规。特尔弗也知道自己打扮得非同寻常，这是他生活的一部分。萨姆走近时，他把手放在了弗里德姆·史密斯的肩膀上，检查着这首歌，随后，他的眼神里闪烁着愉快的光芒，开始用手杖戳男孩的脚。

“他永远不会成为女王海军的统帅，”他笑着断言道，随着跳来跳去的萨姆转了一大圈,“他是一只在地下专找虫子吃的小鼹鼠。他仰起鼻子的把戏只不过是他嗅出散落的硬币的一种方法。我从银行家沃克那里听说,他每天都会带一篮子钱去银行。总有一天,他会买下这个镇,把它装进自己的背心口袋里。”

萨姆在石头人行道上转来转去,跳着避开特尔弗飞舞着的手杖,躲在瓦尔莫尔的胳膊下,在他和史密斯中间寻找“避难所”。瓦尔莫尔是一位身材高大的老铁匠,手背上有一丛蓬松散乱的毛发。他偷偷地伸出手来,放在男孩的肩上。特尔弗两腿叉开,把手杖勾在胳膊上,开始卷起烟来。盖格是黄皮肤,双颊肥厚,用手紧扣住他的大圆肚子,他抽起黑雪茄,每喷向空中一口烟都发出对生活满意的咕哝声。他希望特尔弗、弗里德姆·史密斯和瓦尔莫尔今晚到他的住处来,而不是接着去怀尔德曼杂货店后面的夜间小窝。他想让他们三个在他家里夜复一夜地讨论世界上的事情。

冷清的街道又恢复了平静。隔着萨姆,瓦尔莫尔和弗里德姆·史密斯谈论着预期的玉米产量以及这个国家的发展和繁荣。

“这里的情况正在好转,但野生动物几乎消失了。”弗里德姆说,他在冬天买了兽皮。

坐在窗下石头上的人饶有兴趣地看着特尔弗摆弄着烟纸和烟草。“小亨利·科恩斯结婚了,”其中一个努力想找个话题聊,“他娶了帕克镇那边来的一个姑娘。那姑娘教瓷器作画,你知道的,那种艺术家。”

特尔弗发出了一声厌恶的尖叫。他的手指颤抖着,那些本是他晚上吸烟用的烟叶,像雨点般落在了人行道上。

“艺术家!”他喊道,声音因激动而绷紧。“谁说的艺术家?谁那样叫她的?”他凶狠地怒视着四周。“让我们结束这种公然滥用华丽古老词汇的行为吧!说一个人是艺术家,这是顶级赞美!”

他把散落的烟丝扔到烟纸上,一只手插进裤袋,另一只手拿手杖敲击着人行道,强调着他的观点。盖格用手指捏着雪茄,张大嘴巴听着即将到来的“大爆发”。瓦尔莫尔和弗里德姆·史密斯也不说话了,脸上挂着灿烂的微笑,开始认真听着。萨姆·麦克弗森眼睛睁得圆圆的,眼神中充满了惊奇和钦佩,他又一次感受到了在特尔弗雄辩的节奏下,那种总是席卷全身的兴奋。

“艺术家是不断渴求完美的人,而不是随便在盘子上乱涂个花,这只会让就餐的人感到窒息。”特尔弗郑重其事地说道,他喜欢用长篇大论震慑卡克斯顿人。他瞪着那些坐在石头上的人,“所有人中,唯有艺术家具备神圣的胆识。难道他不投入一场聚集世界所有天才与他较量的战斗吗?”

他停顿了一下，环顾四周，想找个对手来一展他的雄辩之力，可周围的人都对他以笑相待。然而他不屈不挠，再次发起冲锋。

“商人，是干什么的?”他问道。“他们靠智取那些与自己接触的小人物来获得成功。科学家才更重要——他们绞尽脑汁与枯燥、迟钝的无机物质做着‘斗争’，可以利用一英担黑铁去完成一百个家庭主妇的工作量。但是，艺术家会与古今中外最伟大的头脑进行较量，以此考验自己的头脑。他站在生命的顶峰，向世界发出呐喊。那个从帕克来的女孩，在盘子上画个花就能被称为艺术家，呸！让我一吐为快吧！让我的嘴巴得以净化！说出‘艺术家’这词的人应该为他的嘴巴祈祷!”

“好吧，我们不可能都是艺术家，那个女人会在盘子上画花，我才不在乎呢。”瓦尔莫尔和善地笑着说。“我们不能都画画和写书。”

“我们不想成为艺术家，也不敢当!”特尔弗喊道，一边在瓦尔莫尔面前挥舞着他的手杖。“你对这个词有误解。”

他挺直双肩，挺起胸膛。站在铁匠旁边的萨姆也仰起下巴，不自觉地模仿他的神态。

“我不画画，也不写书，但我是艺术家。”特尔弗自豪地宣称。“我是艺术家，践行着最困难的艺术——生活的艺术。我就站在这个西部的村庄，向世界发出挑战。我会高喊:‘虽然不是你们当中最伟大的人，却能把生活过得更加有滋有味!’”

他从瓦尔莫尔转向石头上坐着的人。

“研究一下我的生活，”他命令道，“你们会有所启发。我会用微笑迎接早晨，在正午昂首阔步，到了晚上我就像当年的苏格拉底一样，召集一小群愚昧无知的村民，向你们传输智慧，并努力教你们如何使用伟大的语言。”

“约翰，你未免把自己说得太万能了。”弗里德姆·史密斯从嘴里拿掉烟斗，发着牢骚。

“这个问题复杂多样，魅力无穷。”特尔弗笑着回答。

他从衣袋里又取出一些新烟叶和烟纸，卷起一支点燃了。他的手指不再颤抖了。他挥舞着手杖，把头往后一仰，朝空中吐着烟。他认为，尽管弗里德姆·史密斯的评论引得大家哄堂大笑，但他捍卫了艺术的荣耀。一想到这儿，他就满心欢喜。

报童靠临街的店面站着，对他赞不绝口，他从特尔弗的话中似乎听到了一种回音，并且这种回音肯定会在大千世界传扬下去。特尔弗不是已经去过很远的地方了吗？他不是在纽约和巴黎住过吗？萨姆搞不懂他刚才说的是什么意思，但觉得这一定是某种毋庸置疑的大事。远处传来火车头发出的尖锐声响，他却一动不动，试图弄明白特尔弗对那些闲人的简单言论所做出的猛烈回击。

“七点四十五了！”特尔弗尖声叫道，“你和胖子之间的‘战斗’完了吗？我们今晚还能有消遣不？胖子把你唬住了？还是你像帕帕·盖格一样变得又懒又有钱了？”

萨姆从铁匠旁边跳起来，抓起那捆报纸沿街跑去。特尔弗、瓦尔莫尔、弗里德姆·史密斯和那群游手好闲的人跟在后面，跑得慢一些。

从得梅因开来的晚班火车在卡克斯顿停了下来，一位身穿蓝色制服的火车报商急忙跳上站台，开始焦急地四处张望。

“快，胖子，”弗里德姆·史密斯扯着嗓门喊道，“萨姆已经跑到车厢的一半了！”

那个被叫“胖子”的年轻人在站台上跑来跑去。“你这个爱尔兰二流子，你把那捆奥马哈的报纸放到哪儿去了？”他喊道，朝杰里·唐伦挥舞着拳头。杰里·唐伦站在火车前面的一辆推车上，正把箱子翻过来放进行李车厢。

杰里停了下来，一只箱子悬在半空中。“当然是在行李室。快点，伙计！你想让这孩子满火车卖报吗？”

某种紧迫的气氛笼罩着月台上闲逛的人和列车员，甚至包括刚从火车上下来的旅客。火车驾驶员从驾驶室探出头来。留着灰白胡须、神态庄严的列车长，仰着头高兴地摇晃着。一个年轻人拿着手提箱，叼着一只长烟斗，跑到行李室门口喊道：“快！快点，胖子！这孩子正满火车卖呢，你的报纸要一份都卖不出去啦。”

那个胖胖的年轻人从行李室跑到站台上，又对着杰里·唐伦喊了一声，杰里正慢慢地沿着站台推着推车。火车上传来一阵清晰的叫卖声：“最新的奥马哈报纸喽！准备好零钱啊！那个给火车送报的胖子掉到井里啦！先生们，准备好零钱！”

胖子跟着杰里·唐伦，但他再次消失不见。列车长挥着手，跳上火车台阶。驾驶员把头缩了缩，火车开动了。

那个胖年轻人从行李室出来，发誓要找杰里·唐伦报仇雪恨。“没必要把它放在邮袋下面！”他喊着，挥动着拳头。“这事我要跟你算账！”

伴着站台上旅客的叫喊声和闲人的笑声，萨姆·麦克弗森跳上行驶着的火车，开始从一节车厢跑到另一节车厢，然后从最后一节车厢上下来，嘴角挂着微笑。那捆报纸全卖了,他口袋里硬币叮当作响。卡克斯顿镇的晚间娱乐活动就此结束。

约翰·特尔弗站在瓦尔莫尔旁边,在空中挥舞着手杖,开始说话。

“天啊,又赢了他!”他喊道。“萨姆有两下子！谁说老海盗的精神已经灭亡了？那男孩不明白我说的艺术是什么,但他照样是个艺术家啊!”

2

温迪·麦克弗森是卡克斯顿报童萨姆·麦克弗森的父亲，深受战争的影响。他穿的便服会引得皮肤发痒。他忘不了自己曾是步兵团的一名中士，在弗吉尼亚乡间小路的壕沟里指挥过一个连队战斗，而现实生活中，他却名不见经传，为此非常恼火。要是他脱下军服后，能穿上法官的长袍，戴上政治家的毡帽，甚至拿上村里警官的警棍，日子还能有点甜头，但结果他却在一个以种植玉米、再拿玉米喂养红褐色公牛为生的村里，当了个不起眼的油漆工。啊！一想到这里，他就不寒而栗。他羡慕地望着铁路代理人的蓝外套和铜纽扣；他想进入卡克斯顿短号队，但没有成功。他灌醉自己，好忘了屈辱，最后他开始高声吹嘘：他坚信，实际上不是林肯也不是格兰特，而是他本人带领这场伟大的斗争走向了胜利。这位卡克斯顿的玉米种植人，说了很多醉话，还一拳打在了他邻居的肋骨上，却为刚才说的一番话高兴得直哆嗦。

当萨姆十二岁，还光着脚走在街上时，一股股象征着1861年温迪·麦克弗森荣耀的海浪逆流，拍打着艾奥瓦村的海岸。那个奇怪的“美国保护协会”运动使这名老兵在社区中地位显赫。他在当地成立了一个分支组织。他走在街道游行队伍的最前面，站在拐角，用颤抖的食指指着学校里罗马十字架旁飘扬的那面旗帜，嘶哑地喊道：“看，十字架高高耸立在旗帜上方！我们将被谋杀在床！”

不过，尽管有些头脑冷静、有利可图的卡克斯顿人加入了由这位自吹自擂的老兵发起的运动，尽管眼下他们还会穿过街道参加秘密集会，私下里低声嘀咕，暗自勾搭着和他竞争，但这场运动还是平息了下来，像开始时一样突然，只剩它的领导者独自神伤。

在松鼠溪岸边街道尽头的小房子里，萨姆和姐姐凯特对父亲的好战和自命不凡嗤之以鼻。“黄油少了，爸爸的军腿今晚会疼的。”他们隔着餐桌窃窃私语。

凯特是个十六岁的女孩，身材高挑，而且已经能养家糊口了，是温尼杂货店的店员。温迪还在自吹自擂，她和母亲对此都沉默不语。萨姆努力像她们一样闭口不言，但并不总是能忍住，偶尔会叛逆地嘟囔句“真该告诫告诫温迪”。有一次他们大吵了一架，而“常胜将军”温迪却率先退出了“战场”。半醉的温迪从厨房的架子上拿了一个旧账簿，这是他初来卡克斯顿时的东西，那时他还是个富裕的商人。他开始向家人读账簿上面的名单，声称这些人毁了他。

“这是汤姆·纽曼，”他激动地叫道，“他有一百英亩的好玉米地，却不肯还马具和谷仓里的犁钱！他给我的收据是伪造的。我只要愿意，就可以把他送进监狱。竟然欺骗老兵！还是1861年的老兵！真丢脸！”

“我知道别人欠你的钱，也知道你欠别人的。这没啥可糟糕的。”萨姆冷冷地反驳道。凯特则屏住呼吸，简·麦克弗森在角落的熨衣板上干着活，半转过身，静静地看着丈夫和儿子，没有任何反应，除了长长的脸上浮上了些微苍白。

温迪没有争论下去。他手里拿着账簿，在厨房中央站了一会儿，看看熨衣板旁边脸色苍白、默不作声的母亲，又看看此刻站在那里瞪着他的儿子，把簿子砰的一声扔在桌上，离开了屋子。“你不懂，”他喊道，“你不懂军人的心！”

在某种程度上，他是对的。两个孩子不理解这个装模作样又莽撞无能的长辈。温迪曾与冷酷寡言的人并肩行动，做出过伟大事迹，所以他无法在他的人生观里抹去那些日子带来的影响。争吵的那天晚上，他在黑暗中半醉地沿着卡克斯顿的人行道走着，不由得激动起来。他耸了耸肩膀，迈着军步；他想象着从剑鞘里抽出一把剑，高高地挥舞着；停下后，小心地瞄准一群假想中的人，他们穿过一片麦田朝他大喊大叫；他觉得在艾奥瓦州的村里当油漆工，还有个没良心的儿子，这种生活实在太不公平了；他为这种不公哭了起来。

美国内战是那么庞大热烈、振奋人心，又那么引人入胜，它深深地触动着那个意义非凡时期的男男女女，哪怕它的一个微弱回声都能够透入我们的生活和思想。但它真正的意义并没有被写进书里，它还需要它的托马斯·卡莱尔[①]，以至于到头来，我们只能从一些老家伙们在村头巷尾的夸耀中，感受它扑面而来的气息。四年来，美国城市、乡村和农场的人们走过冒着余烟的土地，随着那熊

---

① 托马斯·卡莱尔（Thomas Carlyle，1705～1881），苏格兰哲学家、评论家、讽刺作家、历史学家、教师。——译者注。

熊燃烧、浓烈致命的火焰向他们扑来或退却消失在浓烟滚滚的天际,他们进进退退,居无定所。他们不能回到家,重新开始平静地粉刷房屋或修补破损的鞋子,这还会显得很奇怪吗?有种东西在他们心里大声呐喊,驱使他们走上街角自我夸耀。当过往的人们想的仍然只是砌砖和将玉米铲进车时,当这些“战神”的儿子们晚上回家听到父亲的自吹自擂,甚至开始怀疑这场伟大斗争的事实性时,他们脑中突然冒出一些东西,他们开始喋喋不休,向所有人自命不凡地高声吹嘘着,他们饥渴地四处张望,想要找到一双愿意相信的眼睛。

当我们自己的托马斯·卡莱尔来写内战时,他会把温迪·麦克弗森们看得很重;他会在他们饥渴地寻找听众的行为中和无休止的谈论战争中,理解某种重大而悲哀的东西;他会怀着强烈的好奇心走进村里的国民军大厅,想起那些夜复一夜、年复一年来到那里的人们,在反复不变地讲述着他们的战斗故事。

我们相信,以他对老人们的热诚,他会温和地对待那些健谈老兵的家人,他们会一遍又一遍、永不休止地听着关于战争的事情,不管是在吃早晚餐,还是晚上围坐在炉边时,也不论斋日和节日,还是婚礼或葬礼上。但让他思考一下,在玉米种植县里,爱好和平的人既不愿跟士兵在战火之中共眠,也不愿同国家的敌人浴血奋战。所以,希望他在同情那些健谈者的同时,也善意地记住那些听众的英雄气概。

夏日的一天,萨姆·麦克弗森坐在怀尔德曼杂货店前的箱子上,想得入神。他一心扑在手里那本黄色小账簿上,竭力想把眼前的街景从他的意识里抹去。

多年来,父亲满口谎言又爱吹嘘这一事实给他的生活蒙上了一层阴影,而在这片土地上,最不幸的人却要笑着面对不止一次的贫穷困苦,这让这层阴影变得更浓重了。他认为这种情况的正确解决方案就是往银行里存钱,为此他满腔热忱,去努力寻找这个答案。他想成为一个会赚钱的人,他脏兮兮的黄色存折内页下面的总数,就是见证他已经取得进步的里程碑。人们跟他说,他每天这样同胖子斗智斗勇,寒冷的冬夜还不停地在卡克斯顿街道上四处奔走,而且在不眠不休的周六夜晚商店里、人行道上和酒吧会挤满人,只要他不知疲倦坚持不懈地干着活,就不会没有结果。

突然,街上人们的低语声中蹦出了他父亲响亮而引人注意的声音。往前稍远的一个街区,温迪正靠在亨特珠宝店的门上扯着嗓子说话,他上下摆动着双臂,仿佛在发表竞选演说。

“他就是个大傻子。”萨姆想,回过来凝视着他的存折内页下面的总数,努力地想摆脱开始在他心中燃烧着的怒火。他又抬起头来,看见和他同龄的杂货店老板儿子乔·怀尔德曼也开始嘲笑起了温迪。萨姆的脸色更阴沉了。

萨姆去过乔·怀尔德曼的家，那里笼罩着一片富饶与舒适：桌子上堆满了肉和土豆，孩子们笑着、吃着，几近暴食的边缘，在一片喧闹声中，安静、儒雅的父亲并没有提高嗓门，还有衣着讲究、面颊红润、忙碌着的母亲。与此对比，他开始在脑海中勾勒自己家里的生活图景。然而，那种对家里的不满却使他感到一种反常的快乐。他的脑子里浮现出自吹自擂又无能的父亲没完没了地讲述着内战的故事，抱怨自己受的伤；身材高大、弯腰驼背、沉默寡言的母亲，长长的脸上布满了深深的皱纹，不停地洗着洗衣盆里的脏衣服；安静地匆匆吃完从厨房桌子上一把抓起的饭菜；漫长的冬日里，母亲的裙子上结了冰；这个小家靠着一碗又一碗的玉米粥维持生活，温迪却还在镇上闲逛。

现在，即使从他坐的地方，他也能看出他父亲已经喝得半醉了，知道他又在吹嘘自己在内战中的功劳。“他不是吹嘘内战功劳，就是讲他出身贵族，不然就谎报出生地。”他满是愤恨地想着，无法再忍受自己的落魄。他起身走进杂货店，一群卡克斯顿公民站在那里，与怀尔德曼谈论着那天上午在市政厅举行的会议。

卡克斯顿将在七月四日举行庆祝活动。这个产生于少数人的想法后来被大多数人接受了。才五月底，有关它的传言就在大街上散播了。盖格的药店里、怀尔德曼杂货店的后面、纽利兰大楼前面的街道上，人们都在谈论这件事。几个星期来，约翰·特尔弗，这个镇上最悠闲的人，一直在东奔西跑，与一些知名人士讨论细节。现在盖格药店的大厅里要举行群众大会，卡克斯顿人都去参加了。粉刷工人从梯子上下来，店员也锁上了店门，人们一群群地沿着街道向大厅走去。他们边走边互相呐喊。“老镇苏醒了！”他们喊道。

在亨特珠宝店的拐角处，温迪·麦克弗森靠在墙上，对着过往的人群高谈阔论。

“让那面古老的旗帜飘扬吧，”他兴奋地喊道，“让卡克斯顿人展现出真正的北军士兵精神，团结在古老的旗帜下。”

“你说得对，温迪，去劝劝他们吧！”一个幽默的人喊道。随后一阵大笑，淹没了温迪的回答。

萨姆·麦克弗森也去了会场。他和怀尔德曼从杂货店出来，盯着人行道沿街走着，尽量不去看那个在珠宝店前说话的醉汉。在大厅里，其他男孩站在楼梯上，有的在人行道上跑来跑去，兴奋地说着话。但萨姆算是这个镇子的一个人物了，他有着绝对的权利从那些人当中挤进去。他扭动着身子从一堆人的腿中间穿过,在窗台上找了个座位,从这里他可以看到人们进来找座位。

萨姆是卡克斯顿的一个报童,靠卖报为生,也算在镇上的生活中占有一席之地。小说里讲述的美国小镇报童或擦鞋童,都会在世界上崭露头角。书中所有可怜的报童不都变成了伟人吗?这个每天在我们中间辛勤劳动的男孩不也有可能成为这样的人物吗?这难道不是我们镇子的责任,为了他未来的荣耀,助他一臂之力?卡克斯顿人就是这样想的,于是他们向坐在大厅窗台上的男孩示好,而镇上的其他男孩则在楼下的人行道上等候。

约翰·特尔弗是群众大会的主席,他一直是卡克斯顿公共会议的主席。城里那些勤勤恳恳、少言寡语的人,都羡慕他在公开场合还能轻松自在、幽默诙谐地讲话,但又对此装作嗤之以鼻。“就他话多。”他们说,一副假装对自己说不出恰当而有智慧的话心甘情愿的样子。

特尔弗没等任命为会议主席,而是走上前去,爬上大厅尽头的小升高台,霸占了主席的身份。他在台上走来走去,跟人们开着玩笑,回应着各种嘲弄,招呼着名人,对自己的才能感到十分满意。当大厅里挤满了人,他宣布会议开始,并任命了委员会,然后慷慨激昂而又不停讲起话来。他说他们计划去其他城镇宣传这个大日子,并为短程出行的团队安排低价铁路票。他说节目有音乐嘉年华、其他城镇的铜管乐队演奏、军事公司在露天游乐会场的模拟战斗、赛马、城镇大厅台阶上的演讲以及晚上的烟火表演。“我们要让他们看到一个活生生的小镇。”他边说边在台上走来走去,挥舞着手杖,人们鼓掌欢呼表示支持。

当有人喊出自愿捐款来观看演出时,人群安静了下来。有一两个人站起来,开始往外走,抱怨着浪费钱。看来这次庆典的命运完全取决于诸神了。

但特尔弗却应付自如。他喊出那些要走的人的名字,拿他们开起玩笑来。因为无颜面对人群的狂笑,那些打算走的人于是又都坐到了椅子上。他冲大厅后面的一个人喊着“把门闩上”。随后,大厅内各处的人们开始站起来喊出自己的捐款金额,特尔弗大声向年轻的银行职员汤姆·杰德罗转述捐款者的名字和数额,让他记在本子上。当捐款数额没有达到特尔弗的要求时,他提出不满,支持他的人则强烈要求他增加捐赠金额。于是,特尔弗就朝那些没有站起来捐款的人大喊,那个人便会捐出一笔。

大厅里的人们突然转移了注意力。温迪·麦克弗森从大厅后面的人群中走出,沿着中间的过道走到台上。他挺直了肩膀,仰起下巴,摇摇晃晃地走着。他走到大厅前面,从口袋里掏出一卷钞票,扔在台上主席的脚下。“捐自1861年的士兵!”他大声宣布。

当特尔弗捡起钞票摸来摸去的时候，人们热烈欢呼着鼓掌。"我们的英雄，伟大的麦克弗森谨赠十七美元！"他喊道，接着银行职员在本子上写下他的名字和捐赠金额，人们不停地为主席给醉酒士兵安的头衔欢呼雀跃着。

窗台上的男孩悄悄溜了下来，站在人群后面，两颊发热。他知道，母亲在家里为鞋店老板莱斯利洗衣服，莱斯利刚支付了七月四日的五美元报酬。他在珠宝店前看到父亲对人群大讲特讲就心生的愤恨又被重新点燃。

捐完款后，整个大厅的人都开始为这个伟大日子需要额外表演的特别节目建言献策。他们会恭恭敬敬地听别人说，也会对人大声嚷嚷。一位留着灰白胡须的老人讲述了一个关于他少时庆祝美国独立纪念日的冗长故事。有人打断了他，他气得脸色发白，在空中挥舞着拳头表示抗议。

"喂，快坐下吧！老头儿。"弗里德姆·史密斯喊道。随即响起一阵低沉的掌声，以示这个明智建议的欢迎。

另一个人站起来开始说话。他想到一个主意。"我们可以，"他说，"让一个骑着白马的号手，在清晨吹着起床号穿过小镇，等到半夜，他就站在市政厅的台阶上吹响熄灯号，作为一天的结束。"

人们鼓掌欢迎。这个主意吸引了他们的眼球，就像当天真实发生过一样，立即印入他们的脑海当中。

温迪·麦克弗森又出现在了大厅后面的人群中。他举起手示意安静，告诉大家他就是一名号手，在内战期间干过两年的团号手。他表示很乐意做这份工作。

人们高声呼喊，约翰·特尔弗挥了挥手。"白马是你的了，麦克弗森。"他说。

萨姆·麦克弗森沿着墙蠕动到门口，发现现在门没上闩，就溜了出来。他万万没想到父亲竟如此荒唐，更让他惊讶的是，这些人竟然愚蠢到接受了他的提议，把大日子的重要位置交给了他。他知道父亲一定参加过战争，曾是国民军的一员，但是他对父亲讲述的那些战争经历丝毫不信。有时他在想，曾经是否发生过这样的战争，觉得这一定是个谎言，就像温·麦克弗森生活中的其他一切事情一样。多年来，他想知道为什么一些像瓦尔莫尔或怀尔德曼那样明智可靠的人没有站出来，实事求是地告诉世界，内战这种事情并没有发生过，它只不过是浮夸的老人们内心的假想而已，他们想要得到不劳而获的荣誉。现在他沿着大街匆匆地走着，两颊火辣辣的，但他又断定，终究发生过这样一场战争。他对出生地也有同样的感觉，因为一个人的出生地是确定的。他听父亲说过，他出生在肯塔基州、得克萨斯州、北卡罗来纳州、路易斯安那州和苏格兰，这件事让他的记忆始终存在某种缺陷。终其一生，他每每听到一个人谈论自己的出生地时，都会怀疑地抬起头来，脑海中掠过一丝疑惑。

集会结束后，萨姆回到家里，直截了当地向母亲讲述了事情的经过。“这事必须停下来。”他站在母亲的洗衣盆前说道，眼神里充满了愤怒。“多么公开的场合。他不会吹号！我知道他不会。这下全镇的人又要笑话我们了！”

简·麦克弗森静静地听男孩暴怒地说着，然后转过身去，避开他的眼睛，继续搓衣服。

萨姆把双手插进裤兜，闷闷不乐地盯着地面。一种理性告诉他不要再追问这件事了，但当他从洗衣盆处走到厨房门口时，他还是希望晚饭时大家能把这件事说清楚。“老傻子！”他对着空荡荡的街道抗议道，“又要出丑了！”

那天晚上，温迪·麦克弗森回到家，看到沉默的妻子的眼神和儿子阴沉的脸，大吃一惊。他没在意妻子的沉默，但仔细看着儿子，觉得自己面临着一场危机。但在紧急情况下，他表现得倒是很出色。他动作夸张地讲起群众大会的情况，煞有其事地说卡克斯顿的人们都异口同声地要他担任正式号手的职位。然后，他转过身来，怒视着桌子对面的儿子。

萨姆公然不屑地表示，他不相信父亲会吹号。

温迪惊叫起来。他站起身，大声说这孩子冤枉了他。他发誓，他在一个上校的手下当过两年的号手，然后又开始讲起一个很长的故事，讲他的团在帐篷里睡觉时遭到敌人的突然袭击，还有他站在枪林弹雨中，吹着号角，让战友们奋起战斗。他把一只手放在额头上，来回摇晃着身体，仿佛就要摔倒。他说被儿子冤枉和暗讽很伤心，一直在强忍泪水。他大声说着话，好让自己的声音能传到街上很远的地方。他发誓说，卡克斯顿镇应该回响着他的军号声，正如那晚在弗吉尼亚森林的营地里回荡着的号声一样。然后他又倒在椅子上，用手托着头，装出一副耐心、顺从的样子。

温迪·麦克弗森胜利了。那所小房子里出现了一阵骚动，大家都忙前忙后地准备着。父亲暂时忘记了他那昔日光荣的负伤，穿着白色工作服，日复一日地做着油漆工的活。他梦想着在那个伟大的日子穿上一件崭新的蓝色制服，最终他的梦想实现了。不过，这一切都离不开母亲靠洗衣服赚的钱。男孩听了弗吉尼亚森林午夜袭击的故事，对此深信不疑，开始驳回自己之前的判断，重新拾起了相信父亲会洗心革面的旧梦。他天真地放下疑虑，满怀热情地开始为这个伟大的日子制订计划。当他穿过安静的住宅街道送晚报时，他仰起头，陶醉在自己的想象里：一个高大的蓝衣人像骑士一样骑着大白马，从目瞪口呆的人群面前走过。甚至一时冲动之下，他从自己精心建立的银行账户中取了钱，寄到芝加哥的一家公司，买了一个闪闪发光的新军号，以此完善自己脑海中想象的画面。晚报一卖完，他就匆匆赶回家，坐在屋前的走廊上，同姐姐凯特讨论着即将降落在他们家的种种荣誉。

在这个伟大的日子里，随着黎明的到来，麦克弗森母子三人手拉手向主街赶去。街上到处都是人，他们看到人们从房子里出来，沿人行道走着，边揉眼睛边扣好外套。似乎所有卡克斯顿人都出来了。

主街上，人们聚集在路边和商店的门口，挤满了人行道。有的从窗户里探出头。旗帜悬挂在横跨街道的绳索上，或者在屋顶上飘扬。巨大而低沉的声音打破了黎明的沉寂。

萨姆的心怦怦直跳，他拼命忍住眼泪。想到芝加哥公司还没有送来新军号时焦虑不安的日子，他倒抽了一口冷气，回忆起来，他再次感到了等待的恐惧。这至关重要。他不能怪父亲急得对着房子大喊大叫，连他自己都想咆哮一番，所以在那宝贝还没到手之前，他又从积蓄中拿出一块钱发了电报。现在，他心怀感恩地祈祷着，但一想到军号最后可能到不了，他还是会很恼火。当然，他也可以从附近镇上弄来一个，但不是亮闪闪的新军号，怎么配得上他父亲的蓝色新制服呢。

聚集在街道两旁的人群中爆发出热烈的欢呼声。一个高大的身影骑着白马走进了街道。这匹马是从卡尔弗特租马店租来的，那里的孩子们给它的鬃毛和尾巴系上了丝带。温迪·麦克弗森在马鞍上笔直地坐着，身穿蓝色新制服，头戴宽边竞选帽，看上去格外引人注目，他有一种征服者前来接受致敬的神气。他胸前挂着一条金带，臀部紧贴着那只闪闪发光的军号，正用严厉的目光俯视着人们。

男孩越来越哽咽。一股巨大的自豪感涌上心头，仿佛将他湮灭。那一刹那，他忘记了过去父亲给家里带来的耻辱，也明白了当他鲁莽地想抗议母亲看似漫不经心的态度时，母亲却保持沉默的原因。他偷偷抬头瞥了一眼，看见母亲的脸颊上挂着一滴眼泪，感觉自己也想大声哭出来，释放出这种骄傲和幸福。

那匹马迈着庄严而缓慢的步伐，从一排排安静等候的人群中间走上街道。在市政厅前，一位身材高大的军人从马鞍上起身，傲慢地看了一眼人群，接着把军号放到唇边吹了起来。

只听一声尖细刺耳的噪音从军号里传出，接着便是人们一阵高声的抱怨。

温迪再次把军号放到唇边,同样传来一阵惨淡的叫嚷。他脸上流露出孩子般无助的惊讶神情。

那一刻,人们明白了,这不过又是温迪·麦克弗森的一次吹嘘罢了,他压根儿不会吹号。

街上爆发出一阵狂笑。所有人都坐在路边的石头上哈哈大笑,直到笑累了为止。然后,他们望向那马背上一动不动的身影,又大笑了起来。

温迪用不安的眼神环顾四周。在那一刻之前,他是否吹过军号,还值得怀疑,但起床号没有吹响,他心里充满了惊奇。这号声他已经听过千遍了,而且清清楚楚地记在心里;他从心底渴望军号能响起,想象着它响彻整个街道,人们鼓掌欢呼。他感觉那号声就在他身体里,没有从军号里传出,实际上只是他的一个致命失误而已。他对自己伟大时刻的悲惨结局惊讶不已——在事实面前,他总是感到惊讶和无助。

人们开始向那个一动不动、惊诧不已的身影周围聚集,快要笑抽了。约翰·特尔弗抓住马的缰绳,牵着它沿街走去。男孩子们对着骑手大叫:"吹啊!吹啊!"

麦克弗森母子三人站在通往一家鞋店的门口。男孩和母亲脸色苍白,羞愧得说不出话来,不敢对视。他们羞愧难当,用冷酷无情的眼睛直勾勾地盯着前面。

约翰·特尔弗牵着白马的缰绳,带领队伍沿街行进。那些笑着大声嚷嚷的人抬起头来,男孩与他们目光相遇,一丝痛苦的表情掠过他的脸庞。特尔弗扔下缰绳,穿过人群匆匆离去。游行队伍继续前进,母亲和两个孩子逮着机会沿着小街悄悄溜回了家,凯特哭得很伤心。萨姆把她们留在家门口,径直沿着沙路朝小树林走去。"我长教训了,长教训了。"他一边走,一边反复地喃喃自语。

他在树林边上停了下来,靠在栅栏上一直望着,直到他看见母亲来到后院的水泵那里。她已经开始打水准备洗衣服了。对她来说,休息日也结束了。泪水顺着男孩的脸颊流了下来,他朝镇子的方向挥了挥拳头。"你们可以嘲笑那个叫温迪的傻瓜,但永远不能嘲笑萨姆·麦克弗森!"他喊道,声音因激动而颤抖。

3

萨姆·麦克弗森的个头已经超过了温迪。一天晚上，他送报回来，发现母亲穿着上教堂才穿的黑衣服。一位福音传教士在卡克斯顿工作，她决定去听一听。萨姆打了个颤。简·麦克弗森去教堂时，她的儿子会跟她一起，这在教堂是众所周知的。但这次没有任何征兆，她做任何事都不言语，总是无声无息的。当她儿子从门口进来时，她就已经穿好黑衣服站着等他了。萨姆急忙穿上他最好的衣服，和母亲一起去了砖砌的教堂。

瓦尔莫尔、约翰·特尔弗和弗里德姆·史密斯都没有去教堂，他们几个似乎共同承担起了萨姆的某种监护责任，这孩子和他们一晚接一晚在怀尔德曼杂货店后面聚会。他们谈论宗教，似乎对别人在这个问题上的想法特别好奇和感兴趣，但他们是不会被哄诱进礼拜堂的。萨姆已经成为杂货店后面晚间聚会的第四名成员。他们不和他谈论上帝，而是通过改变话题来回答他有时直接提出的问题。有一回，爱读诗的特尔弗这样严厉地回答男孩："卖掉报纸，把钱装满口袋，但让你的灵魂沉睡吧！"

其他人不在的时候，怀尔德曼会说得更畅快自由。他是个唯心论者，试图让萨姆看到这种信仰的美丽之处。在漫长的夏日午后，杂货店老板开着一辆嘎吱作响的旧货车，带着萨姆在大街上穿行了好几个小时，一个劲地想让萨姆明白他心中关于上帝神秘莫测的想法。

尽管温迪·麦克弗森年轻时是一个圣经班的带头人，早年是卡克斯顿奋兴布道会的策划人，但他不再去教堂了，他的妻子也没有要求他去。星期天早晨，他会在床上躺着。他会不停地抱怨自己受的伤，房子或院子需要打扫时抱怨，房租到期、家里没了粮食时又会抱怨。后来，简·麦克弗森去世，这位老兵娶了一位农场主的遗孀为妻，跟她有了四个孩子，星期天和她一起去教堂两次。不怎么写信的凯特还就此事给萨姆写了一封信。“他算是遇到对手了。”她兴高采烈地说道。

周日早晨在教堂，整个礼拜仪式期间，萨姆都会把头枕在母亲的胳膊上睡觉。简·麦克弗森喜欢儿子在她身边。这是他们生活中唯一一起做的事情，她并不介意他用睡觉打发时间。她知道星期六晚上他在街头卖报卖到有多晚，便用充满温柔和同情的目光望着他。有一次，留着棕色胡子、嘴巴闭得硬邦邦的牧师不耐烦地问：“你不能让他醒醒吗？”“他需要睡觉。”她说着，匆匆从牧师身边走过，走出了教堂，皱着眉头向前望去。

布道会是在冬月的一个晚上，但那晚却温暖得仿佛在夏日。从西南过来的暖风吹了一整日。街道上的泥土又软又深，人行道上的小水塘中间有一些干燥的地方，冒出来一缕缕水蒸气。大自然似乎忘记了自己。这一天，老伙计们本该在家里烤着火炉，但现在却出来晒着太阳。夜晚温暖多云，二月的暴风雨即将来临。

萨姆穿着一件灰色新大衣，和母亲沿着人行道向砖砌的教堂走去。那天晚上用不着穿大衣，但萨姆因为拥有这件衣服而感到无比骄傲，所以就穿上了它。这件大衣特别气派，是裁缝冈瑟根据约翰·特尔弗在一张包装纸背面画的设计图做出来的，花去了报童所有的积蓄。因为瓦尔莫尔和特尔弗跟这个德国小裁缝谈过，所以做衣服的价格特别低。萨姆神气十足地走着路。

那天晚上他没有在教堂里睡觉。让人惊讶的是，他发现安静的教堂里充满了奇怪的杂音。他小心翼翼地把新外套叠好，放在身边的座位上，饶有兴趣地看着大家。空气中弥漫着紧张的气氛，他心里也有一种紧张的兴奋。那位福音传教士个子不高，看上去体格健壮，穿着一套灰色西装。在萨姆看来，他与这里似乎有些格格不入。他有一种到纽利兰大楼来出差的人的那种商务气派，萨姆觉得他好像有货要卖。他不像那个棕胡子牧师，静静地站在讲道坛后面分发经文，也没有紧握双手、闭着眼睛坐在那里等唱诗班唱完。唱诗班唱歌时，他却在讲坛跑上跑下，挥舞着双臂，兴奋地对着坐在教堂长凳上的人们大喊：“唱！唱！唱！为了神的荣耀，歌唱吧！”

唱完后，他开始讲起镇上的生活，开始讲得很平静，后来越说越激动。“这镇子就是个充满罪恶的粪坑！”他喊道。“它散发着邪恶的臭味！魔鬼把它看作地狱的边缘！”

他提高了嗓门，汗水顺着脸颊流下。他疯了一般，脱下外套，扔在一把椅子上,在讲台跑上跑下,跑进过道里的人群,大声叫喊着、恐吓着、恳求着。人们开始在座位上不安地骚动起来。简·麦克弗森面无表情地盯着前面女人的背影。萨姆吓坏了。

这个卡克斯顿报童并不是没有对宗教信仰的渴望。像所有孩子一样,他经常想到死亡。有时夜里他会因害怕而突然惊醒,觉得死神就在房门外等着他。冬天,他感冒咳嗽,一想到肺结核就吓得发抖。有一次,他发了高烧,睡着后梦见自己已经死了,走在一棵倒下的树干上,下面是一条深谷,峡谷里满是因恐惧而尖叫的孤苦无依的人。醒来后,他做了祷告。要是这时候有人走进他的房间,听到他的祈祷,他肯定会羞愧不已。

冬日的傍晚,他夹着报纸走过黑暗的街道,思考着自己的灵魂。想着想着,一股柔情涌上心头,他开始哽咽起来。他可怜自己,觉得生活中缺少了某种他非常渴望的东西。

在约翰·特尔弗的影响下,这个辍学打工赚钱的男孩开始阅读沃尔特·惠特曼的作品。有段时间,他一直欣赏自己的身体,雪白笔直的腿,神气活现的脑袋。有时他会在夏天的夜晚醒来,心中充满了奇怪的渴望。他会爬下床,推开窗户,坐在地板上,赤裸的双腿从白色睡袍里伸出。他就这样坐着,热切地渴望着某种美好的冲动、某种感召,以及除生活必需品之外他所缺乏的一种伟大感和领导力。他望着星星,听着夜晚的声音,心中充满了渴望,泪水涌入他的眼睛。

有一次,在号角事件发生之后,简·麦克弗森生病了,死亡的手指第一次触碰了她。在温馨的夜色中,她和儿子坐在房前的小草坪上。那是一个没有月亮却晴朗温暖、星光灿烂的夜晚。当他们紧紧坐在一起时,死神仿佛悄悄逼近了母亲。

晚饭时,温迪·麦克弗森滔滔不绝,大声抱怨关于房子的事情。他说,一个对色彩真正有感觉的油漆工不应该在卡克斯顿这种鬼地方工作。他曾因为在粉刷门廊地板时弄混了颜色而与一位家庭主妇发生争执。吃饭时,他疯狂数落这个女人,说她对颜色缺乏原始的感觉。"我对这一切都厌倦了!"他大喊着走出房子,颤颤巍巍地沿街走去。妻子对他的勃然大怒一直无动于衷,但在紧挨着她的安静的儿子面前,却感到了一种前所未有的奇怪的恐惧。她浑身发抖,开始谈论死后的生活,苦苦挣扎着想要说话,却只能在长时间痛苦的停顿后断断续续蹦出几句简短的话,以此表达自己的想法。她对男孩说,一定存在某种未来的生活,她相信他们在这个世界告别之后,她还会再见到他,并和他一起生活。

有一天，牧师因为萨姆在教堂里睡觉而感到很生气，就在街上拦住了他，表示想和他谈谈他的灵魂。他说萨姆应该考虑加入教会，成为基督的弟兄之一。萨姆静静地听着这个人讲话，他本能地不喜欢这个人，并且在他的沉默中，他感到了某种虚伪。他满脑袋都萦绕着从头发花白、身强有力的瓦尔莫尔嘴里听到的一句话："信奉教义的人怎么可能不会去过那种纯粹虔诚、忠于信仰的生活呢？"他认为自己比和他谈话的那个薄嘴唇男人要更胜一筹。如果他能把心里的话表达出来，他可能会说："喂，伙计！我和教堂里所有的人都不一样。我独一无二，将会被塑造成一个全新的人。就连我妈妈也不像我。我不会因为你说你的生活观念很好就接受它，正如我不会因为温迪·麦克弗森碰巧是我的父亲就接受他一样。"

一个冬天，萨姆在他的房间里一晚又一晚地读着《圣经》。凯特结婚后，与一位年轻的农民有染，人们私下嚼了她几个月的舌根。如今她是农场里一名家庭主妇，住在距离卡克斯顿几英里的村庄边上。母亲又在厨房里无穷无尽地洗着脏衣服，温迪·麦克弗森喝着酒吹嘘镇里的事情。萨姆偷偷地读了这本书。他床边的小架子上放着一盏灯，旁边有一本约翰·特尔弗借给他的小说。母亲上楼时，他把《圣经》塞进了被子里，然后沉溺于小说之中。他认为，关注自己的灵魂与他想要成为商人、富豪的目标不太相符。他想掩饰自己的顾虑，却一心要弄清这本奇怪的书所传达的信息，以及在那个冬天的晚上，人们在书店里因这本书争论好几个小时的原因。

他并没有找到答案，过了一段时间，他不再读这本书了。如果只有他一个人，他也许能弄明白其中的含义，但他四周充满了形形色色的人——没有信仰、在怀尔德曼杂货店的炉子后面说着教条主义的人，砖砌教堂里棕胡子、薄嘴唇的牧师，冬天来到镇里叫嚷着、恳求着的福音传教士们，谈论着模糊的精神世界的慈祥老杂货商。他们所有人的声音都萦绕在男孩耳旁，不断在恳求、坚持和强烈要求着，而不是接受基督所传递的纯粹思想，即人人要彼此相爱到最后，为共同利益一起努力，而是采纳他们自己对基督所说之话的复杂解释，直到最后灵魂得救。

最后，卡克斯顿男孩思考着让他恐惧的"灵魂"这个词。在他看来，在谈话中提到这个词是一种可耻的行为，而去思考这个词或它所蕴含的鲜为人知的事情则是一种怯懦。他认为灵魂需要被隐藏、被掩盖，而不是去思考它。一个人只有在濒死时才可以谈论灵魂。对于健康的男人或男孩来说，如果他心里想着灵魂，或者把灵魂挂在嘴边，则是一种公然亵渎的行为、一种狂妄自大的堕落。

他欣然想象着自己在濒死之际，用最后一口气在行刑室立下了坦率的誓言。

与此同时，萨姆仍然怀有莫名其妙的渴求和希望。他对自己人生观的不断改变而感到吃惊。他发现自己沉浸在一种最微不足道的卑劣当中，但随之又会出现一种高尚的想法。他看着从街上走过的一个女孩，竟产生了一种让人难以置信的猥琐念头。第二天，从那个女孩身边经过时，约翰·特尔弗喋喋不休的一句诗传到了他的嘴边，他边走边喃喃自语："自从与她一同呼吸，六月仿佛过了两次。"

后来，性冲动出现在了这个男孩复杂的本性当中，他已经梦想着有女人在他的怀里了。他羞怯地看着那些过街女人的脚踝，又眼巴巴地听着怀尔德曼店里那些围在火炉旁的人讲的淫秽故事。他沉浸在难以置信的污秽琐事当中，羞怯地翻阅字典，查找在他那古怪变态的头脑中能引起动物性欲的词语。他在看到这些词后，完全失去了古老《圣经》里露丝的故事中男女之间的亲密带给他的那种美感。然而，萨姆·麦克弗森并不是一个邪恶的孩子。事实上，他有一种思想上的诚实，这种诚实深深吸引着心地淳朴简单的老铁匠瓦尔莫尔。他还唤起了卡克斯顿女子学校教师心中某种类似爱情的东西，至少其中一个女教师仍对他感兴趣，带着他在乡间小路上散步，经常跟他谈论他的思想近况。他也算是那个好打扮、爱读诗、热爱生活的特尔弗的挚友。他在努力寻找自我。一天晚上，他由于性欲而醒来，起身穿好衣服，走到米勒牧场的小溪边，站在雨中。风把雨吹过水面，他的脑海中闪过一句话："雨的小脚在水面上跑来跑去。"这个艾奥瓦州的小男孩身上有一种近乎诗意的美。

这个男孩无法控制自己对上帝的冲动，他的性冲动让他时而猥琐，时而又充满美感。他坚信交易和赚钱才最值得他珍惜。现在他正在教堂，坐在母亲身边，瞪着眼睛盯着脱外套的人、满头大汗的人，还有那个说这个小镇是邪恶的粪坑、它的居民住在魔鬼囚房的人。

福音传教士又从城镇开始谈到天堂和地狱，他的诚挚引起了正在听讲的男孩的注意，他开始想象起来。

他的脑海里浮现出一个燃烧的火坑，人们在里面挣扎着，巨大的火焰在他们头上跳跃。"阿特·舍曼应该在里面，"萨姆想着，把他想象的画面具体化了，"什么也救不了他，因为他开了一家酒馆。"

他对火坑里的那个人充满了怜悯，他在专注地想着阿特·舍曼。他喜欢阿特，他从他的身上不止一次地感受到人情味。这个疯狂咆哮着的酒馆老板曾帮助萨姆卖报和整理报纸。"给孩子付钱，不然就滚开！"红脸男人曾对靠在吧台上的醉汉吼道。

然后，看着燃烧的火坑，萨姆想起了迈克·麦卡锡。他很喜欢他，就像年轻女孩对她的心上人的那种盲目喜爱。他打了个寒战，意识到迈克也会进入火坑。因为他听到迈克嘲笑过教会，还口口声声说上帝根本不存在。

那位福音传教士跑到讲台上，向人们呼喊，要求他们站起来。“为耶稣而站！”他喊道，“站起来，加入主神的阵营！”

教堂里的人们开始站起来。简·麦克弗森和其他人站在一起。萨姆没有站起来。他蹑手蹑脚地挪到母亲衣服后面，希望能悄无声息地躲过这场风暴。信徒遵从或拒绝站起来的号召，完全取决于自己的意愿。萨姆认为这与他毫无关系。他并不觉得自己是迷途者，抑或需要被救赎。

唱诗班又开始唱歌了，人们开始井然有序地移动着。男男女女在过道上走来走去，紧握着坐在长椅上人们的手，大声地交谈和祈祷。“欢迎加入，”他们对几个站着的人说，“你们的加入让我们很开心。很高兴看到你们也可以得救，向耶稣忏悔是件好事。”

突然，萨姆身后的长凳上传来一个声音，把他吓了一跳。那个在索耶理发店工作的吉姆·威廉斯，正跪在地上为萨姆·麦克弗森的灵魂大声祈祷。“主啊，求您帮助这犯错的孩子，他一直和罪人、酒馆老板有来往！”他喊道。

一瞬间，他对死亡的恐惧消失了，脑海里火坑的画面也不见踪影，一股盲目、无声的愤怒袭上心头。他想起，就是这个吉姆·威廉斯，在他姐姐失踪的时候，诋毁她的名誉。他想站起来，把愤怒发泄在这个背叛自己的人身上。“他们应该看不见我，”他想，“吉姆·威廉斯在玩我，我要找他算账！”

他站到母亲旁边，心安理得地把自己伪装成基督徒。他一心想着吉姆·威廉斯不要再祷告了，以免引起人们的注意。

牧师开始号召那些站起来的人来进行灵魂救赎。教堂各处的人们都在大声地说着话，有些声音响亮而大胆、充满自信，有些则颤抖而迟疑。一位妇女抽泣后大声哭道：“我的灵魂罪孽深重啊！”牧师把年轻的男孩女孩叫起来，让他们唱首赞美诗或引用句经文，他们羞愧而迟疑地应答着。

教堂后面，福音传教士和一位执事，还有两三个女人走到一个黑头发的小个子女人身边。她是面包师的妻子，萨姆给她送过报纸。他们劝她站起来，与他们一起信奉上帝。萨姆转过身好奇地看着她，内心对她充满了同情。他从心底里希望她能坚定地拒绝下去。

抑制不住的吉姆·威廉斯又突然大喊，萨姆浑身一颤，血涌上脸。“这还有一个需要救赎的罪人!"吉姆喊道,指着站起来的萨姆。"算上这个小基督徒,萨姆·麦克弗森。"

讲台上,棕胡子的牧师从椅子上站起来,俯视着人们。一丝逢迎的微笑跃上嘴唇,"让我们听听这个年轻人萨姆·麦克弗森怎么说。"他抬起手示意安静,接着鼓励地问道:"萨姆,你想对主说什么?"

成为教堂里众人瞩目中心的萨姆被吓坏了。一阵阵恐惧向他袭来,甚至使他忘了对吉姆·威廉斯的愤怒。他回头望着教堂后面的门,无比怀念外面宁静的街道。他迟疑了一下,结结巴巴,脸越涨越红,犹豫不定,最后终于脱口而出,"主,"然后他绝望地四处张望,"主使我躺在青草地上。"

他身后的座位上发出了一阵窃笑。坐在唱诗班歌手中间的一个年轻女子用手帕蒙住脸,把头往后一仰,前后不停地摇晃着。门边的一个人哈哈大笑,匆忙走了出去。整个教堂的人都笑了起来。

萨姆把目光转向他的母亲,但她直视前方,脸涨得通红。"我要离开这个地方,再也不来了。"他低声说,然后走进过道,大胆地朝门口走去。他已经下定决心,如果福音传教士想要阻止他,他就会极力反抗。他感到身后有一排人在看着他笑,笑声接连不断。

萨姆在街上急匆匆地走着,心中火冒三丈。"我再也不进任何教堂了!"他挥舞着拳头咒骂道。在他看来,他在教堂里听到的公开言论都是卑鄙廉价的。他想知道为什么母亲还待在那里。他挥了挥手,对教堂里所有的人都不屑一提。"这是一个当众羞辱人的地方。"他想。

萨姆·麦克弗森在大街上游荡,不敢去见瓦尔莫尔和约翰·特尔弗。他发现怀尔德曼杂货店火炉后面的椅子上没有人,便急忙走过去,躲在一个角落里,眼里满含愤怒的泪水。他被愚弄了。他想象着第二天早晨他拿着报纸来到街上时将会发生的情景。弗里德姆·史密斯会坐在那辆破旧的马车里大吼大叫,于是整条街的人都会听到,然后哈哈大笑。"萨姆,今天晚上你打算到什么青草地上去躺着?"他会大喊。"你不怕着凉吗?"站在盖格药店旁边的瓦尔莫尔和特尔弗会迫不及待地想加入嘲弄他的乐趣中来。特尔弗会用他的手杖敲着大楼的一侧,放声大笑。瓦尔莫尔会用手吹着哨,追着逃离的他大喊大叫。"你是不是一个人睡在青草地上?"弗里德姆·史密斯会接着吼起来。

萨姆站起来,走出杂货店。他匆忙地走着,气得头晕目眩,真想跟谁打一架。然后,他匆匆避开人,混进了街上的人群,目睹了那天晚上在卡克斯顿发生的怪事。

主街上，人们成群结队地低声谈着话。空气中充满了兴奋。一个个孤零零的身影从一堆人身边走到另一堆人身边，声音嘶哑地耳语着。迈克·麦卡锡，这个否认上帝却在报童心中赢得一席之地的人，在一条乡下马路旁用小刀袭击了一名男子，男子流血受伤了。镇上发生了一件轰动的大事。

迈克·麦卡锡和萨姆是朋友。多年来，这个人游手好闲，一直在镇上的街道闲逛，夸夸其谈。他会在纽利兰大楼前树下的椅子上坐上好几个小时，看书、玩牌，和约翰·特尔弗或任何与他观点不一的人争论很长时间。

迈克·麦卡锡为了一个女人打架，惹上了麻烦。一个住在卡克斯顿边上的年轻农夫从田里回来，发现他的妻子和那个大胆的爱尔兰人搂在一起，于是两人走出屋子，在路上打起来了。女人在屋子里哭着，跟在后面请求丈夫的原谅。在越来越浓的夜色中，她沿着大路跑去，发现她丈夫被割伤了，躺在树篱下的水沟里，血流得很厉害。她沿路跑去，到了邻居门口，尖叫着求救。

路上斗殴的故事传到卡克斯顿时，萨姆正从怀尔德曼店里火炉后面的角落里出来，走到街上。人们沿着街道从一家店跑到另一家店，成群结队地议论着，那个年轻的农场主死了，谋杀罪成立。在一个街角，温迪·麦克弗森对着人群高谈阔论，宣称卡克斯顿的人应该站出来保卫他们的家园，把凶手绑在路灯柱上。霍普·希金斯骑着一匹从卡尔弗特租马店租来的马来到主街上。"他肯定在麦卡锡农场！"他喊道。几个从盖格药店出来的人拦住警官的马，说："你在那里会有麻烦的，最好找个人帮忙。"瘸腿、红脸的年轻警官笑了起来。"什么麻烦？"他问道，"去抓迈克·麦卡锡？我叫他来，他就会来。其余人不敢弄什么幺蛾子。麦卡锡一家全听迈克的。"

麦卡锡一家有六口人，除了迈克以外，都少言寡语、郁郁寡欢，只有在喝醉的时候才说话。迈克是他们家和镇上的人进行社交的纽带。他们家住在这个盛产玉米的乡村，多少有些让人觉得奇怪。这个家庭有点野蛮原始，感觉应该住在西部的采矿营地，或者半野蛮人住的城市的小巷深处。但事实却是他们住在艾奥瓦州的玉米农场，用约翰·特尔弗的话说，这是"大自然某种骇人听闻的事"。

麦卡锡的农场位于卡克斯顿以东约四英里处，曾经拥有一千英亩的好玉米种植地。这个家族的父亲莱姆·麦卡锡从他一个兄弟那里继承了这个农场。他的兄弟是个挖金工、淘金者，养着快马，并打算在艾奥瓦州饲养赛马。莱姆从东部一座城市的后街里出来，带着他那一群身形高大、寡言少语、粗鲁野蛮的孩子来到这里生活，像淘金者一样，想要赌一把。他认为自己的财富根本花不完，于是就投身赛马和赌博。结果两年内，为了偿还赌债，五百英亩的农场被卖掉了，还有大片土地荒草丛生。莱姆害怕了，便静下心来努力工作，孩子们也整天在地里干活，偶尔晚上会来镇上闹闹事。他们没有母亲也没有姐妹，又知道不能雇卡克斯顿女人来干这活，所以就自己料理家务。下雨天，他们就坐在农舍附近打牌、比赛拳击。其他时候，他们会去虔诚谷的阿特·舍曼酒馆，围站在吧台痛饮一番，直到不再保持野蛮人的那种沉默，变得吵吵闹闹起来，然后走上街头寻衅滋事。有一次，他们走进海纳餐馆，从柜台后面的架子上拿了一叠盘子，站在门口，朝街上的路人扔去，伴随着盘子破碎的声音放声大笑。他们会来到马跟前，在主街上一排排拴着的马之间跑上跑下，疯狂地吼叫着，逼迫人们不准说出来。直到镇上的警察局局长霍普·希金斯出现，他们才骑上马开溜，沿着漆黑的道路边喊边唱，朝乡间家里逃去，吵醒了沿路的农民。

当麦卡锡家的孩子们在卡克斯顿遇到麻烦时，老莱姆·麦卡锡便开车进城，赔偿损失，把他们救出来，四处宣称这些孩子并没有恶意。当人们跟他说不要再让他的孩子进城时，他摇头表示自己会试试的。

迈克·麦卡锡和他的五个兄弟不同，他不和他们一起在漆黑的路上骑着马唱歌、飙脏话，也不会整天在炎热的玉米地里干活。他是家里的绅士，穿着体面的衣服，在街上闲逛，或者在纽利兰大楼前的阴凉处溜达。迈克受过教育，曾在印第安纳州的一所大学读了好些年，但因为与一名女子有染而被开除。从大学回来后，他住在卡克斯顿的旅馆里，表面上是在老雷诺兹法官的办公室里学习法律，但他对钻研法律没什么心思。对于摆弄硬币和纸牌，他倒是非常有耐心，并且已经到了炉火纯青的地步，随便抽出一枚硬币或一张牌，他都能把它变在鞋子里、帽子上，甚至旁边看热闹的人嘴里。白天，他走上街，看着店里的女售货员，或者在站台上向过往火车上的女乘客挥手致意。他告诉约翰·特尔弗，讨好女人是一门已经失传的艺术，他打算拾起来。迈克·麦卡锡的口袋里经常装着书，他会坐在旅馆前的椅子上或商店橱窗前的石头上读书。每逢星期六，街上挤满了人，他就站在街角，无偿表演纸牌和硬币魔术，同时注视着人群中的乡下姑娘。有一次，镇上文具商的妻子朝他大喊大叫，说他又懒又蠢。接着他向空中扔了一枚硬币，还没等硬币掉下来，她就冲过来大喊："硬币在我袜子里！"文具商的妻子冲进店里，砰的一声把门一关，人们哈哈大笑，高兴地叫嚷着。

特尔弗喜欢这个高个子、灰眼睛又爱闲逛的麦卡锡，有时会和他坐在一起讨论小说或诗歌，萨姆会在后面眼巴巴地听着。但瓦尔莫尔不喜欢这个人，他摇着头说，这样的人不会有什么好下场。

镇上的其他人都同意瓦尔莫尔的看法,而麦卡锡也清楚这一点,但在人们的不悦中,他依旧悠然地晒着太阳。为了引起公众的愤怒,他宣称自己是社会主义者、无政府主义者、无神论者以及异教徒。在麦卡锡家所有孩子中,只有他非常在乎女人,他曾公开表达过他对女人的喜爱。当人们在怀尔德曼杂货店的火炉旁聚会之前,他就曾在那里把他们搅得发狂,宣称要自由恋爱,并发誓他会得到任何给他机会的女人中最好的一个。

简朴、勤奋的报童对这个人充满了敬意。他听麦卡锡演讲时,总是兴高采烈,又有一丝激动。"没什么是他不敢的,"萨姆想,"他是镇上最自由、最大胆、最勇敢的人。"这个年轻的爱尔兰人看到男孩眼中羡慕的神情,扔给他一块银圆说:"这是给你那双漂亮的棕色眼睛的,我的孩子;如果我有这双眼睛,镇上一半的女人都会跟着我。"萨姆把钱放进口袋,他认为钱就像心上人送的玫瑰一样珍贵。

霍普·希金斯和麦卡锡回到镇上时已经十一点多了。他们沿着街道,穿过市政厅后面的一条小巷。街上的人群散开了。萨姆从一群嘀咕的人走到另一群,他的心因恐惧而颤抖着。现在,他站在聚集在监狱门口的人群后面。门上的柱子顶上点着一盏油灯,摇曳的灯光在人们的脸上跳跃着。本要来临的暴风雨迟迟未到,反常的暖风却仍在吹着,头上的天空漆黑一片。

镇上的警察局局长开车穿过小巷到了监狱门口,年轻的麦卡锡坐在他旁边的马车里。有个人冲上去抓住了那匹马。麦卡锡脸色苍白,他笑着大叫,把手举向天空。

"我是迈克尔,上帝的儿子!我用刀砍了一个人,他的血溅在了地上。我是上帝的儿子,这污秽的监牢将要成为我的圣所!在那里我可以和神父大声说话!"他嘶哑地吼道,向人群挥舞着拳头。"这个体面的粪坑里的子孙啊,留下来听听!叫你们的女人过来,站在男人面前!"

希金斯局长抓住了这个脸色苍白、怒目而视的人的胳膊,把他带进了监狱。监狱锁发出的铿锵声、希金斯的低语声和麦卡锡的狂笑声,飘向了站在泥泞小巷里沉默的人群。

萨姆·麦克弗森跑过人群,来到监狱的一边,发现约翰·特尔弗和瓦尔莫尔静静地倚在汤姆·福尔杰马车店的墙上。他溜到他们中间。特尔弗伸出胳膊,搭在男孩的肩膀上。霍普·希金斯从监狱里出来,对着人群讲话。"如果他说话,千万不要回答,"他说,"他已经疯了。"

萨姆走近特尔弗。那个被监禁的人的声音从监狱里传出,响亮而又充满惊人的胆识。他开始祷告。

"万能的父啊，请听我说，是你让卡克斯顿这个小镇得以存在，请让我，你的儿子，长大成人。我是迈克尔啊，你的儿子。他们把我关在这个监狱里，老鼠在地板上窜来窜去，我和你说话这会儿，他们就站在外面的泥地里。你们在吗，平日里的老实家伙?"

一股冷空气吹进小巷，接着下了一阵雨。在监狱入口摇曳的灯光下，人群退靠在墙边。萨姆能隐隐约约看见他们紧紧靠在墙边。监狱里的人大声笑了起来。

"父啊，我有我的一套生活哲学!"他喊道。"我看到这里的男男女女年复一年地生活着，却不要孩子！我看见他们悄悄地存钱，不给予你新生命来实现你的意志！对于那些曾经和我有过私密肉体之欢的女人，我一直在善待讨好她们!"

被囚禁的人发出了一声狂笑。"喂，住在尊贵粪池里的人啊，你们在吗?"他喊道，"你们是不是站在泥地里，胆怯地听着？我和你们的妻子搞在过一起！我和十一个没有孩子的卡克斯顿妻子好过，但都没有结果。刚刚被我抛弃的第十二个女人，我把她的男人扔在路上，这是送给你们的血淋淋的祭品！我要叫出那十一个人的名字，还要向那些女人的丈夫们复仇，他们当中有些人就在外面泥地里和其他人一起等着!"

他开始喊出卡克斯顿那些妻子的名字。又一阵寒意袭来，伴着夜晚的兴奋，萨姆全身一阵战栗。站在监狱墙边的人群窃窃私语着。他们全然不顾此时还下着雨，又聚集在了监狱门口忽隐忽现的灯光下。瓦尔莫尔在黑暗中跌跌撞撞地走到萨姆身边，站在特尔弗面前。"这孩子该回家了，"他说，"他不适合听这个。"

特尔弗笑了起来，把萨姆拽近了一些。"他已经听够了这个镇上的谎言，"他说，"真相不会伤害他。我不走，你也别走，这孩子也不会走。麦卡锡不傻。尽管他现在已经半疯了，但他仍在试图解决一些问题。我和这孩子要留下来听。"

卡克斯顿妻子们的名字不断从监狱里传出来。监狱门前的人群中有人大声喊道："这种事应该被制止。让我们拆了这监狱!"

麦卡锡大声笑了起来。"他们难为情了，父啊，他们无地自容了！我要把他们扔在深坑里折磨!"他大喊大叫。

一种邪恶的满足感涌上了萨姆的心头。他有一种感觉，整个镇子会不停地议论着那些从监狱里传出来的名字。有一个被叫到名字的妇女，曾和福音传教士站在教堂后面，试图劝诱面包师的妻子站起来，让她信奉上帝。

雨落在监狱门口那些人的肩膀上，又下起了冰雹。空气越来越冷，冰雹打在房顶上发出嘎嘎的响声。有些人过来和特尔弗、瓦尔莫尔说话，他们激动地低声交谈着。“还有玛丽·麦凯恩，那个伪君子。”萨姆听见其中一个人说。

监狱里的声音变了。迈克·麦卡锡还在祷告，似乎也在与外面夜色中的人们交谈着。

“我讨厌我的生活。我寻找过领袖，但还没有找到。父啊！请差遣一个新基督来引领我们，一个嘴里叼着烟斗的现代基督。他将起誓，鞭打我们，好叫我们这些假装照你形象受造的毒虫明白。让他进教会、法庭和这样的城镇，他会高喊：‘羞耻！你应该为你懦弱地担心你哭泣的灵魂感到羞耻！’让他告诉我们，当我们躺在坟墓里的尸体腐烂后，这样悲惨的生活将永远不会重演！”

他抽泣了一声，萨姆哽咽起来。

“父啊！请帮助我们卡克斯顿人明白我们仅有的生活，这种阳光下如此温暖、充满希望和欢笑的生活，有笨拙却潜能奇特的男孩，也有鼻子上带雀斑的长腿女孩，他们孕育着新生命，在激动人心的夜晚，将他们唤醒。”

祈祷的声音中断了，接着是一阵号啕大哭。“父啊！”那破碎的声音喊道，“我夺去了一条生命，一个在冬日早晨的阳光下说话、唱歌、吹哨的人，被我杀了！”

监狱里的声音听不见了。低沉的抽泣声从监狱里传来，划破了寂静，笼罩在黑暗的小巷里，人们开始默默地离开了。萨姆越来越哽咽，眼里满含泪水。他同特尔弗、瓦尔莫尔走出小巷，来到街上，默默地走着。雨停了，刮起了冷风。

萨姆觉得自己得到了救赎。他的思想、心灵，甚至他疲惫的身体，似乎都得到了某种奇怪的净化。他对特尔弗和瓦尔莫尔产生了一种新的爱慕之情。当特尔弗开始讲话时，他热切地倾听着，觉得自己终于理解了他，明白了为什么像瓦尔莫尔、怀尔德曼、弗里德姆·史密斯和特尔弗这样的人会彼此喜欢，即使面对困难和误解，年复一年仍然是朋友。他认为自己已经掌握到了约翰·特尔弗经常高谈阔论的那种兄弟情谊的精髓。“迈克·麦卡锡只是一个走在黑暗道路上的兄弟。”他想着，对自己的想法和这个恰当的表达而感到自豪。

约翰·特尔弗严肃地对瓦尔莫尔说着话，似乎忘了萨姆还在身边。两个人跌跌撞撞地在黑暗中走着，专注于自己的思考。

“这是一个奇怪的想法，”特尔弗说，他的声音显得遥远而不自然，就像监狱里传来的声音一样,“这是一个奇怪的想法,要不是这个迈克·麦卡锡性格有些怪异,他可能就是一个嘴里叼着烟斗的基督。”

瓦尔莫尔在黑暗中打了个趔趄,差点跌倒在十字路口。特尔弗继续说下去。

“总有一天,世界将探索出一条路,以某种方式理解这些非凡的人,但现在他们肯定痛苦不堪。就像这个富有想象力、古怪反常的爱尔兰人所遭遇的那样,无论成败,他们的命运都是可怜的。只有平凡普通、头脑简单的人才能在这个混乱的世界里安然地走下去。”

简·麦克弗森坐在屋里等她的儿子。她正在思索着教堂里的情景,眼里闪露着严厉的目光。萨姆走过父母的卧室,温迪·麦克弗森在平静地打着呼噜。他上楼回到自己的房间,脱下衣服,熄了灯,跪在地板上。他从监狱里那个人的胡言乱语中明白了一些东西。在迈克·麦卡锡亵渎神明的言行中,他感觉到一种对生命深切持久的爱。教会没能做成的事情,大胆的感觉论者却做成功了。萨姆觉得他可以在全镇人面前祷告了。

“父啊!”他在寂静的小屋里提高嗓门喊道,“我会牢牢信守,过好我的生活是我对你的责任。”

特尔弗和简·麦克弗森在楼下门口交谈,瓦尔莫尔在人行道上等着。

“我之所以想让萨姆听听,”他解释说,“是因为他需要一种信仰。所有的年轻人都需要信仰。我想让他知道,即使像迈克·麦卡锡这样的人,也会本能地在上帝面前为自己辩护。”

4

约翰·特尔弗的友谊对萨姆·麦克弗森产生了重要的影响。他父亲没用，他又逐渐意识到母亲处境的艰难，这让他的生活充满了苦涩，是特尔弗让他的生活有了一丝甘甜。他满腔热情地投身于萨姆的思想和梦想当中，试图勇敢地唤起这个安静温顺、努力赚钱的孩子对生命和美好事物的热爱。晚上，他们沿着乡间小路散步时，特尔弗会停下脚步，挥舞着双臂，吟诵爱伦·坡或布朗宁的诗。有时兴致来了，他还会让萨姆集中注意力去感受罕见的干草气味，或者月光下的一片片草地。

街上还没什么人的时候，他会拿萨姆开玩笑，叫他"小钱贩子"："他就像地下找食儿吃的小鼹鼠。就像鼹鼠使劲找虫子吃，他也拼命想赚到哪怕五分钱。我观察过他。有个来出差的人离开镇子时，在这丢了一毛钱还是五分钱的，不到一小时，就进了这个男孩的口袋。我和银行家沃克谈过他。他老是惴惴不安，唯恐金库太小，容不下他这个年轻大富豪的财富。总有一天，他会买下这座城，把它装进他的背心口袋里。"

尽管特尔弗会在公共场合嘲笑这个男孩，但当他们单独在一起时，他却巧妙地表现出另一种截然不同的态度。他开诚布公、无拘无束地与他交谈，就像他在卡克斯顿大街上与瓦尔莫尔、史密斯和其他密友交谈一样。走在路上，他会用手杖指着镇上的人对他说："你和你母亲身上的真实的东西，比镇上其他孩子和母亲的总和还多。"

在所有的卡克斯顿人中，特尔弗是唯一一个懂书并认真对待书的人。萨姆有时觉得他对书的态度令人费解，他会张大嘴巴站在那里，听特尔弗对着一本书咒骂嘲笑，就像他对瓦尔莫尔或弗里德姆·史密斯那样。他有一幅布朗宁的精美画像，却把它挂在了马厩里。他站在画像前，两腿叉开，头歪向一边，开始讲话。

“老兄，是个阔佬，嗯？”他咧嘴笑着说。“在俱乐部里，女人和大学教授都对你议论纷纷，是吗？你这个老骗子！”

特尔弗对玛丽·安德伍德没有一丝好感。她是萨姆的朋友，萨姆有时会和她一起散步聊天。在卡克斯顿人的眼里，玛丽·安德伍德跟废煤渣没什么两样。她是镇上马具制造商塞拉斯·安德伍德唯一的孩子，塞拉斯·安德伍德曾在温迪·麦克弗森的店里工作过。温迪破产后，他独立创业，有段时间经营得很好，把女儿送到了马萨诸塞州的一所学校。玛丽不了解卡克斯顿人，人们一直对她有误解，而且不信任她。她不参与镇里的生活，很少和人交往，只顾埋头书本，让别人感到有些恐惧。因为她不和人一起去教堂吃晚饭，也不会在漫长的夏夜里和别的女人在门廊闲聊，所以人们觉得她有点不正常。星期天，她会独自坐在教堂的长椅上；星期六下午，无论风雨交加还是阳光明媚，她都会在一条牧羊犬的陪伴下，在乡间小路上散步，穿过树林。她个子瘦小，身材笔直而修长，一双美丽的蓝眼睛炯炯有神，但这双蓝眼睛却被她几乎没摘下过的眼镜遮挡在后面。她的嘴唇红润饱满，她坐在那里，微微张开嘴巴，露出一小边漂亮的牙齿。她的鼻子很大，两颊泛着好看的红褐色。虽然与众不同，但她和简·麦克弗森一样，也不爱说话。她很像萨姆的母亲，沉默之下有着异常的坚韧。

小时候，她身体有些虚弱，和其他孩子的关系一直不好。就在那时，她开始变得沉默寡言。在马萨诸塞州学校的几年里，她恢复了健康，但还是少言寡语。她回到家，在学校找了个工作，想挣些钱回东部，梦想在东部的大学里当一名教师。她是罕见的女学者，纯粹地热爱学术。

玛丽·安德伍德在镇上和学校都不太安全。由于她沉默寡言且独来独往的生活方式，人们对她产生了误解，至少有一次，几乎把她从镇里和学校赶走。她之所以没有屈服于几个星期来萦绕在她脑海的狂轰滥炸，是因为她习惯了沉默，而且决心用自己的方式面对一切。

她因为这件丑事都长白头发了。虽然在她和萨姆成为朋友之前，这件丑闻就已经烟消云散了，但他还是知道的。那些日子里，镇上发生的一切他都知道，任何事都逃不过他那灵敏的耳朵和眼睛。他不止一次听到在索耶理发馆等着刮脸的人说起她。

他们说她和一个房地产代理人有暧昧关系，这个代理人后来离开了小镇。据说那个高大英俊的男人爱上了玛丽，想抛弃他的妻子和玛丽私奔。一天晚上，他驾着一辆闭锁的马车来到玛丽家，两人驱车进入乡间。他们坐在那辆有篷的马车里，在路边聊了好几个小时，坐车经过的人都看见他们在一起聊天了。

然后她下了车，一个人穿过积雪走回了家。第二天，她像往常一样来到学校。校长听到这件事后，惊慌地摇了摇头，这个目光呆滞、懒散的老家伙声称必须调查一下。他把玛丽叫进教学楼里他那狭小的办公室，但当她坐在他面前一言不发时，他就没了胆儿。理发店里的那个人又把这个故事讲了一遍。他说，那个做房地产的人驱车到一个很远的车站，然后乘火车去了城里，几天后他回到卡克斯顿，和家人从镇上搬走了。

萨姆把这故事抛在了脑后。在与玛丽建立了友谊之后，他把理发店的那个男人和温迪·麦克弗森归为了一类，觉得他是个为了说话而说话的大骗子、伪君子。他一想起店里的流浪汉听到那故事时粗鲁轻浮的态度，就感到无比震惊。当他拿着报纸走在街上时，那些议论又浮现在他的脑海里，让他惊诧不已。他在树下走着，想着夏日午后他们一起散步时，阳光照在她花白的头发上。他咬着嘴唇，抽搐着松开又握紧拳头。

玛丽在卡克斯顿学校的第二年，她的母亲去世了。又过了一年，她父亲的马具生意失败，玛丽成了学校的固定成员。小镇边上的房子是她母亲的财产，现在她和老姑妈住在一起。与那个房地产代理人的流言蜚语过去以后，全镇的人都对她失去了兴趣。她开始与萨姆交朋友时是三十六岁，以前都是独自一人与书为伴。

萨姆被她的友谊深深感动了。在他看来，有过风流韵事的成年人应该像她和特尔弗那样认真地考虑未来，这是至关重要的。他天真地认为建立这段友谊完全归功于他自己，而不是他那年轻的魅力，所以他感到无比骄傲。他并不怎么喜欢书，只是为了取悦别人才假装喜欢。有时他会在两个朋友之间来回传话，拿他们的想法冒充自己的。

但这个小把戏总是被特尔弗识破。“那不是你的想法，”他会大叫，“你是从那个老师那里学来的。这是女人的观点。她们的观点就像她们有时写的书一样，毫无根据，它们不是真实的东西。女人什么都不知道。男人之所以关心她们，只是因为他们还没有从女人身上得到想要的东西。没有女人是真正受欢迎的，除了我的女人埃莉诺。”

萨姆和玛丽的继续交往，让特尔弗愈发苦闷。

“我要你观察女人的思想，避免让她们影响自己，”他告诉萨姆，“他们生活在一个不现实的世界里，甚至喜欢书中粗俗的人，对简单朴实的人却敬而远之，就跟那个学校的老师一样。她像我吗？她在热爱书籍的同时，也热爱人类生活的气息吗?”

在某种程度上，特尔弗对那位温和的小老师的态度变成了萨姆的态度。虽然他们在一起散步、聊天，但她为他规划的课程他却从不学习。随着他对她越来越了解，她读的书和提出的见解对他的吸引力越来越小。特尔弗说她生活在一个不真实的虚幻世界里，他认为的确如此。当她借给他书时，他总是往口袋里一放而不会去读。偶尔读的时候，他觉得这些书让他想起了曾经伤害过他的东西。在某种程度上，这些书是虚伪狂妄的，跟他的父亲一样。一天，他试着大声朗读玛丽・安德伍德借给他的一本书。

这个故事的主人公是一个诗人，他的指甲又长又脏。他到人们中间去宣扬美的教义。故事在一个暴风雨中的山坡上拉开了序幕，诗人坐在帐篷里给他的心上人写信。

特尔弗气疯了。他从路边树下的座位上跳了起来，挥舞着双臂喊道：

“停！停！别往下读了。简直一派胡言！在这种环境下，怎么可能写情书？还在山坡上支帐篷，简直愚蠢至极！暴风雨的天住在山坡上的帐篷里，不仅又冷又湿，还会得风湿病。真要写信的话，他可就蠢得没法形容了！他最好是在外面挖好沟，免得水流进帐篷!”

特尔弗挥舞着双臂，走上了马路。萨姆跟着他，也认为那是完全不可能的事情。虽然他后来知道有人可以在洪水泛滥时的屋顶写情书，可他当时并没有意识到，因为哪怕一丁点的大话和虚伪就会让他感到反胃。

特尔弗非常喜欢贝拉米的《回溯过去》(*Looking Backward*)，他会在星期天下午坐在花园里的苹果树下大声念给妻子听。他们有一大堆私人小笑话和专属语录，这总让他们笑个不停。特尔弗对卡克斯顿人生活的看法让她感到无比快乐，但她没有像他那样热爱书籍。星期天下午读书的时候，她有时会坐在椅子上睡觉，这时他就用手杖戳她，笑着叫醒她，让她听听伟大梦想家的梦想。在布朗宁的诗中，他最喜欢的是《轻佻女人》(*A Light Woman*)和《菲利波・利皮》(*Fra Lippo Lippi*)，他会兴致勃勃地大声朗诵这些诗。他宣称马克・吐温是世界上最伟大的人。有时候兴致来了，他会和萨姆一起走在路上，一遍又一遍地背诵一两句诗，通常是爱伦・坡的：

海伦，你的美在我的眼里，

犹如往日尼西亚的三桅船。

然后，他会停下来，转向这个男孩，反复问他是否值得去过这诗一样的生活。

特尔弗有一群狗，晚上总是跟他们一起散步。他给狗起了很长的拉丁名字，但萨姆从来都没记住过。有一年夏天，他从莱姆·麦卡锡那里买了一匹小公马，对它关心备至，给它起名叫“贝拉米小子”。他会带着这匹小马在自家附近的小车道上跑来跑去，一跑就是好几个小时，说它会是一匹很棒的快步马。他能逐一列举出这种马的血统，说得津津有味。当他和萨姆谈论某本书时，他所说的再次引起了男孩的注意：“我的孩子，你比在镇上跑来跑去的孩子们强得多，就像那匹小马，贝拉米小子，它胜过所有星期六下午拴在主街上的农场里的马。”然后，他摆了摆手，一脸严肃地补充道：“原因都相同，你和它一样，都出于一位优秀的年轻教练之手。”

萨姆现在已经长得跟大人一样高了，他对自己新发育的身体极为尴尬且不自在。一天晚上，他坐在怀尔德曼杂货店后面的一个饼干桶上。那是一个夏天的傍晚，微风从敞开的门吹进来，头顶上燃着的油灯被吹得摇摇晃晃。像往常一样，他静静地听着人们谈话。

约翰·特尔弗两腿叉开站着，不时用手杖戳萨姆的腿，不住地谈着爱情这个话题。

“这是诗人最擅长描写的主题，”他宣称，“通过书面形式，诗人避免了接纳它的必要性。他们在努力写措辞优美的诗句时，却忘了看匀称的脚踝。谁对爱情歌颂得最热烈，谁爱得就最少；他追求诗歌女神，但只有当他像约翰·济慈一样，爱上了一个村民的女儿并试图活出他诗里的样子时，才会惹上麻烦。”

“胡说八道！”弗里德姆·史密斯咆哮道。他一直斜靠在椅子上，脚靠着冰冷的炉子，抽着一只又短又黑的烟斗。此时，他的脚砰的一声掉在地板上。他欣赏特尔弗滔滔不绝的话，装出一副轻蔑的样子。“夜里太热，不会说话了嘛！”他吼道，“如果一定要你口若悬河，谈论一下冰激凌或薄荷朱利酒，或背诵一首关于昔日游泳池的诗句呢。”

特尔弗弄湿了手指，竖到空中。

“西北风中，野兽咆哮；暴风雨即将来临。”他说着，向瓦尔莫尔眨了眨眼。

银行家沃克走进商店，他的女儿跟在后面。她身材矮小，皮肤黝黑，眼睛乌黑灵敏。看到萨姆摇摇晃晃地坐在饼干桶上，她对父亲说了句话，便走出了商店。她在人行道上停了停，转过身来，飞快地用手示意了一下。

萨姆从饼干桶上跳下来，朝临街的大门走去。他脸上泛起了红晕，嘴巴又热又干。他小心翼翼地走着，停下来向银行家鞠了躬，又逗留了一会儿，看了份放在雪茄盒上的报纸，以免炉边的人议论他的离去。他心里颤抖着，生怕那姑娘在街上消失了。他羞愧地望着银行家，他现在正站在商店后面听那里的人讲话。他照着手里的单子念着，怀尔德曼则四处整理着包裹，大声重复着银行家不要的物品名称。

在主街灯火通明的商业区的尽头，萨姆发现那个女孩在等他。她开始讲述自己是如何逃脱父亲的把戏。

“我告诉他我会和妹妹一起回家。”她摇着头说。

她拉着男孩的手，领他沿着阴凉的街道走去。这是萨姆第一次和陌生人走在一起有这种感觉，他开始在夜晚变得不安起来，觉得不可思议，浑身上下的血液似乎都在翻涌着，这令他头晕目眩。他默默地走着，无法理解自己的激动之情。他心花怒放地摸着姑娘柔软的手，心怦怦直跳，喉咙感到一阵窒息。

萨姆沿街走着，经过灯火通明的住宅，听到妇女们的低语，他感到无比骄傲。他想他应该转身和这个姑娘一起走过灯火通明的主街。她从镇上所有的男孩子中选择了他。她挥动着纯洁的小手召唤他，他感到奇怪，坐在饼干桶上的人却没有听见她的叫声。他们两人如此大胆，这让他目瞪口呆。他说不出话，舌头仿佛瘫痪了。

男孩和女孩沿街走着，在夜色中闲逛，匆匆走过十字路口昏暗的油灯，心里激荡着一波又一波强烈的小兴奋。两人都沉默不语。一切尽在不言中，他们不是已经一起做了这件勇敢的事吗？

在一棵树的阴影下，他们停下脚步，面对面地站着。女孩看着地面，站在男孩面前。他伸出手来，放在她的肩上。在街道另一边的黑暗中，一个男人沿着木板人行道跌跌撞撞地往家走。主街上的灯光在远处闪烁。萨姆把女孩拉到他身边。她抬起头来。他们的嘴唇碰在了一起，她伸出双臂搂住他的脖子，一遍又一遍热切地吻着他。

萨姆谨小慎微地回到了怀尔德曼店里。虽然只离开了十五分钟，但对他来说肯定过了几个小时。他看到商店关门，主街上一片漆黑，但并没有感到奇怪。不可思议的是，杂货商还在为银行家沃克装包裹。世界已经被重新塑造。他已经成年了。嗨！这个人应该把整个商店的东西都包起来，一个接一个，送到天涯海角。他在店铺第一盏灯的光影中徘徊，很久以前他在这里遇见了还不过是小姑娘的她。那时，他也不过是个毛小子，惊奇地望着面前这条灯火明亮的路。

萨姆穿过街道，在索耶理发店前面观察着怀尔德曼杂货店。他觉得自己像个间谍，在窥视敌人的营地。在他面前坐着一些人，他可以对他们直接说出这个惊天秘密。他也许会走到门口，诚实地说："在你们面前的这个孩子，经过那次女孩的召唤，已经变成了一个男人。他也有女人为他牵肠挂肚，至于智慧树上的禁果他可是饱尝了。"

杂货店里，那些坐在饼干桶上的人还在继续谈话，似乎没有注意到有孩子偷偷溜了进来。事实上，他们已经聊完了。他们从谈论爱情和诗人转而谈论玉米和公牛。银行家沃克抽着雪茄，柜台上放着他的食品杂货包裹。

"今晚你可以清清楚楚地听到玉米生长的声音，"他说，"只要再下一两场雨，收成就能破纪录啦。我打算今年冬天在兔路外的农场养一百头公牛。"

男孩又爬到一个饼干桶上，试图装出对谈话漠不关心又很感兴趣的样子。他的心仍然怦怦直跳，手腕还在抽动着。他转过身来，望着地板，希望自己的不安不会引起别人的注意。

银行家拿起包裹，走出了门。瓦尔莫尔和弗里德姆·史密斯到马厩去玩扑克。约翰·特尔弗一边挥舞着手杖，一边吆喝着在商店后面小巷里闲逛的一群狗，带着萨姆到乡间散步。

"我接着谈爱情。"特尔弗一边说，一边用他的手杖拍打着路边的杂草，时不时尖声吆喝着那几条因在室外而欢欣雀跃的狗，它们在尘土飞扬的路上打着滚儿，边跑边叫。

"那个弗里德姆·史密斯就是这个小镇生活的一个例子。一听到'爱'这个词，他就把脚放在地板上，装出一副厌恶的样子。他会谈论他买的玉米、公牛或臭气熏天的兽皮，但一提到'爱'，他就像看到老鹰的母鸡，大惊小怪地绕着圈儿乱跑。'喂！喂！喂！'他会大喊，'本该是隐秘的事情，你却公之于众，你现在在这大白天做的，是只有在漆黑的房间才应该做的羞耻的事情啊。'嘿，孩子，要我是这个镇上的女人，我可受不了。我要去纽约、法国、巴黎。被一个没有艺术修养、羞羞答答的乡巴佬追求，哪怕只是片刻，呃，简直无法想象。"

两人默默地走着。狗嗅出了兔子的气味，消失在远处的草地上，主人任它们去了。特尔弗不时仰起头来，深深地吸了几口夜晚的空气。

"我不像银行家沃克，"他郑重其事地说，"在他看来，种植玉米就像在兔跑农场里饲养肥牛，但我认为这是一件庄严的事情。我看到了长长的玉米垄，人和马被遮了一半，热得喘不过气来，这让我想到了一条巨大的生命之河。我看到了一个人心中的那团火焰，他说：'这块地流着牛奶和蜂蜜。'让我高兴的是我的思想，而不是口袋里叮当作响的美元。"

"到了秋天，玉米长高了，我看到了另一幅震撼的画面。玉米大军以连队的形式驻扎在各处。看着它们，我的声音都能变得清晰响亮。‘这些有秩序的军队使人类摆脱了混乱。’我对自己说。‘在上帝从无限宇宙中投出的烟雾缭绕的漆黑星球上，人类组织起这些军队，来保卫自己的家园免受资源匮乏的困扰。’”

特尔弗停了下来，两腿叉开站在路上。他脱下帽子，把头往后一仰，对着天上的星星哈哈大笑。

“弗里德姆·史密斯现在真应该听我说说！”他前仰后翻地笑着喊道，朝萨姆的腿摇晃着手杖，萨姆只好在路上轻快地跳来跳去以免被手杖碰到。“上帝从无限宇宙中投出——啊！还不错！啊！我应该进国会，在这里真是浪费了。我把无价的口才献给了那些喜欢追兔子的狗和这个镇上最坏的小财迷啊。”

特尔弗举止疯狂的盛夏过去了，有一阵子，他都是沉默地走着。突然，他把胳膊搭在男孩的肩膀上，停了下来，指着天空中那座灯火通明的城镇所发出的微弱亮光。

“他们是好人，”他说，“但他们的路不是我的路，也不是你的路。你会出城的。你有天赋，会成为金融家。我观察过你。你不吝啬、不撒谎、不坑蒙拐骗，你会成功的，而且不会只是一个小商人，诸如此类。你有赚钱的天赋，是镇上其他男孩所没有的，而且为了赚钱不知疲倦。你会成为大富翁，这显而易见。”他的声音里带着一丝苦涩。“我也是这样的天选之子。为什么我要拿着手杖？为什么我不买块地养牛？我是最没用的。我有天赋，但没有精力去发挥它的价值。”

萨姆的心被姑娘的吻点燃了，但在特尔弗面前却冷却了。在这个能言善辩的人夏天的疯狂举动中，有一种东西可以使他血液里的狂热平静下来。他如饥似渴地听着，想象着画面，感到异常兴奋，心里充满了幸福。

在城边上，一辆马车从散步的俩人身边经过。车里坐着一个年轻的农民，他搂着一个姑娘的腰，姑娘的头靠在他的肩上。远处传来微弱的狗叫声。萨姆和特尔弗坐在树下的草地上，特尔弗卷着烟，随后点燃了。

“我答应过，我会和你谈谈爱情。”他边说着边大臂一挥把香烟放进了嘴里，像往常一样。

他们躺在长满青草的河岸上，周围散发着热天浓浓的烧焦气味。挺立的玉米被风吹得沙沙作响，在他们身后仿佛形成了一堵墙。月亮挂在天空，月光洒在一团又一团浓密的云彩上。特尔弗不再豪言壮语，他的脸色变得严肃起来。

“我其实是在装傻，”他说，“我认为，为自己定下任务的男人或男孩最好远离女人和女孩。如果他是一个有天赋的人，他就有一个独立于所有人之外的目标，并朝着目标一路披荆斩棘，把每一个人都忘掉，尤其是要和他产生羁绊的女人。女人也有自己的目标。女人与男人是对立的，她的目标与他的目标无关。女人认为男人追求女人才是人生目标。尽管她们现在都在谴责迈克·麦卡锡，他是因为女人才去的疯人院，他热爱生命，却差点儿杀了人。但是，到了自己身上，卡克斯顿的女人们并没有谴责他的疯狂举动，她们不责怪他虚度年华，也不怪他把一手好牌打得稀巴烂。当他把追求女人当作一门艺术时，她们还暗暗鼓掌。当他在街上闲逛的时候，不是有十二个女人接受了他挑逗的目光吗？”

一开始严肃轻声说着话的特尔弗提高了嗓门，在空中挥动着点燃的香烟。男孩开始想起了银行家沃克黑皮肤的女儿，他仔细地听着。狗吠声越来越近了。

“如果你这个小男孩能从我这个成年男人这里得到关于对女人意图的理解，你就没在这个小镇上白住。你如果愿意，就把目标定在赚钱上，但要努力去做。放开去做吧！街上人群中甜蜜而神往的眼睛，或者舞池里跳动着的小脚，都会阻碍你多年的成长。男人或男孩一旦与女人有了牵扯，就无法朝着人生目标发展。不信让他去试试，肯定会一败涂地。对他来说这只是一时的兴致，对女人来说却是一种结束。她们聪明得要命，反复地跑跑停停，让他一直够不到。他看到周围到处都是她们的身影，脑海里充满了凭空捏造的模糊而美妙的想法。他在意识到自己的所作所为之前，已经徒劳地追求了多年，转身发现自己已经老了，一事无成。”

特尔弗开始用手杖猛戳地面。

“我有过机会。在纽约，我有钱生活下去，也有时间成为一名艺术家。我得了一个又一个奖。大师在我们后面走来走去，在我的画架前逗留了很长时间。有个人坐在了我旁边，他什么也没有。我拿他开玩笑，叫他‘瞌睡乔克’，这是我们在卡克斯顿的家以前养的一条狗的名字。现在我在这里无所事事地等待死亡，而那个乔克，他在哪？就在上个星期，我在报纸上看到，他凭借一幅画登上了世界伟大艺术家之一的宝座。在学校里，我会注视着女学生的眼神，和她们夜复一夜地四处散步，就像迈克·麦卡锡一样，结果一无所获。‘瞌睡乔克’的过人之处是，他没有四处张望，而是一直盯着大师的脸。我的生活中也有小小的成功。我很会穿衣服。在舞厅里，我能让那些眼神温柔的女孩转过头来看着我。我记得有天晚上，学生们举行舞会，‘瞌睡乔克’也来了。他四处邀请女孩跳舞，姑娘们哈哈大笑，跟他说她们都已经定好跳什么舞，没有人可以跟他跳。我跟着他，恭维话充满了我的耳朵，我的名字写满了卡片。这些微不足道的成功让我渐渐习惯沉溺其中。我想要画一幅生动的画却捕捉不到线条时，就扔下铅笔，挽着一个女孩到乡下去一天。有一次，我在餐馆里无意中听到两个女人在谈论我的眼睛，我还为此高兴了一整个礼拜。”

特尔弗感到绝望而又厌恶。

“我流畅的语言、娴熟的说话技巧，给我带来了什么？让我来告诉你吧。它让我意识到，我五十岁的时候，本可以是一个艺术家，把成千上万人的思想集中在某种美好的事物或真理上，现在却在村里装疯卖傻，在酒馆里要要小聪明，在这个一心种玉米的村里恣意行乐，满嘴闲言碎语。”

“如果你问我原因，我告诉你，我的身心被小有的成就而麻痹。如果你问我怎样才能尝到这种滋味，我告诉你，当我看到它潜伏在女人的眼睛里，听到女人轻哼着动听的小曲儿催人入睡时，我就明白了。”

男孩坐在特尔弗旁边长满青草的河岸上，开始思考卡克斯顿的生活。抽着烟的特尔弗罕见地陷入了沉默。男孩想起了夜里浮现在他脑海的女孩，想到曾经去弗里德姆·史密斯家里时看到的蓝眼睛小女生的眼神，他有多么激动，想到晚上他是如何走过去站在她的窗下。

卡克斯顿的土地上种着大片的黄玉米，大量肥壮的公牛被赶过街道，装上汽车，青春期的爱情有一种适合这片土地的鲜活。美国人对待童年需求持一种特有的“随你便”的态度，人们一致认为成长中的男孩和女孩多单独在一起才好，所以单独相处成了他们的原则。当一个年轻人去拜访他的心上人时，她的父母会觉得坐在两人面前有些抱歉，便很快离开，留下他们两人独处。每当男孩女孩在卡克斯顿的家里举办聚会时，家长们都会走开，留孩子们自己去应付。

“好了，玩得开心点，别把房子拆了：”他们说着，走上楼去。

孩子们独自玩着亲吻游戏，年轻的男人和身材高挑、尚未发育成熟的女孩坐在黑暗中的前廊上，兴奋又害怕，粗鲁生疏而又本能地第一次窥视着生命的奥秘。他们热烈地亲吻，走回家后，躺在床上激动不已，异常亢奋地思来想去。

年轻的男人们一次又一次地走进姑娘们的圈子里，却对她们一无所知，只知道她们会使自己整个人激动起来。这是一种精神上的狂欢，就像他们喝醉酒的晚上一样。经过这样一个晚上，他们第二天早上就会发现自己充满了困惑和模糊的渴望。他们已经失去了寻欢作乐的热情，只听到人们在谈话却没有听到他们在谈论车站和商店的话题。他们三五成群地溜过街道，人们看见后点点头说：“放荡不羁的年纪啊。”

萨姆没有这种放荡不羁，因为他一直不知疲倦地努力增加黄色存折内页上的数额。母亲的身体状况越来越差，这让他很害怕，与瓦尔莫尔、怀尔德曼、弗里德姆·史密斯以及现在坐在他旁边沉思的人的交往也令他害怕。他开始想，他不会再和沃克的女儿有什么牵扯了。他想起他姐姐和一个年轻农夫的风流韵事，这种粗俗让他不寒而栗。他从坐在身边沉思的特尔弗的肩膀上望过去，看见起伏的田野在月光下伸展开来。特尔弗的话浮现在他的脑海里。人们为保护自己不受无情的大自然的侵袭，在田里建立起玉米大军，这幅画面是如此生动，如此感人。萨姆听着特尔弗说话，脑子里想象着这幅景象。他认为整个社会分化出了一些顽强不屈的人，他们不顾一切地前进，于是他也极度渴望自己变成另一个这样的人。他内心的渴望似乎是如此强烈，他转过身来，踌躇不前地试图表达心中的想法。

"我想试试，"他结结巴巴地说，"我会努力成为一个男子汉，尽量不和她们——女人打交道。我要工作赚钱——还有——还有——"

他停了一下，翻了个身，趴着看着地面。

"让女人和女孩都见鬼去吧！"他脱口而出，仿佛从喉咙里吐出什么恶心的东西。

路上响起了一阵喧闹声。那些狗不再去追赶兔子，汪汪叫着出现在人的视线中，在长满青草的河岸欢快地跑着，把他俩扑倒在地。特尔弗站了起来，从他对男孩敏感天性的情绪反应中摆脱出来，又恢复了沉着冷静。他用手杖朝狗左右挥去，高兴地叫道："我们已经受够了对男人、男孩和狗的高谈雄辩，就要上路啦。我们会把这个小男孩萨姆带回家，然后上床睡觉。"

5

有想去城市这个念头的时候，萨姆只有十五岁，并不太成熟。他在街上已经逛荡了六年。他看到过火红的太阳从玉米地里升起，在冬日的清晨照亮黯淡的街道。这辆从北方驶来的火车驶进卡克斯顿的时候车身满是冰，乘务员们站在空荡荡的月台上，挥舞着胳膊，喊着杰里·唐伦赶快干活，好让他们早点赶回空气污浊却很暖和的吸烟车厢里。

六年来，这个男孩越来越有决心成为一个有钱人。他是由寡言少语的母亲抚养长大的，又受到银行家沃克的影响，甚至连他呼吸的空气都对他产生了微妙的影响。他相信，只要赚钱、有钱，就能在某种程度上弥补麦克弗森家过去生活中那些已经快要被遗忘的耻辱，为这个家提供一个更加安全稳固的基础，这是不靠谱的温迪无法提供的。这种信念不断影响着他的思想和行为。他孜孜不倦地努力奋斗，连梦里都是美元。简·麦克弗森特别节俭，尽管温迪靠不住，她的身体也越来越糟，但她决不允许家里负债。在漫长的严冬，萨姆有时吃玉米粥吃到他一想到玉米就感到恶心。尽管如此，他们家还是会立即付清小房子的租金。所以，萨姆就不得不挺身而出去赚钱来增加存折上的数额了。甚至瓦尔莫尔都从来不会对赚钱的念头嗤之以鼻，他曾经是一名铁匠，自从妻子去世后，一直住在店里的阁楼上。起初他只是一个工匠，后来变得很会赚钱。

“有钱能使鬼推磨。”他带着一种崇敬的语气说道。这时，那位身材肥胖、阔气富有的银行家沃克正从怀尔德曼的杂货店走出来。

对约翰·特尔弗关于赚钱的态度，萨姆并不是很明确，因为他竟欣然遏制住了一时的冲动。

“没错！”当萨姆在杂货店的聚会上开始发表意见时，他不耐烦地叫道，并指出报纸关注的都是有钱人,不管他们的成就是什么。"赚钱! 欺骗! 撒谎! 成为花花世界的一员! 跻身现代上流社会的美国人之列!"

紧接着,由于弗里德姆·史密斯开始斥责萨姆没有完成学业,他预测萨姆有一天会后悔自己没有读书,于是特尔弗朝他喊道:"去他的学校! 那里不过是一张张发霉的床,方便上了年纪的职员睡觉而已!"

在那些来卡克斯顿卖东西的人中,这个男孩是最受欢迎的,甚至在他长到大人身高之后,还在卖着报纸。坐在纽利兰大楼前的椅子上,他们和他谈论了这座城市和这座城市所创造的财富。

"这里是属于年轻人的地方。"他们说。

萨姆有一种才能,能引导人们谈论他们自己及其琐事,他开始和一些旅人交朋友。从他们身上,他嗅觉到了这座城市的气息;听他们说话的时候,他想象着道路上熙熙攘攘的人群、直冲云霄的高楼大厦、一心想着赚钱而东奔西跑的人以及拿着微薄薪水年复一年地干着活的职员。说实话,其实他们都还不太理解企业雇用自己的目的和动机。

在这幅画面中,萨姆认为自己大有作为。他把城市里的生活看成是一场巨大的博弈,他坚信在这场比赛中自己会扮演一个非常重要的角色。难道不是他在卡克斯顿让一些东西从无到有? 难道不是他包揽了卖报的活儿并将其系统化的吗? 难道不是他想出把爆米花和花生放在篮子里,卖给星期六晚上出门的人们吗? 他雇用了一些小男孩出去干活,而且他银行账簿上的总额也已攀升到了七百多美元。一想到自己的过去以及将要做什么,他心里就感到无比骄傲。

"我会比这里的任何人都富有,"他骄傲地说,"我会比埃德·沃克还富有。"

星期六晚上是卡克斯顿生活中最美好的夜晚。为此,商店里的店员早早准备,萨姆派出了他雇用的卖花生和爆米花的小贩们,阿特·舍曼卷起袖子,把玻璃杯放在吧台下面的啤酒龙头旁边。为了度过一个愉快的周末,机械师、农民和工人们会穿上他们最好的衣服,和伙伴们热热闹闹地打成一片。主街上人山人海,商店、人行道和酒吧里密密麻麻地挤满了人,男人们三五成群地站在那里,年轻的女孩们和她们的心上人一起在街走来走去。盖格药店的大厅里人们还在跳着舞蹈,街上叫卖玫瑰花的声音和喧闹的马匹声此起彼伏。虔诚谷的醉汉会不时打起架来,一个年轻的农场主被刀划破了手。

萨姆在人群中进进出出,手里紧握着货物。

"还记得那个漫长而安静的周日下午。"他说着,把一张纸递到一个反应迟钝的农民手中。"这是一道新菜的食谱。"他向农场主的妻子推销道。"现在裙子又有新的流行样式啦。"他又向年轻的女孩说道。

直到虔诚谷的酒馆里最后一盏灯熄灭了，最后一个醉汉的口袋里也装着一张星期六的报纸驶入黑暗中时，萨姆才结束了一天的生意。

"我想带你跟我做生意，"弗里德姆·史密斯在他匆匆路过的时候叫住他，"你年纪太大了，不能再卖报纸了，而且你知道的事情很多。"

萨姆仍然一心想在星期六晚上这个特别的日子里赚钱，所以并没有停下来和弗里德姆讨论这件事。但是一年来他一直在静静地观望，思量着投身哪个行业。他朝弗里德姆点了点头，匆匆离开了。

"这是浪漫的结束！"在盖格的药店前，特尔弗站在弗里德姆·史密斯旁边喊道，他听到了弗里德姆对萨姆的提议。"这个男孩知道我心里的想法，听过我讲爱伦·坡和布朗宁，他会成为一个商人，从事恶臭的皮毛交易。这个想法一直困扰着我。"

第二天，特尔弗坐在他家后面的花园里，跟萨姆详细地谈了这件事。

"对你来说，应该把钱放在第一位。"他抽着烟，往后靠在椅子上，不时用手杖轻敲着埃莉诺的肩膀。"任何一个男孩都应该把赚钱放在第一位，鄙视赚钱的只有女人和傻瓜。看看埃莉诺，她在卖帽子上花的时间和心思简直要了我的命，但这却成就了她。看看她现在变得多好，多么胸有成竹。如果没有女帽生意，她就会成为一个没有目标的傻瓜，一心只想着穿衣打扮；而有了事业，她才有了一个女人该有的样子，事业对她来说就像她的孩子。"

埃莉诺反过来嘲笑她的丈夫，但眼睛却盯着地面，一副不开心的样子。特尔弗开始漫不经心地说着话，他的话实在太多了，他把目光从女人那里移到男孩身上。他知道，提到孩子就勾起了埃莉诺内心的遗憾。于是他开始试着逗她开心，全身心投入到碰巧说到嘴边的话题，滔滔不绝起来。

"不管未来会发生什么，在我们这个时代，赚钱要胜过很多总被人们挂在嘴边的美德。"他争辩说，好像要把对手击倒一样。"这是我们的美德之一，起码这证明了人类不是野蛮人。拥有赚钱的能力，而不是孜孜求利，这振奋了他的精神。金钱使人生机勃勃，它给予人自由，又驱散了恐惧。拥有它意味着拥有干净整洁的房子和制作精良的衣服。它给人们的生活带来了美和对美的热忱。它使人能够像我一样，在看清生命的本质之后有能力去冒险。"

"作家们热衷于讲述有关财富过剩的粗俗故事，"他又瞥了一眼埃莉诺，继续匆忙说，"毫无疑问，他们说的事情确实发生了。只谈钱，而不谈赚钱的能力和本能，这是错的。否则，那些极度粗俗贫困的人、那些殴打家人和让家人挨饿的醉汉、那些住在拥挤又不卫生的房子里的穷人、那些效率低下和失败的人，又该怎么办呢？像我曾经那样，坐在最无聊的城市富人俱乐部的休息室里，然后在中午的时候坐在工厂的工人中间。你会发现，跟我们相比，拥有美德的人并不是多喜欢贫穷。而且，一个只懂得勤劳工作的人，如果没有那种让他感到如饥似渴去精明地追逐的东西促使他奋发前进，他可能会练就一个强壮灵巧的身体，但思想却会变得病态腐朽。”

特尔弗抓起手杖，开始滔滔不绝起来，他顾不上埃莉诺，谈论起自己对于讲话的热爱。

“对美的热爱造就了诗人、艺术家、音乐家和演员，但它也需要转变成精明的赚钱方式，否则就会毁了自己。”他宣称，“真正伟大的艺术家都有这种能力。书本和故事都讲到，伟人们住在阁楼里忍饥挨饿；但在现实生活中，他们更有可能乘坐马车飞驰在第五大道上，在哈德逊有别墅。你自己去看看，那个阁楼里饥饿的‘天才’，他不仅没有能力赚钱，更没有能力去追求想要的东西。”

自从弗里德姆·史密斯匆匆跟他说过那番话后，萨姆就开始寻找接手他报纸生意的买家。这个地方对他很有吸引力，他想要一个机会。他认为自己可以从购买土豆、黄油、鸡蛋、苹果和皮革中赚到钱，他也知道自己坚持不懈在银行存钱的行为投合了弗里德姆的喜好，萨姆想利用这一点。

几天之内交易就达成了。萨姆靠报纸客户名单、花生和爆米花生意，以及他与得梅因和圣路易斯日报安排的独家代理权的转让，一共赚了三百五十美元。两个男孩在父亲的支持下买下了这个业务。在银行的里屋，出纳员讲了萨姆作为储户的一些记录，以七百美元的盈余完成了这笔交易。当谈到与弗里德姆的交易时，萨姆把他带到银行里屋，给他看自己的存款，就和给两个孩子的父亲看时一样。这让弗里德姆印象深刻，他认为萨姆会为他赚钱。在一周内，萨姆两次体会到了金钱无声的暗示力量。

萨姆与弗里德姆达成的协议包括每周合理的工资，这足以满足他的所有需求。此外，他还要求在买东西时拿到他为弗里德姆省下钱的三分之二。弗里德姆提供马匹装备、车辆和马的养护，萨姆则负责照料马。所买东西的价格每天早上由弗里德姆确定，如果萨姆买的价格低于他所提到的价格，那么省下的三分之二的钱就归他所有。这一安排是由萨姆提出的，他认为省下的钱要比工资多。

弗里德姆·史密斯在商店和街道上说话声音特别大，哪怕是讨论最琐碎的事情。他很爱给别人起外号，包括每一个他认识和喜欢的男人、女人和孩子。“老不正经！”他这样称呼温迪·麦克弗森，还会在杂货店里冲他咆哮，叫他别因为不服而把血洒在糖桶里。他会驾着一辆低矮的小马车在乡间转悠，马车发出嘎吱嘎吱的巨响，顶部还有一个很大的裂口。相处下来，萨姆认为弗里德姆就和这辆马车一样饱经沧桑。他有自己的买东西的方法。他会坐着马车停在农场房子门前大声呼喊，直到农夫从田里或房子里过来与他交谈。然后，他会扯着嗓门和农夫讨价还价，有时会达成交易，不然就直接驾车离开；而农民则靠在篱笆上，像嘲笑一个任性的孩子一样哈哈大笑。

弗里德姆生活在卡克斯顿最好街道之一的老砖房里。他的邻居们觉得他的房屋和院子有些碍眼，但对他这个人却很喜欢。他知道这一点，就站在前廊上大笑着喊。“早上好！玛丽，”他对街对面那个整洁的德国女人喊道，“等一下，你就会看到这里让我打扫得特别干净！我现在就开始。我要先把篱笆里的飞虫除掉。”

有一次，他竞选一个县办事处的职务，几乎赢得了这个县的所有选票。

弗里德姆对于半破旧的四轮马车和农具很狂热，他会把这些东西弄回家放在院子里，觉得它们除去锈迹和被腐蚀的部分，跟新的没什么两样。院子里已经有六辆轻便马车和一辆家庭马车、一辆牵引车、一台割草机，还有几辆农用马车和其他叫不出名字的农具。每隔几天，他就会带着“战利品”回家。可东西实在太多了，院子里根本放不下，渐渐地都堆到了门廊。萨姆从来没想过他会卖这些东西。他屋后的一个棚子里曾经有十六套马具，但全都是坏的，后来也没有修理过。一大群鸡和两三头猪在这堆废品里逛来逛去，附近所有的孩子和弗里德姆的四个孩子一起在这堆废品里大喊大叫地跑着。

弗里德姆的妻子是个脸色苍白、寡言少语的女人，她很少出家门。她喜欢勤劳的萨姆，在他四处奔波了一天晚上卸马具的时候，她偶尔会站在后门，用低沉平静的声音同他说话。

她和弗里德姆都非常尊重他。

作为一名买家，萨姆甚至比卖报纸做得更成功。他天生就是个买家，在一年之内非常有规划地在广阔的乡村进行交易，使得弗里德姆的买卖增加了一倍多。

萨姆很快就发现每个人身上都有点温迪·麦克弗森的装腔作势和自命不凡，并加以充分利用。他会让人们不停地谈论，直到夸大了他们产品的商品价值，然后突然叫他们算账，还没等他们从迷惑中反应过来，就便宜买回家了。在萨姆那个年代，农民们不会看每日市场报告，事实上，市场不像后来那么系统化、规范化，所以买方的技能是最重要的。萨姆靠着这个技能不断地赚着钱，但在某种程度上，他也会保持和他交易的人的信任和尊重。

喧闹、狂躁的弗里德姆就像这个孩子的父亲，为他的交易能力感到自豪。他会在大街上、商店里大声喊着萨姆的名字，宣扬他是艾奥瓦州最聪明的孩子。

他会对店里游手好闲的人大喊："这孩子一点也不像老不正经！"

虽然萨姆对于想到更广阔的天地施展才华有着近乎痛苦的渴望，但他并没有让这些影响到自己处理弗里德姆的事务，而是谨慎地保存着记录，采购土豆和苹果、黄油和鸡蛋、皮毛和皮具等，孜孜不倦地工作着，以增加他的佣金。弗里德姆的生意也有风险，很多次都没怎么获利，但这两个人却互相喜欢、彼此尊重。后来在弗里德姆的努力下，萨姆最终离开了卡克斯顿，投身于更大的事业中。

秋末的一天傍晚，弗里德姆来到马厩，萨姆也站在那里，正从马背上取马具。

"孩子，现在有个机会。"他说，亲切地把手放在萨姆的肩膀上，声音里带着一种温柔的力量。他已经写信给芝加哥公司，之前他买来的大部分东西都卖给了这家公司。他向公司说明了萨姆的能力，公司给他发来了聘用书。萨姆手里拿着聘书，感觉这远远超出了他在卡克斯顿的任何期待。

萨姆读那封信时，心怦怦跳了起来。他认为这为他开辟了一个广阔的新领域，让他可以奋斗、赚钱。萨姆觉得自己的少年时代终于结束，他终于有机会到城里去了。就在那天早上，老哈克尼斯医生在他动身去上班的时候，在门口拦住了他，用手指着屋里躺着的他的母亲。母亲看上去特别消瘦，已经睡着了。他告诉萨姆，再过一个星期，她就要离开人世了。萨姆心情沉重，心里充满了不安的渴望。他穿过街道来到弗里德姆的马厩，希望自己快点离开。

现在，他穿过马厩，把他从马身上拿出来的马具挂在墙上的钉子上。

"我愿意去。"他沉重地说。

弗里德姆走出马厩的大门，旁边跟着小麦克弗森，他在很小的时候就来到他身边，现在已经是个十八岁身强力壮的年轻人了。他不想失去萨姆。他之所以给芝加哥公司写信，是因为他对这个男孩很有感情，他相信他能做成比卡克斯顿所能提供的更多的事情。现在，他静静地走着，在满是乱七八糟的东西的院子里，拿着提灯照着路，心里充满了遗憾。

他的妻子在房子后门站着，脸色苍白且面容疲惫，抓着男孩的手。她的眼里含着泪水。萨姆什么也没说，转过身朝着街道飞奔而去。弗里德姆和他妻子走到前门，看着他离去。萨姆停在一个街角的树影下，可以看到他们在那里，风吹动着弗里德姆手中的提灯，瘦小的老妇人在黑暗中像一个白色的斑点。

6

三月的风吹得弗里德姆手中的提灯来回摇晃，也催促着萨姆加快脚步。他沿着木板人行道朝家走去。在一座白色外墙的房子前面，一个头发灰白的老人斜靠在门口，望着天空。

“要下雨了。”他用颤抖的声音说，就像下雨这件事是他决定的一样。还没等人回应，他就转过身去，沿着一条狭窄的小路走进了那座房子。

萨姆笑了笑，接着又感到疲惫不堪。自他开始与弗里德姆一起工作以来，他看到亨利·金博尔日复一日地站在他家门口，望着天空。这个人是买萨姆报纸的一个老客户，他过去在城里是个人物。据说他年轻时在密西西比河上赌博，还多次参加狂野的冒险。南北战争结束后，他来到卡克斯顿度晚年，一个人住着，年复一年地记录天气变化的情况。在暖季，他每个月都有一两次会跌跌撞撞地走进怀尔德曼的店，坐在炉边，自吹自擂起他记天气变化记录得有多准，还会聊起跟在他后面跑来跑去的脏狗的事。照他目前的情况，这个人生活中永无止境的相似和平淡使萨姆感到既好笑又可悲。

“走到门口，望着天空，就这样度过一天，把期待和依靠都寄托在天上，太可怕了！”萨姆想。他把手伸进口袋，高兴地摸着芝加哥公司的来信，那封信为他打开了广阔的外部世界。

除了不可避免要与弗里德姆分别这突如其来的悲伤之外，还有他母亲即将离世所带来的痛苦。但萨姆仍然对自己的未来自信满满，连回家的步伐都变得愉快。读完弗里德姆给他的那封信后，萨姆激动不已；当看到老亨利·金博尔站在门口，望着天空，他又感到一阵兴奋。

“我永远不会这样坐在世界的小角落里，每天看着疯狗追着球玩，日复一日地盯着温度计。"他想。

为弗里德姆·史密斯打工的三年教会了萨姆不要怀疑自己的能力，他能够处理好将来可能会出现的商业问题。他知道自己已经做到了，成了自己梦想成为那种优秀的商人，管理和指挥他们所关心的事务，因为他们身上有一种叫作商业意识的品质。他高兴地回忆起，卡克斯顿的人们不再称他是个聪明的男孩，而现在都说他是一位优秀的商人。

他在自己家门口停下来，站在那里，想着这些事情和濒临离世的母亲。他回想起他在门口见过的那个老人，想到他母亲的生活和那个靠狗和温度计为伴的人一样单调。

"的确如此，"他自言自语，继续想着，"但她的情况更糟糕。她既没有一大笔财产可以平静地生活，也没有年轻时狂野冒险的日子可以回忆，以此安慰生命的最后几天。相反，她盯着我看的时候，就像那个老人在看他的温度计，而父亲就像她家追逐玩具的狗。"这一形象让他感到高兴。萨姆站在门口，风在沿街的树上唱着歌，偶尔一滴雨打在他脸上。他就这样想着，想起了和母亲在一起的生活。在过去的两三年里，他一直试图补偿她。在转手了报纸业务以及他和弗里德姆的生意成功起步之后，他就不让她再洗衣服了。自母亲身体变得不好以后，他就夜复一夜地陪伴她，也不去怀尔德曼杂货店和他四个朋友坐在一起高谈阔论了，也不再和特尔弗或玛丽·安德伍德一起在乡间小路上散步，而是坐在生病的母亲旁边，在夜幕降临时，扶她到屋前草地的扶手椅上。

萨姆觉得这几年是好年景，让他对母亲有了一种了解，也让他可以严肃认真、有的放矢地继续为自己制订雄心勃勃的计划。单独在一起的时候，母亲很少和他谈话，话少已经成了她一辈子的习惯。随着萨姆对她日益了解，母亲是否和他多说话这件事已经显得没那么重要了。在黑暗中的家门口，他想起了他和母亲一起度过的那些夜晚，想起她美好的生活就这样可怜地浪费掉了。那些曾经伤害过他和让他痛苦并不可原谅的事情已经无关紧要了，甚至连自命不凡的温迪的所作所为也变得微不足道了。简在病中，温迪却在领养老金的那天继续酗酒，并且很长一段时间都不回家，等到钱花光了才回来，然后在屋里哭哭啼啼，懊悔不已。萨姆试着公道地想，他不仅失去了洗衣工，还失去了妻子。

"她是世界上最棒的女人。"他自言自语。萨姆一想到他的朋友约翰·特尔弗，便流下了幸福的泪水。在过去的日子里，特尔弗在洒满月光的道路上对自己身边小跑的报童称赞他的母亲。他脑海里浮现出她那张憔悴的长脸，在白色枕头衬托下显得苍白恐怖。几天前，弗里德姆家挂着破马具的厨房墙上钉着的一张乔治·艾略特的照片吸引了他的眼球，弗里德姆的妻子就把这张照片给了他。在黑暗中，他把照片从口袋里拿了出来，放在嘴唇上。在某些难以形容的方面，他觉得它像自己母亲生病之前的样子。他一直把照片带在身边，在工作感到孤单时从口袋里掏出来看看。

萨姆静静地绕着房子走着，站在了一个旧棚屋旁，这是温迪第一次尝试养鸡留下的。他开始回想起母亲年轻的时候，以及他们在房前草坪上的一次长谈，那些画面仍旧栩栩如生，他甚至记得那次谈话中说的每一句话。那个生病的女人谈到了她在俄亥俄州的青年时代，她一谈起，萨姆的脑海里就立刻浮现出一幅画面。她向他讲述了她在一个新英格兰人家里的日子，那个人嘴唇薄薄的，臂力无穷，来到西部接手了一个农场；她努力争取接受教育，存钱买书，后来通过考试成为一名教师，这让她很高兴；还有她和温迪的婚姻，后来是约翰·麦克弗森。

当温迪向她这位年轻老师求婚时，她热切地答应了。她觉得如此风度翩翩的男人竟然在镇上所有的女人中选了自己这样默默无闻的人，真是浪漫得令人难以置信。

"即使到了现在，我也不后悔，尽管对我来说，只剩下劳碌和悲伤。"这个生病的女人告诉她的儿子。

在和年轻的花花公子结婚后，简和他一起去了卡克斯顿。在那里，他买了一家商店，但三年之内，他却把商店搞进了警局，他妻子成了镇上的洗衣工。

当她说起某一年冬天温迪和他一个年轻的同伴从一个学校到另一个学校在整个州巡回演出时，黑暗中，那垂死的女人脸上掠过一丝冷酷的微笑，半是轻蔑，半是愉快。这位前士兵成了一位演唱滑稽歌曲的歌手，他给年轻的妻子写了一封又一封的信，讲述了他努力赢得的掌声。萨姆想象着演出的情景，在灯光昏暗的小校舍，饱经风霜的面孔在有漏隙的幻灯的照射下闪闪发光，温迪兴高采烈地跑来跑去，满口舞台行话，穿着一身杂色花衣，趾高气扬地走上小舞台。

"整个冬天他没寄给我一分钱。"那个生病的女人说，打断了他的思绪。

这个寡言少语的女人终于打开了话匣子，回忆起了她的青葱岁月，她谈到了自己的亲人。她父亲在树林里被一棵倒下的树砸死了。关于她的母亲，她讲了一段简短的逸事，这段逸事充满了黑色幽默，令她儿子大吃一惊。

这位年轻的老师曾经拜访过她母亲一次，在俄亥俄州的农舍客厅里坐了一个钟头。而这位凶猛的老妇人却用不礼貌的怀疑目光看着她，让她觉得自己的到来简直愚蠢至极。

在火车站,她听到过一件关于她母亲的逸事。故事说,有一次,一个魁梧的流浪汉来到农舍,发现只有她一个人,于是就想欺负她。流浪汉和这个正值壮年的女人在屋后院子里厮打了一个小时。铁路代理人把这个故事告诉简时,仰起头大笑起来。

"她把他打倒了,"他说,"不仅把他彻底打倒在地,还给他灌烈性苹果酒。于是他头晕目眩地跑到镇上,宣称她是全州最厉害的女人。"

黑暗中,在破旧的棚屋旁,萨姆的思绪从对母亲的思念转到了对他姐姐凯特的思念,以及她对那个年轻农民的爱恋。他悲伤地想,她因父亲的失败承受了多么大的痛苦,想到她为了逃离家里客人没完没了地谈论战争的夜晚是如何走出家门,在黑暗的街道上游荡。有一天晚上,她从卡尔弗特租马店租了马具,一个人骑马回到乡下,得意扬扬地收拾起衣服,炫耀着结婚戒指。

在他面前浮现出一幅夏日午后的景象,那天他看到了在这之前姐姐的一件爱情小事。他走进店里去看他的姐姐,小农场主进来的时候,尴尬地环顾着四周,把一只新金表从柜台另一边推给凯特。他心中突然涌起一股对姐姐的尊敬。"这肯定得花不少钱。"他想,兴致勃勃地看着姐姐情人的背影和她羞红的脸颊以及炯炯有神的眼睛。他转过身来,看见年轻的麦克弗森,不自然地笑了起来,接着走了出去。凯特对她弟弟的眼神感到尴尬,窃喜的同时又有点受宠若惊,但她假装对这件礼物不是很在意,把它漫不经心地放在柜台上来回旋转,摆动着胳膊走来走去。

"别说出去。"她说。

"那就别装了。"男孩回答说。

萨姆认为,姐姐轻率地奉子成婚终究会比母亲与温迪轻率地结婚有更好的结局。

他打起精神走进屋里。雇用的一位邻居妇女已经准备好了晚餐,现在开始抱怨他来晚了,说饭菜都凉了。萨姆默默地吃着。他吃的时候,女人走出家门,不久就回来了,把她女儿带了过来。

在卡克斯顿,有一条规定是女人和男人不允许单独待在一个房间里。萨姆想知道,她把女儿带来是为了证明自己遵规守矩,还是认为家里那个生病的女人已经去世了。这么一想,他感到既好笑又悲伤。

"她长得还是很安全的。"他若有所思地自言自语。她五十岁了,身材矮小,一副紧张兮兮、憔悴不堪的样子,还戴着一副不合适的假牙,说话时会发出响声。她不说话的时候，由于紧张，舌头也会把假牙弄得咯咯作响。

温迪从厨房门口进来，他喝得酩酊大醉。他站在门口，抓住门把手，试图控制住自己。

"我妻子——我妻子快死了！她随时都可能死！"他哀号着，眼里饱含泪水。

那妇人带着女儿走进了起居室，那里为生病的女人准备了一张床。萨姆坐在厨房里，怒气冲冲，厌恶不已。这时，温迪蹒跚向前，跌进了椅子里，开始号啕大哭。外面路上，一个骑着马的人停了下来。当他在狭窄的街道上转弯时，萨姆能听到车轮摩擦马车车身的声音。车轮刮擦上方传出了一个声音，粗鲁地咒骂着。风还在刮着，开始下雨了。

"他走错了路。"男孩呆呆地想。

温迪双手托着头，哭得像个心碎的男孩。整个屋子都回荡着他的哭声，他的呼吸里充满了浓烈的酒味，弄得满房间都是。在炉子旁边的一个角落里，母亲的熨衣板靠墙放着，看到它萨姆愈发怒火中烧。他还记得那天，他和母亲站在商店门口，看到父亲吹军号失败既可笑又凄惨的场景。凯特结婚前的几个月，温迪还在小镇上大吵大闹，威胁要杀死她的情人。萨姆和母亲陪凯特待在一起，躲在房子里，感到很丢脸。

醉汉把头靠在桌子上睡着了，他的鼾声盖过了男孩因愤怒而引起的啜泣声。萨姆又开始想起他母亲的生活。

他为报答母亲生活的艰辛而付出的努力，似乎毫无结果。"我想报答他。"他望着眼前的男人，突然涌起一股仇恨。阴郁的厨房、餐桌上冰冷又半生不熟的土豆和香肠，还有那个睡着的醉汉，在他看来，这一切似乎是生活在那所房子里的一种象征。他打了个寒战，转过脸来，凝视着墙壁。

他想起了在弗里德姆·史密斯家里吃过的一顿晚餐。那天晚上，弗里德姆来到马厩，邀请他去家里吃饭，就像今晚他带来芝加哥公司的信一样。正当萨姆摇着头拒绝时，孩子们来到了马厩门口。弗里德姆最大的孩子已经十四岁了，像个假小子，她的力气跟男人一般大，喜欢在意想不到的地方突然脱下衣服。在她的带领下，他们冲进马厩，带着萨姆去吃晚饭。弗里德姆笑着催促他们往前走，他咆哮的声音在马厩里回荡着，马儿在跳来跳去。他们把他拖到屋子里，其中一个四岁的孩子跨坐在他的背上，用羊毛帽敲打着他的头。弗里德姆摇摆着提灯，偶尔用手推一下。

在弗里德姆家大餐厅的尽头，一张铺着白布的长桌让男孩想到他正坐在空荡荡的小厨房，吃着没吃过的煮得很差的食物。而弗里德姆家的桌上放着许多面包和肉，还有堆满了热气腾腾的土豆的大盘子。在他自己家里，食物只够吃一顿，并且经过精确计算，当你吃完饭时，桌子上空空如也。

奔波了漫长的一天，他是多么享受那顿晚餐。弗里德姆动作夸张地向孩子们高声喊着，把盘子高高堆起来，让他们一个个传过去，妻子或者那个假小子不停地从厨房里端出新鲜食物。那天晚上，他们开心地谈论着学校里的孩子们和假小子会突然显出的女孩气质，那种富足而美好的生活气氛让男孩魂牵梦萦。

“我妈妈从来都不知道这种事。”他想。

那个一直在睡觉的醉汉醒了，开始大声说话。他想到以前一些被淡忘的不满，谈起了学校的书本费用。

“他们在学校换书换得太频繁了！”他转过身来大声说道，面对着厨房的炉子，像对着观众发表演讲，“这是贿赂有孩子的老兵的阴谋。我可不能忍！”

萨姆怒不可遏，气得说不出话来。他从笔记本上撕下一页，在上面潦草地写了句话。

“安静点，”他写道，“如果你再说一句话，或者再发出什么声音来打扰妈妈，我会把你掐死，像条死狗一样扔到街上去。”

他从盘子里拿起一把叉子，隔着桌子，碰了碰父亲的手，把纸条放在他眼前放台灯的桌子上。他正在跟自己做斗争，想控制住自己要冲过房间杀死那个他认为害死母亲的人的冲动。这个人现在正坐在她的临终床边大声吼叫着。冲动扭曲了他的思想，他在厨房里东张西望，就像陷入了一个疯狂的噩梦。

温迪手里拿着纸条，慢慢地读着，不明白它的意思，但也一知半解，然后把它放在了口袋里。

“一条狗死了，是吗？”他喊道。“孩子，你现在长大了，又聪明。我怕一条死狗做什么？”

萨姆没有回答。他小心翼翼地站起来，蹑手蹑脚地走过桌子，把手放在了那个喋喋不休的老人的喉咙上。

“我不能杀人，”他不停地自言自语，好像在和某个陌生人说话，“但我必须掐住他，让他安静下来，但我不能杀人。”

在厨房里，两个人都默默地挣扎着。温迪站不起来，无助地用脚使劲蹬着。萨姆低头看着他，仔细观察着他的眼睛和脸颊上的红晕，开始意识到他已经好几年没见过他父亲的脸了。现在，这模样深深地印在了他的脑海里，它已经变得如此粗糙，如此痴呆。

“只要一直使劲掐住这个瘦削的喉咙，我就可以回报妈妈多年来浪费在沉闷的洗衣盆上的时间了,再用一点点力我就能杀死他。"他想。

那双眼睛开始盯着他,舌头也伸了出来,额头上沾着泥巴,那是他在漫长的午后酒醉狂欢时不知从什么地方沾来的。

"如果我现在使下劲,把他杀了,那我一辈子的记忆中他的脸都是现在这个样子。"男孩想。

在寂静的屋子里,他听到邻居女人对她女儿严厉地说着话,接着传来一阵生病母亲熟悉、疲惫的干咳。萨姆把失去知觉的父亲拉起来,小心翼翼地悄悄从厨房门口走了出去。雨打在他身上,当他扛着父亲绕着房子走时,风吹掉了小苹果树的一根枯枝。枯枝落在他的脸上,留下了一道长长的划痕,他感到无比刺痛。他在房前的篱笆前停了下来,把他扔到了通向道路的一小段长满草的斜坡上。他转身离开,头上什么也没戴,穿过大门走上了街道。

"我要去找玛丽·安德伍德。"他想,心里又想起了几年前和他一起走在乡间小路上的那位朋友。由于约翰·特尔弗对所有女人长篇大论的猛烈抨击,他和玛丽就不再做朋友了。他在人行道上跌跌撞撞地走着,雨点落在他光着的头上。

"我们家里需要一个女人,"他一遍又一遍地对自己说,"我们家里需要一个女人。"

7

萨姆靠在玛丽·安德伍德门廊下的墙边，脑海中回想着自己如何来到了这里。他没戴帽子就这么直接穿过了主街，沿着一条乡间小路走了出去。他一路上摔倒了两次，身上沾满了泥，爬起身后又继续往前走，却忘记了自己该去往何处。厨房里寂静无声，笼罩着紧张的气氛，萨姆对父亲持有太多难以想象且可怕无比的仇恨，这恨意使他的大脑迷醉，只感到晕眩、出奇的喜悦与自由。

他心里想："我真想弄清楚自己都做了些什么。"

这所房子面对着一片松树林，要去那里需要翻上一座小丘。房子还连着一条蜿蜒的路，直通墓地和村庄的最后一抹光亮。野蛮的春雨打在头顶的铁皮屋顶上，萨姆的背紧紧贴在房子的前壁上，他挣扎着想要捋清自己的思绪。

萨姆在那里站了一个小时，凝视着黑暗，看着暴风雨，心里感到一丝轻松——他和母亲一样都喜欢雷雨。记得有一天晚上，那时候他还很小，他的母亲从床上爬起来，在屋子里哼着歌走了过来。轻柔的歌声并没有吵醒昏昏欲睡的父亲，而躺在楼上的萨姆还醒着。他静静地听着那屋顶上的雨声、偶尔的雷声和温迪的呼噜声，还有母亲那伴随着暴风雨的难得而美妙的歌声。

如今他抬起头，欣然环顾四周，面前林子里的树木在风中摇曳，墓地外道路上闪烁着的油灯和远处房屋窗户上的灯光将原本漆黑的夜色照得朦胧。他所站的房子里射出来的光线在松树中间形成了一个小小的光柱，雨滴从松树中间穿过，闪闪发亮。不时的闪电照明了树木和蜿蜒的路，天空的雷声在头顶上翻滚回荡，萨姆心中响起一曲狂野之歌。

"多希望这一切能持续下去。"他想道，思绪回到了儿时——母亲在黑暗的屋子里唱歌。

门开了，一个女人走出门廊，来到他前面。面对着暴风雨，风把她柔软的和服吹得凌乱，雨打湿了她的面庞。在铁皮屋下面，空气中充满了雨声刺耳的回响。那女人抬起头来，雨打在她身上，她开始唱歌，那优美有力的声音大过屋顶上的雨声，她继续唱着，不顾雷声的干扰。歌声讲述了一个人穿越风雨寻找爱人的故事，其中一句歌词是：

他骑着马，幻想着她的红唇。

女人唱着，她的手搭在门廊的栏杆上，身体倾向雨中。

萨姆惊讶万分，他面前的人是玛丽·安德伍德，是他上学时的朋友。经历过厨房悲剧后，他的思想变了，站在他面前的那个女人的身影与他母亲在暴风雨之夜歌唱的身影融为一体，映在他的脑海中。他的神思不由得游离了，就像小时候他看着他们走在星空下、听约翰·特尔弗谈话时一样。他望见一个肩膀宽阔的人沿着山路骑马而下，对着暴风雨怒吼着。

“他淋成落汤鸡在雨中大笑。”歌手继续唱着。

雨中唱歌时的玛丽·安德伍德显得如此亲近可爱，就像他还是个赤脚男孩时见到的那个她一样。

“约翰·特尔弗对她的看法是错的。”他想。

她转过身面对着他，雨水顺着她的头发流过脸颊。这时，一道闪电划破黑暗，照亮了萨姆的脸。他现在是一个有着宽阔肩膀的青年，穿着满是泥巴的衣服，带着满脸的疑惑。她突然惊叫道：

“嗨，萨姆！怎么是你？快进去，别淋着了。”

“我喜欢这里。”萨姆回应道。他抬起头，视线越过她，望向暴雨。

玛丽走到门口，把手放在门把手上，望着黑暗。

“你很久没来看我了吧，”她说，“进来吧。”

关上屋子的门，露台屋顶上的雨声落成沉寂的鼓声。房间中央的桌子上摆着成堆的书，墙边的架子上也有书，桌子上点了一盏学生用的煤油灯，光线将房间的角落刻画成深深的阴影。

萨姆站在靠近门的墙边，眯着眼睛打量着四周。

玛丽去了屋子的另一处，换了一身长袍回来。她一边好奇地看着他，一边在房间里走动，捡起散落在椅子上女人的小零碎。随后，她跪在地上，在房间旁一个敞开的壁炉里堆了几根木棍，点燃了火。

“暴雨让我想唱歌，”她随意又轻快地说，“你得赶紧擦干身子，你在路上摔得浑身都是泥。”

萨姆不再沉默，他打开了话匣子。突然，一种想法涌上心头。

“我是为追求你而来的，”他想，“我要请玛丽·安德伍德做我的妻子，和我住在一起。”

那个女人跪在熊熊燃烧的柴火旁，这个画面唤起了他心中沉睡的某种东西。她穿着的那件厚重的衣裳滑落下来，露出和服覆盖的圆肩，湿漉漉的衣服贴在身上。她有着细长而年轻的身材，燃烧的柴火照亮她柔软的灰发和严肃慵散的脸庞，这使他的心脏怦怦跳个不停。

“我们家里需要女人，”他沉重地说，重复着他在狂风暴雨席卷的街道和泥泞的道路上吐露的话，“我们家里需要一个女人，我来这里是要带你回去。”

“我想娶你，”他一面补充道，一面摇摇晃晃地穿过房间，粗暴地抓住她的肩膀，“不好吗？我需要女人。”

玛丽·安德伍德被那张俯视着她的脸和紧握在她肩膀上的有力双手吓了一跳。在他年轻的时候，她对那个报童产生过一种母性似的热情，甚至为他计划过未来。倘若她的计划成真，他现在会成为一名学者，成为一个生活在书籍和思想之间的人。然而现实却与之相反，他选择在男人中间生活。他很会赚钱，像开车环绕这座城市的弗里德姆一样，与农民们做着交易。她看见他晚上开车穿过那条街到弗里德姆的家，进进出出的，和其他男人一同走在街上。她仿佛弄明白了，他一定是受了某种影响，使得他战胜了她那梦寐以求的愿望，而她却曾因这愿望暗地将约翰·特尔弗认作一个嬉皮笑脸的懒汉。如今，男孩穿越暴风雨来到她身边，双手和衣服上沾满了路上的泥巴，面对一位年纪大到可以做他母亲的女人，谈起婚姻，谈起同居。她冷冰冰地站着，望着那张热切、成熟的脸，眼睛里充满了痛苦和茫然。

在她的注视下，那个男孩又找到了旧时的感觉，他试图对她解释一番。

他开始说：“不是特尔弗的话把我从你身边赶走的，而是因为你谈的那些关于学校和书本的内容使我深感厌倦。这个世界有这么多钱等着去赚，我可不愿年复一年坐在闷热的小教室里，我厌烦学校的老师，不愿成天用手指敲打桌子，望着窗外大街上走过的男人，我想离开那里去往属于我的街道。”

他把手从她的肩膀上放下，坐了下来，凝视正安静燃烧着的炉火。烟气缠绕着他的裤腿，他的思想仍不受自己控制，继续重构着他童年时的幻想，其中一半属于他自己，一半属于约翰·特尔弗。这幻想多年前就在他的脑海里出现：他与特尔弗一起为模范学者作画，画里的主角是一位在街上蹒跚踱步的老人，他既驼背又虚弱，一边自言自语，一边把棍子戳进排水沟。这画便是对卡克斯顿学校院长弗兰克·亨特利的深刻讽刺。

坐在玛丽·安德伍德家的火炉前，这一会儿，他变成了一个男孩，思考着一个男孩才会有的问题。萨姆并不想成为那种人，他只希望奖学金能帮助他成为他一心想成为的上流社会的人，他希望自己在为这个世界工作的同时也能赚钱养活自己。当他还是一个孩子且是她的朋友时，他无法表达的东西又浮现在他的脑海里，他觉得自己现在必须向玛丽·安德伍德表明，学校并未带给他想要的东西。他思考着该如何告诉她这件事。

他转过身来，认真地看着她说："我不在学校待了，这不是你的错，我已决定离开那里了。"

玛丽坐在椅子上，一直低头望着这个满身是泥的人，她逐渐理解了他的意思。这时她的眼睛闪烁了一下，她跑到通往楼上卧室的楼梯上，尖声喊道："姑妈，快下来，这儿有人生病了。"

一个惊愕而颤抖的声音从上面传来："谁呀？"

玛丽·安德伍德没有回答。她回到萨姆身边，轻轻地把手放在他的肩膀上，说："你只是一个生了病、失了精神的男孩。你母亲，她还在吗？告诉我。"

萨姆摇了摇头。"她依旧躺在床上，总是咳嗽，"他站起来，"我刚杀了我父亲。"他说："我掐死了他，把他扔进了房子前面的马路上，他总是在厨房里制造各种可怕的噪音，而母亲太过疲惫，她需要休息。"

玛丽·安德伍德开始在房间里奔来跑去，她从楼梯下的一个小壁龛里拿起衣服，扔在地板上，接着把一只长筒袜穿上。她显然忘记了萨姆的存在，直接撩起裙子就系上了，随后又穿上鞋，一只脚有袜子，一只没有。她转过身来对萨姆说，"我们一块回你家去，我想你是对的，你需要一个女人。"

她在街上快速地走着，紧紧地抓住旁边默默大步走着的人的手臂。萨姆高兴极了，他觉得自己有进步，这是他要完成的事情。他又一次想起了他的母亲，并逐渐意识到他走在弗里德姆·史密斯家的下班路上，他开始构想将要和她一起度过的夜晚。

"我会告诉她有关芝加哥公司的信，告诉她我去城里以后要做些什么。"他想。

在麦克弗森家门口，站在篱笆旁的玛丽望着草滩下的道路，其实黑暗中，她什么也看不清楚。雨继续下着，风尖叫着呼啸而过，吹动着光秃秃的树枝。萨姆穿过大门，绕到厨房门口，一心想去他母亲的床边。

房子里的邻居女人坐在厨房炉子前的椅子上睡着了，她的女儿已经走了。

萨姆穿过屋子来到客厅，坐在他母亲床边的椅子上，拿起她的手，握在自己的手里，他想："她一定睡着了。"

在厨房门口，玛丽·安德伍德停了下来。她转过身，沿着街道向黑暗中走去。在厨房的炉火旁，邻居女人还在睡觉。而客厅里，萨姆坐在他母亲床边的椅子上，环顾四周。一盏灯在床边的小台子上发出昏暗的光，灯光落在一幅挂在墙上的高个贵族女子画像上，她的手指上戴着戒指。这是温迪拿来的画，他认为画上画的是他母亲。为了这幅画，萨姆曾与姐姐争吵过。

凯特很重视这幅女人肖像，而男孩就坐在她对面的椅子上。她把头发重新整理好，双手放在大腿上，模仿着这位俯视着她的伟大女士的姿态。

"这是一个谎言，"他说道，他认为他的姐姐对父亲持有一种自欺欺人的忠诚，"他在撒谎，这幅画是他在别处捡来的，然而他却声称上面画着母亲，好让人们相信他是个大人物。"

女孩因模仿画上人物的姿势而感到羞愧，并因这幅画的真伪受到质疑而倍感愤怒。于是，她愤愤不平地把手放在耳朵上，跺着脚，然后她跑过房间，跪在一张小沙发前，把脸埋在枕头里不住颤抖着，满是愤怒与悲伤。

萨姆转过身走出了房间。在他看来，姐姐的状态似乎有些像温迪偶尔勃然大怒时的样子。

"她喜欢这幅画，"他心想，并没有理会这个小意外，"她喜欢相信谎言，就像温迪，宁愿相信谎言。"

玛丽·安德伍德从雨中跑到约翰·特尔弗的家，用拳头敲打着门，直到特尔弗拿着一盏灯走来。灯举过了跟随着的埃莉诺的头顶，她和特尔弗一起穿过街道来到萨姆家门前，想到他们会在那儿找到那个被掐死的、面目全非的男人。她紧抓着特尔弗的胳膊，就像她紧紧抓住萨姆的胳膊一样，她已忘记了自己光着的头和衣衫褴褛的衣服。特尔弗从马厩里取下一盏提灯。

在屋子前的路上，他们什么也没有发现。特尔弗上上下下地晃着提灯，窥视着排水沟。玛丽在他身边走着，把裙子提了起来，泥溅在她赤裸的腿上。

突然，特尔弗仰起头笑了起来。他牵起她的手，带着玛丽奔上岸，穿过了大门。

"我真是个老糊涂！"他叫道，"我老了！头脑不清楚啦！温迪·麦克弗森并没有死！没有什么能杀死那个老兵！晚上九点钟，他还在怀尔德曼杂货店里，满身泥巴，扬言自己和舍曼打了一架。可怜的你和萨姆来找我，我彻底变成了一个蠢驴！傻瓜！我是个多么愚蠢的傻瓜！”

厨房门口的玛丽和特尔弗跑了进来，把炉子旁边的女人吓了一跳，她的舌头与假牙都紧张得战栗起来。走进客厅，他们发现萨姆头靠在床边睡着了，手里还握着简·麦克弗森冰冷的手，她已经死了一个小时了。玛丽·安德伍德弯下腰来，吻了吻他那湿漉漉的头发。这时，邻居的女人拿着厨房的灯走了进来，约翰·特尔弗把手放到嘴唇边，命令她保持沉默。

8

简·麦克弗森的葬礼对她儿子来说是件难熬的事。他认为他那抱着孩子的姐姐凯特已经变得不修边幅,看上去也十分暴躁,早晨她从卧室里走出来时,看上去就像与丈夫刚争吵过一样。葬礼仪式期间,萨姆待在客厅里,看着挤进屋子的无数妇女,感到既讶异又恼怒。到处都是人,他们挤在厨房里、客厅后的卧室里,而死去的女人躺在客厅的棺材里,人们聚在周围,一片混乱。薄嘴唇的牧师手里拿着一本书,不停地讲述着逝去女人的美德,人群恸哭了起来。萨姆盯着地板,心里想到她们也会为死去的温迪哭泣,不由得攥紧了拳头。萨姆怀疑自己是否会以同样的方式,粗野无知地谈论死者的美德。在死者棺材旁的一张椅子上,失去妻子的丈夫穿着黑色的新服痛哭流涕。谢了顶的、爱管闲事的殡葬承办人紧张地四处走动,专注于自己的差事。

仪式期间,坐在他身后的人把一张纸条扔在萨姆脚下。萨姆拿了起来,他高兴地发现这上面的信息终于可以将他的注意力从牧师的声音和哭泣的女人脸庞上抽离出来。这些人从未来过这座房子,在萨姆看来,他们毫无隐私感。纸条是约翰·特尔弗写的。

“我不会参加你母亲的葬礼,”他写道,“我尊敬你母亲,现在她死了,我希望你能和她独处一阵,而我也会纪念她,我会在心里举行一个仪式。如果我去怀尔德曼杂货店,我也许会要求那个男人暂时锁上门,不再售卖肥皂和烟草;如果我去瓦尔莫尔的店里,我会登上阁楼,听他敲打下面的铁砧;如果他或弗里德姆·史密斯去你家,我会用绝交来恐吓他们。不过,当我看到马车穿过街道时,我就知道一切都安排妥当了。那时,我会买花带给玛丽·安德伍德,以死者的名义来欣赏活着的人。”

这张纸条给萨姆带来了安慰，让他重新抓住自他身上早已溜走的东西。

“无论如何，这是出于好意。”他想。他意识到，即使在过去的恐怖岁月里、在他面对简·麦克弗森这个长久而艰难的角色离去的事实之时，田里的农夫正帮他播种玉米，瓦尔莫尔帮他敲打铁砧，约翰·特尔弗则写了字条给他以安慰。他站起身来，打断了牧师的讲话。正当牧师开口说话时，玛丽·安德伍德走了进来，坐到了门口附近的一个通向街道的偏僻角落。萨姆挤过那些盯着她看的女人们，经过皱着眉头的牧师和谢了顶的殡葬承办人，殡葬承办人手腕一转，把纸条扔到她的大腿上。萨姆不顾人们好奇的注视说道：“这是约翰·特尔弗写的，看看吧，即使像他这样憎恶女人的人，现在也把鲜花摆到门前了。”

房间里传来一阵低语，议论声四起。女人们把头凑在一起，手遮着脸，对着学校老师点点头。男孩没有意识到自己营造了一种氛围。他回到椅子上，继续盯着地板，等待着讲话、唱歌和游行等程序的结束，而牧师又重新开始朗读手中的那本书。

“我比这里所有的人都显得苍老，”年轻人心想，“他们把生死当作儿戏，我却认为命运掌握在自己手中。”

玛丽·安德伍德缺乏萨姆对人们的这种满不在乎的态度，满脸火红的她环顾四周，看到女人们把头凑在一起，低声低语，恐惧的寒意从她身上掠过，她又得面对昔日的丑闻了。她拿起纸条，溜到门口，沿着街道偷偷走了。她再次对萨姆产生了母爱一般的情感，那晚他们一起走在雨中所受的恐惧使她变得更加坚强和高贵。回家时，她对着牧羊犬吹了一声口哨，接着便沿着一条乡间小路出发了。在一片树林的尽头，她停了下来，坐在一根木头上，读起特尔弗的字条。她的脚陷进软土里，嗅到一股温暖而刺鼻的新生命的气味，眼泪霎时涌上了她的眼睛，也许几天后，她将面对许多事情。不过如今，她有了一个男孩，她可以把母爱倾注在心；她也结识了特尔弗，这个一直给她带来恐惧和疑虑的朋友。

萨姆在卡克斯顿逗留了一个月。在他看来，那个地方或许会让他想留下来。他和人们坐在怀尔德曼杂货店的后面，随后便漫无目的地穿过街道，沿着乡间小路走出小镇。那里的人们整天在田野里辛勤劳作，跟在汗流浃背的马匹后面犁地，空气中带有春天的寒冷气息，傍晚时分，一只麻雀在他卧室窗户下的苹果树上唱歌。萨姆默默地走着、闲逛着、看着地面，他的心里带有对人的恐惧。商店里男人们的谈话使他感到疲倦，他独自一人走进乡下时，却发现他所想要逃避的声音依旧跟随着他。在街角，一位留着棕色胡须的牧师拦住了他，同他谈起了未来的生活，就像他曾停下来和一个赤脚的报童聊天时一样。

他说:"你的母亲已经走了,你也应该跟着她走到这条狭窄的小路上。上帝把这份悲伤当作对你的警示,他希望你也过上这种生活,在生命结束后,你会进入天国与母亲团聚。加入我们的教会吧!为上帝工作,寻找真理!"

萨姆听了并没往心里去,摇了摇头继续往前走。这位牧师的讲话对他而言毫无意义,不过恰好激发了他的一种想法。

"寻找真理,"他在牧师身后自言自语,接着便陷入了深思,"那些最杰出的人都在为之努力,他们终其一生,寻找真理。"

他一边沿街走去,一边为自己对牧师的话所做的诠释而得意。一直以来,厨房里的可怕经历与母亲的去世使他的脸上显出一种不曾有过的严肃神色,他感到自己对死去的女人和自己产生了前所未有的责任感。人们在街上拦住他,祝他在城里一切顺利。看来,大家都知道他要离开的消息了,弗里德姆·史密斯所关心的事情最终总会传遍乡野。

"他会敲锣打鼓地去向邻居的妻子求欢的。"约翰·特尔弗说。

萨姆觉得他在某种程度上是卡克斯顿的孩子:卡克斯顿很早就让他发家致富,成为半个公众人物,激励他去赚钱,父亲使他蒙羞,而母亲的辛勤劳动却给了他安全感。当他还是个小男孩的时候,他常常在星期六的晚上穿梭于虔诚谷的醉汉之间,那里的人总爱对他的品性指手画脚,或向他嚷嚷着什么忠告。他储蓄银行里已经有三万五千美元的存款,加上和弗里德姆·史密斯在一起的这些年,倘若他选择留在那里,或许很快就可以成为镇上的有钱人。

但他并不想留下,他感到另一个地方在召唤他,他更愿意去那里。难道踏上火车一走了之不好吗?

在某个深夜里,他走在篱笆旁的小路上,听着远处农舍里寂寞的狗吠声,新犁过的土地的味道钻进他的鼻孔。他来到镇上,坐在火车站站台旁低矮的铁围栏上,等着驶往北方的午夜火车。如今火车对他来说已经有了与众不同的意义,他可能在任何一天坐上火车驶入崭新的生活。

一名男子手里拿着两个袋子走上站台,后面还跟着两名妇女。

"在这里盯着点东西,我去买票。"他一边对女人交代着,一边把包放在站台上,随后就消失在黑暗中。

两个女人继续她们刚刚被打断的谈话。

"这十年来,埃德妻子的身体一直很差,"其中一人说,"现在她死了,这对她和埃德来说都是个解脱。但我真的打怵这漫长的路途,她要是提前两年走就好了,那时我还在俄亥俄州。这次我肯定会晕车的。"

萨姆坐在黑暗中，回想着约翰·特尔弗与他之间的对话。

“虽然他们是好人，但与你无关。你会离开这里，显然，未来你会成为有钱人。”

接着，萨姆开始懒洋洋地听着那两个女人的谈话，了解到刚刚的那个男人在盖格药店后面的一条小街上开了一家鞋店，而这两个女人，一个又矮又圆，一个又高又瘦，则开着一家又小又脏的女帽店，她们是埃莉诺·特尔弗唯一的竞争对手。

“现在镇上的人都清楚她是什么人了，”高个子女人说，“米利·彼得斯说她不会罢休的，除非她能取代那个骄傲自大的玛丽·安德伍德的位置。米利的母亲在麦克弗森家工作，这是她告诉米利的，我可从没听过这样的故事。想想简·麦克弗森这些年来一直工作，后来不得不躺在床上垂死挣扎，眼看着家里又发生了这样的事情。米利说，萨姆晚上很早就走了，再回来时带来了安德伍德的那件衣服，他半裸着，衣服挂在他的胳膊上。米利的母亲向窗外望去，看见了他们，然后就跑进厨房靠着炉子假装自己睡着了，她想看看究竟是怎么回事。萨姆跟一个轻佻女子一起走进了房子，后来这个女子又走了。过了一会，她和那个约翰·特尔弗一起走了进来。米利猜想埃莉诺·特尔弗会发现这件事，真相也许会让她崩溃吧！也不知道这个镇上还有多少人在和玛丽·安德伍德交往。米利说——”

这两个女人一转身，黑暗里冲出一个体型庞大的人，咆哮咒骂着，两只手伸出来抓住了她们的头发。

“住嘴！”萨姆怒吼道，同时向面前两个脑袋打去，“停止你那肮脏的谎言！你这个丑妖精！”

听到两个女人的尖叫声，买票的男人一路跑来，杰里·唐伦跟在后面。萨姆跳向前，把那鞋匠从铁围栏直撞到一个新挖的花坛里，然后转向行李员。

“她们撒谎！说玛丽·安德伍德的谎话！”他喊道，“她试图阻止我别杀父亲，可这些人却在编织关于她的谎言。”

这两名妇女拿起袋子，沿着站台边抽泣着离开了。杰里·唐伦从铁围栏上翻了过去，面向那位惊慌失措的鞋匠。

“你在我的花坛里干什么？”他咆哮道。

萨姆急急忙忙穿过街道，心里一片混乱。他像罗马皇帝一样，希望世界上的人可以共用一个头颅，这样便可以一刀斩断了。这座看上去慈祥、安逸、敦实且带给他祝福的城镇，现在竟如此可怕，如同一个黏乎乎的巨大爬行怪物正埋伏在玉米地之中。

他在空荡荡的街道上大声叫喊着:“她的灵魂多么单纯啊!”那位在他遇到麻烦时出手保护他的女人获得了他充满稚气的忠诚和热爱,却也在当下激起了他的怒火。

萨姆迫不及待地想要碰上什么人,然后猛揍他的鼻子,像打那个惊讶的鞋匠一样发泄自己心中的怒气。他走到自己的房子前,靠在门口,站着发了一阵呆,嘴里依旧漫无目的地咒骂着。接着,他转过身,又穿过火车站旁空无一人的街道。其间不时有火车进进出出,杰里·唐伦已经回家过夜了,四下变得漆黑而安静。玛丽·安德伍德在简·麦克弗森的葬礼上看到的一切让他不寒而栗。

“说脏话总比背地里议论别人强。”他想。

他第一次意识到乡村生活的另一面。黑暗的道路上,许多女人从他身旁走过,她们的脸色暗淡,两眼无光。对这许多面孔他都是熟悉的,她们是卡克斯顿的妇女,他曾去她们家里送过报纸。那时她们是多么急切地跑出房子去拿报纸呀,她们可谓日复一日地关注着那些耸人听闻的谋杀案细节。曾经一个芝加哥女孩在潜水时被谋杀了,细节定会使人无比恶心,而两个镇上妇女却禁不住好奇,跑来车站,等着火车把报纸送过来,萨姆听到她们不断重复着那可怕的混乱事件。

每个城市和每个村庄都有这样一类妇女,她们的思想会让人怀疑她们头脑瘫痪,她们生活在潮湿、脏乱的小房子里,年复一年地清洗碗筷和衣服——只有那双手是勤劳的。她们没有受过好的教育,没有清晰的思想,她们对于爱的表达就像约翰·特尔弗说的那样,在一间阴暗的房间里被一个满脸通红的乡下人亲吻着。她们嫁给这样的乡下人,过着难以形容的无聊生活。每到晚上,她们的丈夫回到家里,累得不想说话,急匆匆地吃完东西就又回到街上去,再或者他们身体极度疲惫,穿着袜子坐上一个小时就溜去睡觉,袜子也不脱。

这些女人身上没有光,也没有远见;相反,她们固守着某种观念,坚持着一种执着、感人的英雄主义。对于她们从社会中夺走的男人,她们也持有守旧的态度,一心只为求得头顶的屋檐与能填饱肚子的食物的渴望。身为母亲,她们令改革者绝望,她们是梦想家的阴影,令诗人也为之惊恐,禁不住喊道:“物种里的雌性比雄性更使人致命。”在她们形象最差的时候,人们会看到她们陶醉在法国大革命的骇人听闻的恐怖之中,或者沉浸在宗教迫害的窃窃私语里;而在她们形象最好的时候,她们是一半人类的母亲,她们让自己置身于华丽的装扮中,欣赏着纽波特或棕榈滩的美景。在她们的故乡,在密闭的小房子里,她们睡在男人的床上,给他们盖好被子,把食物喂到他们嘴里,因为这是她们的习惯,她们不情愿抑或自愿地把自己的身体交给男人，以满足他们的生理需求；她们在市场上兜售而非奉献自己的肉身，并喊着男人们应当发现潜藏于内心的美德，因为她们拥有找到买家的喜悦，而非仅有妓女间的姊妹情谊；她们具有一种猛烈的动物特性，喜欢让婴儿依附在自己怀中；在她们温柔可爱的日子里，她们常常闭上眼睛，试图再次捕捉少女时期已经久远的梦想，一种模糊朦胧的、不再属于自己的梦想，这个梦想是婴儿从无限的地方带给她们的；当她们终于度过梦想之地时，她们又栖息在情感的土地上，为未知死者的尸体哭泣，或在福音传教士的雄辩下，高呼起天堂和地狱——一声接着一声——在炎热的小教堂的浑浊空气里哭泣，在那个地方，希望总在庸俗的口中挣扎着，"我的罪孽沉重地压在灵魂之上"，她们抬着沉重的眼睛，窥视着别人的生活，嘴里说三道四；关于玛丽·安德伍德的生活，她们重复了一遍又一遍，像狗嚼碎肉一样；仿佛什么东西触动了她们，她们开始呼吸洁净的空气，追求梦想，变得胆大妄为，非要变得比年轻时更美；她们忍不住发疯，叫喊着从一个厨房门跑到另一个厨房门，像一只饥饿的野兽发现了一具尸体，撕扯着战利品；只要辛勤的妇女们能加入某场运动，嗅到成功的气息，体会到成功所带来的美好希望，她们就会以歇斯底里而非理性来引导自己的冲动，大声叫喊着扑向前去；她们身上全是女性的特征，却毫无可爱之处；她们大概从生到死都睁不开双眼，寻不到智慧，吃着粗糙的食物，睡着漫长的觉，整个夏天的午后都坐在椅子上摇来晃去，看着街上走过的行人；最后，她们满怀信心地死去，期盼着自己的来生。

萨姆站在路上，担心这些女人会将矛头对准玛丽·安德伍德。月亮升起来了，月光轻轻地洒在路旁的田野上，让田野露出了光秃秃的早春景象。他觉得眼前的景象既沉闷又丑陋，就像他脑海中浮现的女人嘴脸。他把大衣裹在身上，一边发抖，一边往前走，泥巴溅在他身上，漆黑的夜空使他的思想更加苦闷。他想回到母亲生病前的日子里去，想再次坚定地相信命运，这种信念能够激励他赚钱、存钱，并促使他努力超越那个养育过他的人。他最终没能成功，站在为他母亲哀悼的人群之中，他对于年龄的敏感又回来了。他转身沿着大路朝镇上走去，心里想着："我要去找玛丽·安德伍德谈谈。"

当他在门廊上等着玛丽开门的时候，他认定和她结婚一定会幸福。对女人的精神上与肉体上的爱以及青春的荣耀和神秘感从他身上消失了，他想，如果她能够打消自己对于形形色色面孔的恐惧，那么他甘愿成为一名工人，一个只会赚钱、没有梦想的人。

玛丽·安德伍德走到门口，穿着那晚穿的厚厚的长袍。萨姆拉着她的手，把她带到门廊边。他心满意足地望着屋前的松树,认为其主人一定是出于某种温柔的想法,才把它种在那里。松树在冬天贫瘠的土地上矗立着,高大且挺拔。

“这是做什么,孩子?”女人问道,她的声音里充满了焦虑。几天来,母性的光辉再次照亮了她所有的思绪,带着强烈的天性,她把自己投入到对萨姆的爱中。想到他,她仿佛感受到了分娩的痛苦。晚上躺在床上,她重温了他在城里的童年生活,为他的未来重新建立了自己的计划;而每到白天,她便会温柔地嘲笑自己:“你个老傻瓜。”

萨姆直截了当地告诉了玛丽他在火车站台上遇到的事情。他站在她身边,望着松树,紧握着阳台的栏杆。毫无生机的土地里又传来了一股新生的味道,就像火车站事件之前他在路上闻到的那种味道。

“一个声音告诉我别走,”他说,“它一定存在于这空气中,这些邪恶的怪物一定起了作用。哎,要是全世界都像你、特尔弗和这里的其他人一样,具备点隐私感就好了。”

玛丽·安德伍德静静地笑了。

她说:“在过去的日子里,我梦想着你能从事心理研究方面的工作。没错,隐私感!你变化多么大啊!约翰·特尔弗的方法比我的好,他教会了你说好话的诀窍。”

萨姆摇了摇头。

“有些东西不是笑一笑就能过去的,”他坚定地说,“这是你身上与生俱来的东西——它撕扯着你——等待着被满足。即便现在,女人们从床上醒来时,就开始咀嚼那些事情了。明天她们会再来找你的,我们只有一条路可选,那就是结婚。”

玛丽看了看他那副自己从未见过的严肃表情。

“多棒的求婚啊!”她叫道。

冲动之下,她唱起了歌,声音优美而有力,在寂静的夜晚回荡着。

他骑着马,幻想着她的红唇。

她唱着,又笑了起来。

“你应该像歌里唱的那样来找我,”她说,“你这个可怜的泥巴小子,难道你不知道我会成为你的母亲吗?”她抓起他的两只胳膊,使他转过身来面对着她,“别胡说八道,我并不需要丈夫或情人,我需要一个儿子,而且我找到了他。那天晚上你生病了,满身泥巴出现在我面前,我在这房子里收养了你。至于那些女人——离她们远点——我来面对她们——这事我以前做过，再做一次也无妨。而你，去属于你的城市打拼吧！卡克斯顿是女人的战场。”

“然而这会非常可怕，是你难以想象的可怕。”萨姆反驳道。

玛丽·安德伍德脸上流露出一种灰暗疲倦的神情。

“我明白，”她说，“我一直在这种战场上。我知道只有沉默和不知疲倦的等待才能赢得胜利，而你为帮助我所付出的努力只会让事情变得更糟。”

女人和突然成熟的男孩陷入了沉思。她在想她的生命将走向何方，她的计划是多么的与众不同，她想到了马萨诸塞州的大学校园，想起了榆树下散步的男男女女。

“起码我有了个儿子，我要守住他。”她大声说着，把手放在了萨姆的胳膊上。

萨姆沉重而忐忑地沿着砾石路走了，他觉得她赋予他的角色略显懦弱，但他想不出有什么别的办法。

“无论如何，”他想，“这是明智的，这是一场女人的战斗。”

走到一半时，他突然停下来，往回跑去。他抓住她的胳膊，给了她一个大大的拥抱。

“再见，小妈妈。”他大声说，并吻了吻她的嘴唇。

当他再次沿着砾石路离开时，她看着他，心中充满了柔情。她走到门廊后面，靠在墙边，头枕在胳膊上，然后转过身来，笑中带泪地叫着他。

“你有狠狠地揍她们吗，孩子？”她问道。

萨姆从玛丽家离开后就回自己家去了。在路上，他想到了一个主意。他走进屋子，拿出笔和墨水，坐在厨房的桌子旁开始书写。客厅后的卧房里能够听到风吹进来的声音。他写得很认真，擦了又写，写了又擦。然后，他在厨房炉火前拉起一把椅子，一遍又一遍地读着他写的东西，读完就穿上了大衣，穿过黎明，来到了卡克斯顿·阿格斯出版社的编辑汤姆·康斯托克的家里，把他从床上叫醒。

“我会将其发布在头版上，萨姆，不花你任何钱，”汤姆·康斯托克保证道，“但你何必非要如此呢？过去的事就过去吧。”

“我需要时间来收拾行李，然后坐早班火车去芝加哥。”萨姆心想。

昨天傍晚，特尔弗、怀尔德曼和弗里德姆·史密斯在瓦尔莫尔的建议下，参观了亨特珠宝店。整整一个小时，他们与珠宝商讨价还价，挑选礼品，被拒绝后还出口大骂。等到挑选完毕，看着礼物在柜台上的盒子白布上闪闪发光，特尔弗说：“我会对那个男孩实话实说的。”他笑着继续说道：“我可不会浪费时间来训练他赚钱的头脑,再为之感到失望。我会直接告诉他,倘若他在芝加哥赚不到钱,我就把这块手表要回来。”

特尔弗把礼物放进口袋,走出了商店。他沿着街道走进埃莉诺的商店,昂首阔步穿过展柜厅来到埃莉诺的工作间。埃莉诺正坐在那里,帽子还放在膝盖上。

“埃莉诺,我该怎么办?”他问道。特尔弗两腿叉着站在那里,对她说:“没有萨姆我该怎么办?”

这时,一个满脸雀斑的男孩打开店门,把一张报纸扔在了地上,那男孩有着响亮的声音和机灵的棕色眼睛。特尔弗重新穿过展柜厅,一边用手杖拨弄着悬挂帽子的展柱,一边吹着口哨走到商店门口。他用胳膊拄着手杖,卷起了香烟,看着男孩沿街挨家挨户地跑来跑去。

“我得收养一个新儿子。”他若有所思地说。

萨姆走后,汤姆·康斯托克穿着白色睡衣,反复读着刚才萨姆递给他的陈述。他读了一遍又一遍,然后将其放在了厨房的桌子上,装满并点燃了一只玉米芯制成的烟斗。一股风从厨房门吹进房间,冻得他的小腿发凉,于是他把赤裸的双脚缩回睡衣里。

“在我母亲去世的当晚,”陈述上写道,“我正坐在我们家的厨房里吃晚饭。我的父亲进门后开始大声喊叫,吵吵嚷嚷,扰乱了我那睡着的母亲。于是,我就用手抓住了他的喉咙,掐住他,直到我以为他死了才松开。后来我把他拖出屋,扔在了路上。然后我跑到玛丽·安德伍德的家里,她曾经是我的老师,我将事情一五一十地告诉了她。她带着我回到家里,叫醒约翰·特尔弗,然后一起去找我父亲的‘尸体’,结果发现他根本就没死。约翰·麦克弗森知道这就是真相,只要他愿意说实话。”

汤姆·康斯托克把妻子喊来。他的妻子面颊红润,矮小胆怯,一直在店里打理自己的事务,也为《阿格斯报》收集了大部分新闻和广告。

“这足够震慑吧?”他问道,并把萨姆写的陈述递给她看。

“好吧,或许这能堵住那些人的嘴,让他们停止针对玛丽·安德伍德的刻薄话。”她干脆地回应道,然后从鼻子上取下眼镜,看着汤姆。汤姆虽然没时间帮她经营《阿格斯报》,但他却是卡克斯顿最棒的跳棋选手,曾经还参加过该项目的州锦标赛。汤姆的妻子补充说:“可怜的简·麦克弗森,竟有萨姆这样的儿子。对他而言,满嘴谎言的温迪堪比最适合他的父亲了。掐死他?这个镇上但凡谁有这个胆量,早就动手了。”

第二卷

1

两年来，萨姆一直过着旅行买主的生活，走访印第安纳州、伊利诺斯州和艾奥瓦州的城镇，和那些像弗里德姆·史密斯一样购买农民产品的人做交易。星期天，他会坐在乡间旅馆前的椅子上，或者在陌生城镇的街道上散步，或者回到城里，穿过闹市的街道，和他在路上遇到的年轻人一起在公园的人群中穿行。他时常去卡克斯顿，和怀尔德曼杂货店的人坐上一个小时，然后又偷偷摸摸着离开，找玛丽·安德伍德一起过夜。

在商店里，他听到了温迪的消息。温迪正费力追求那个农民的寡妇，也就是温迪后来的妻子，这个女人很少在卡克斯顿出现。在店里，他看到了那个鼻子上长着雀斑的男孩，就是约翰·特尔弗当晚去给埃莉诺看他给萨姆买的金表时看到的那个男孩，沿着主街跑来跑去。他现在坐在店里的饼干桶上，后来又和特尔弗一起避开了那根挥舞着的手杖，在夜空下听着豪言壮语。特尔弗在火车站没能众星拱月般被众人围在身边，为萨姆的离别致辞，他暗暗怨恨失去了这个机会。他思来想去，想了许多能让致辞增色不少、辞藻华丽、掷地有声的句子，但他不得不把礼物用邮寄的方式寄出去。虽然这份礼物深深地打动了萨姆，使他脑海中又浮现出玉米田中的小镇最本质的善良，也让他缓解了不少因玛丽·安德伍德受到攻击而引起的苦闷，但他对四人的答复只是点到为止。他在芝加哥的房间里花了一晚上的时间，写了又写，写了华丽的话又删掉，最后还是只发了一行简短的感谢信。

瓦尔莫尔对这个男孩的感情是慢慢增深的，现在他走了，他比其他任何人都想念他，他曾经对弗里德姆·史密斯说过小麦克弗森的变化。弗里德姆坐在瓦尔莫尔店前的马路上那辆宽大的旧法特车里，这位铁匠绕着灰色的母马走来走去，抬起马的脚看着马蹄铁。

“萨姆发生了什么事，他怎么变了这么多?”他问道，放下母马的脚，来到前轮上靠着。“这座城市改变了他。”他遗憾地补充道。

弗里德姆从口袋里拿出一根火柴，点燃了黑色的短烟斗。

“他没有说话，”瓦尔莫尔继续说，“他在店里坐了一个小时就走了，离开镇子时也不回来告别。他是怎么了?”

弗里德姆收起缰绳，拂去挡泥板上的灰尘。街上闲逛的一条狗跳了起来，好像有人朝它扔了一块石头。

“如果你有他想买的东西，你就会发现他说得很好。”他勃然大怒。“他每次来镇上都搜刮我的东西，然后给我一根用锡纸包着的雪茄，还强迫我去喜欢。”

在他匆匆离开卡克斯顿后的几个月里，城市里变化多端、匆匆忙忙的生活让这个来自艾奥瓦州村庄高大强壮的男孩深感兴趣，他有着会赚大钱的那种冷静而迅速的经商头脑，又非常热衷于生活和生命之类的问题。他本能地把生意看成一场盛大的游戏，许多人坐在里面，稳重有能力的人会耐心地等待着，直到某个时刻，扑向他们梦寐以求的东西，野兽般敏捷精准地猛扑向猎物。萨姆觉得自己有这项本领，在与乡村买家的交易中，他无情地使用了这一招。他知道那些不成功的商人在关键时刻眼中会出现那种模糊不定的神情，他留意并加以利用，就与一个成功的拳击手观察对手眼中类似的神情一样。

他找到了工作，这让他信心十足。他在自己身上看到了在成功商人身上所看到的才能，正同大师级画家、科学家、演员、歌唱家、奖金斗士的才能一样。那是惠斯勒、巴尔扎克、阿加西兹和特里·麦克格文的手笔。当他还是个孩子的时候，他看着黄色存折上的总数增长时，就已经有了这种感觉，也会时不时地在乡间道路上和特尔弗的谈话中找到这种感觉。在城市里，那些坐在汽车里有钱有势的人在街头和他擦肩而过，在酒店大厅里从他身边走过，他看着、期盼着，对自己说:“我也会成为这样一个人。”

萨姆并没有丢掉小时候走在路上听特尔弗谈话时的那种憧憬，但他现在认为自己不仅有对成就的渴望，还知道该去哪里寻找。有时他也会有一些动人心魄的梦想，梦想着经他之手可以完成浩大的工作，这让他体内的血液竞相涌动。但大多数时候，他还是默默地走着自己的路，交朋友，看着周围，专注于自己的想法，不停地做交易。

在他进城的第一年，他住在珀格林家族的房子里。他们是前卡克斯顿人，虽然已经在芝加哥住了好几年了，但还是会到艾奥瓦州的村子里过暑假，只不过不一起去。在母亲去世后的一个月里，他给这些人带去了交给他们的信，有关他的信也从卡克斯顿寄到他们这里。在这所房子里，八个人坐在一起吃饭，除了他自己之外，只有三个人是在卡克斯顿出生的，但这个房子里却弥漫着对小镇的思念，人们每次谈话时都少不了要提到小镇。

“我今天还在想老约翰·摩尔，他还在养着那队小黑马吗?”管家姐姐是个三十岁的温和女人，她会在饭桌上问起萨姆，打断他的谈话，讲起棒球或者一个寄宿者讲的关于环线将建起一幢新办公楼的故事。

“不，他没有。”杰克·珀格林会回答。他是一个四十岁的胖单身汉，也是一家机械厂的领班，还是家里的男主人。长期以来，杰克一直是家里涉及卡克斯顿事务的最终权威，以至于他把萨姆看成入侵者。“去年夏天我在家的时候，约翰告诉我，他打算卖掉黑马，买一些骡子。”他会补充一句，挑衅地看着这位年轻人。

事实上，珀格林一家是在异国他乡。生活在芝加哥茫茫西部的喧闹和繁华之中，他们仍然无比向往那片盛产玉米和牛的地方，并希望在那个自由的天堂里为自己而工作。

杰克·珀格林已经秃头了，他身材臃肿，留着粗壮的铁灰色小胡子，机油在指甲里留下一条黑线，看起来就像草坪边上整齐的花坛，层次分明。从星期一早晨到星期六晚上，他一直勤奋地工作着，九点钟上床睡觉。他会穿着一双破旧的毡绒拖鞋，吹着口哨从一个房间逛到另一个房间，或者坐在房间里练习小提琴。星期六傍晚，他还是按他在卡克斯顿形成的习惯，揣着工资回到家，给两个姐姐一周的生活费，然后坐下来吃晚饭，整整齐齐地刮好胡子、梳好头后便消失在城市的一片混沌之中。星期天傍晚，他又出现了，口袋空空，步履不稳，双眼布满血丝，一副若无其事的样子，然后急急忙忙上楼爬上床，为下周的奔波和体面做好准备。这个男人有某种拉伯雷式的幽默感，他用铅笔在卧室墙上记录下他每周在飞行途中遇到的新女士。有一次，他带萨姆上楼去看他的记录，一排铅笔记号竟绕了房间半圈。

除了这个单身汉，这个家庭还有一个三十五岁高大憔悴的姐姐——她是一名老师——和一个三十岁性格温和、声音甜美的管家。然后，还有个医学生，正在前厅，萨姆则坐在大厅外的壁龛里。还有一位头发灰白的女速记员，杰克叫她玛丽·安托瓦内特，以及干货批发行的采购员和他那活泼有趣的南方小妻子。

在萨姆看来，珀格林家的女人对自己的健康极为关心，每天晚上都要谈起这件事，他母亲生病的时候都没谈这么多。当萨姆和她们住在一起的时候，她们都受到一种奇怪的信仰治疗师的影响，接受他们所谓的“健康建议”治疗。信仰治疗师每周来家里两次，把手放在他们的背上，然后拿走他们的钱。这种治疗给杰克带来了永无止境的乐趣。傍晚时分，他穿过房子，把手放在妇女们的背上，向她们索要钱财。干货买主的妻子多年来夜里一直咳嗽，经过几个星期的治疗，她开始睡得安稳，而且萨姆住在这里的时候，她再也没有咳嗽过。

在这所房子里，萨姆颇有一席之地。关于他在商业上的精明、不懈的努力和银行存款规模的光辉故事，在他从卡克斯顿来之前就已经传到这里了。珀格林一家对镇子以及跟镇子相关的所有事情都有一种强烈的归属感，所以在讲起这些故事的时候，他们不允许漏掉任何盛赞之辞。管家姐姐是个善良的女人，她喜欢上了萨姆，在他不在的时候，她会向偶然拜访的人或晚上聚集在客厅里的寄宿者大肆夸耀他。正是她给医学生奠定了这种信仰基础，使他相信萨姆是个金融天才，这种信念使他后来成功地威胁到了这个年轻人的遗产。

弗兰克·埃卡德——那个医学生——萨姆把他当作朋友。每到星期天下午，他们都到街上去散步，或者带上弗兰克的两个女性朋友，她们也是医学院的学生。他们会挽着胳膊到公园去，坐在树下的长椅上。

对于其中的一个年轻女子，萨姆产生了一种近乎温柔的敬意。他和她在一起度过一个又一个星期天。有一次，在深秋的一个傍晚，走在公园里，脚下干枯的褐色树叶正沙沙作响，落日伴着灿烂的余晖缓缓落下。他拉着她的手，默默地走着，感觉到一股巨大的生机和活力，就像那天晚上和银行家黑皮肤的女儿走在卡克斯顿的树下一样。

这件事没有任何结果，过了一段时间，他没有再见到这个女孩。他想，这是因为他自己对赚钱的兴趣越来越大，也是因为在她身上，就像在弗兰克·埃卡德身上一样，有一种盲目的献身精神，他自己也不能理解。

有一次，他和埃卡德谈起了这件事。“她很好，目的性很强，就像我在家乡认识的一个女人一样，”他说，也想起了埃莉诺·特尔弗，“但她不会像有时跟你说话那样跟我谈她的工作。但我想让她说。她身上有一些我不了解的东西，但我想了解。我认为她喜欢我，有一两次我以为她不会介意和我做爱，可我还是不了解她。”

有一天，在办公室里，萨姆认识了一个叫杰克·普林斯的年轻广告人。他非常爽朗活泼，赚钱很快，花钱也很奢侈，在城市下城区的每一个办公室、每一个旅馆大厅、每一个酒馆房间和餐馆都有朋友和熟人。偶然的相识迅速发展成友谊。聪明机智的普林斯把萨姆当成了一种英雄，欣赏他的克制和判断力，并在城里到处夸赞他。萨姆偶尔也会和普林斯一起去畅饮狂欢。有一次，在瓦巴什大街的竞技场，成千上万的人围坐在桌子旁喝啤酒，这时他和普林斯与两个服务员发生了争执。普林斯认为自己被骗了，而萨姆虽然认为朋友有错，但还是大打出手，并把普林斯拖进了一辆路过的车里，及时避开了冲出来的服务员，他们正赶着救助那个晕倒在满是锯屑的地上的人。

在与杰克·普林斯以及在火车上和乡村旅馆里遇到的年轻人一起狂欢之后，萨姆花了一个又一个小时在城里走来走去，沉浸在自己的思考中，并对他所看到的东西有了自己的印象。在与年轻人的交往中，他大多扮演着被动的角色，和他们从一个地方到另一个地方一起喝酒，直到他们变得吵闹和喧哗，或变得忧郁和争吵，然后溜回自己的房间。糟糕的环境或者同伴发脾气会影响心情，破坏晚上的欢乐气氛。在他独自一人的夜晚，他会把手插进口袋，在灯火通明的街道上漫无目的地走着，模模糊糊地感叹着生命的浩瀚。所有从他身边走过的面孔，穿着皮草的女人、嘴里叼着雪茄去看戏的年轻人、眼睛水汪汪的秃顶老人、胳膊下夹着一捆报纸的男孩，以及躲在走廊里的苗条妓女，都应该让他深感兴趣。在他年轻的时候，加上对自身潜藏能力的骄傲，他只把他们看成不起眼的几个人，也许有一天会用他们来考验自己的能力。如果他仔细观察他们，并在人群中记下一张又一张的脸，那他就像在商业赌局中的坐庄者一样，通过想象在交易中与他对阵的人来锻炼自己的头脑，并计划着他在想象中的斗争中获胜的方法。

当时在芝加哥有一个地方，要通过伊利诺斯中央铁路轨道上面的一座桥才能到达。萨姆有时会在暴风雨的夜晚去那里观看被风鞭打的湖面。大团大团的水迅速而又悄无声息地在木桩上破浪而来，木桩后面是石山和土山，破浪的水雾落在萨姆的脸上，在冬夜里外套会因此结冰。他学会了抽烟，会靠在桥的栏杆上站上几个小时，嘴里叼着烟斗看着动人的水，对水的无声力量充满了敬畏和钦佩。

九月的一天晚上发生了一件事。当他独自走在街上的时候，他看到了自己内心也有一种沉默的力量，这种力量让他感到惊奇，也让他一度感到害怕。走进迪尔伯恩后面的一条小街，他忽然意识到，从房屋正面的小方窗子里，有女人在看着他。他身前身后全都是人：有的人在呼唤别人，有的在微笑着邀请别人，有的在伸手。街上走来走去的男人们看着人行道，他们的大衣被翻到脖子上，帽子被拉下来遮住了眼睛。他们看着压在玻璃小方块上的女人的脸，然后转身，突然像被追赶一样冲进各家的门。人行道上的行者中，有老人，有穿着破旧大衣的男人，他们赶路时蹭蹭地走着，还有年轻的男孩，粉色的脸颊透露着稚嫩。空气中弥漫着情欲，沉重而狰狞。它进入了萨姆的大脑，他站在那里犹豫不决，捉摸不定，感到惊愕、紧张又害怕。他想起曾经从约翰·特尔弗那里听来的一个故事，一个关于城市小巷里潜伏着疾病和死亡的故事，于是跑进范布伦街，从那里跑进灯火通明的州城。他爬上高架铁路的楼梯，跳上第一辆火车向南走去，在杰克逊公园湖边的一条碎石路面上走了几个小时。湖边的风和灯下经过的人们的笑声和谈话声使他冷静下来，就像曾经听完约翰·特尔弗的雄辩一样，特尔弗走在卡克斯顿附近的路上，用他的声音指挥着站立的玉米大军。

萨姆的脑海里浮现出一幅夜空下冰冷无声的水在大团大团移动的画面。他想，在男人的世界里，有一种力量是一样的不可抗拒和鲜为人知，永远向前移动着，它无声无息、强大无比，那就是性的力量。他想知道，在自己的身上，这股力量会如何被打破，他又会付出什么样的代价。午夜时分，他穿过城市回家，蹑手蹑脚地走进珀格林家的壁龛。他感到疑惑不解，这段时间他彻底累了。在床上，他把脸转向墙壁，毅然闭上眼睛想睡觉。“有些事情是不明白的。”他告诉自己，“要想活得体面，就得明智。我会一直想着自己想做的事情，不会再去这样的地方。”

有一天，当他已经在芝加哥待了两年的时候，发生了一件另类的事。这件事是那么怪诞美妙，充满了青春的气息，以至于在事情发生后的几天里，他想起这件事就很高兴，走在大街上或坐在客运火车上会因为回忆起这件事中一些新的细节而高兴地笑起来。

萨姆是温迪·麦克弗森的儿子，他不止一次无情地谴责所有喝酒的男人，但他自己却喝醉了。十八个小时里，他大声地念诗、唱歌，像个疯狂的木神对着星星大喊大叫。

初春的一个午后，他和杰克·普林斯坐在门罗街德琼格的餐馆里。普林斯面前的手表躺在桌子上，他的手指间夹着酒杯的细柄，对萨姆说起那个人。他们已经等了半个小时。

“他当然会迟到！”他大声说，给萨姆的酒杯续上酒。“这个人一辈子都不会准时。如果让他准时，那简直就是要了他的命，就像夺走了少女的青春一样。”

萨姆已经看到了他们等待的那个人。他三十五岁，个子不高，肩膀很窄，脸上有些皱纹，鼻子很大，一副眼镜勾在耳朵上。萨姆曾在密歇根大道的一家俱乐部里看到他还有普林斯，与一群表情严肃、身板结实的老人一起，郑重其事地对着地上的一个粉笔标记投银圆。

“就是他们,刚刚做完堪萨斯州石油股票的大买卖,那个矮小的是莫里斯,负责宣传。”普林斯解释说。

后来,当他们走在密歇根大道上的时候,普林斯大谈特谈起莫里斯,他非常佩服他。“他是美国最好的广告和宣传人员。”他宣称。“他不像我一样是个虚张声势的人,也赚不到那么多钱,但他能把别人的想法简单而有力地表达出来,把他们的故事讲得比他自己知道的还要好,这就是广告啊。”

他开始大笑起来。

“想到这里,真是好笑。工作是汤姆·莫里斯做的,功劳却被雇主抢去,印刷品页面上每个拍案叫绝的广告都是汤姆想出来的,但他的雇主对外都说是自己的想法。他给汤姆发工资时会像野兽一样号啕大哭,然后下次他就试着自己做,搞砸后又不得不派人去找汤姆,而他还是会把他的把戏重耍一遍,就像剥玉米棒子一样。芝加哥最优秀的人都会派人来找他。”

走进餐厅,汤姆·莫里斯胳膊下夹着一个巨大的纸板公文包。他显得匆忙而紧张。“我正在去国际饼干机公司办公室的路上。”他向普林斯解释道。“我根本停不下来。我这里有一个循环布局计划,目的是把他们那只十年来没有支付过股息的普通股再推向市场一些。”

普林斯伸出手,把莫里斯拉到一张椅子上。“别管饼干机公司的人和他们的股票,”他吩咐道,“他们永远有普通股可以卖,取之不尽,用之不竭。我想让你在这里见见麦克弗森,他总有一天会有大生意让你帮他做。”

莫里斯隔着桌子伸手握住了萨姆的手;他的手又小又软,像女人的手。“我要被工作累死了,”他抱怨道,“我看中了印第安纳州的一个养鸡场,我要到那里去生活。”

他们三个人在餐厅里坐了一个小时,普林斯说起威斯康星州的一个地方,那里应该有鱼钓。“有人跟我提到这地方不下二十次了,”他宣称,“我相信我可以在铁路文件上找到它。我从来没有钓过鱼,你也没有,而萨姆又来自一个要用马车从平原运水的地方。”

那个一直兴致盎然喝着酒的小个子从普林斯看向萨姆。他不时地摘下眼镜,用手帕擦拭着。“我不理解这样的社会里有你这样的人,”他说,“你的样子就与一个投机商号的店员一样实在靠谱。普林斯在这里将一事无成。他很老实,也很主动,具有迷人的社交魅力,赚到钱就花掉,而不是想着结婚,把钱放在妻子的名下。”

普林斯起身。“浪费时间挖苦戏弄是没有用的。”他开始说，然后转向萨姆。“在威斯康星州有一个地方。”他不确定地说。

莫里斯拿起公文包，努力稳住身子开始向门口怪异地走去，普林斯和萨姆步履不稳地跟在后面走着。在大街上，普林斯从小个子手里接过公文包。“让你妈妈拿着吧，汤米。”他说，并在莫里斯的鼻子下晃动着手指。他开始唱一首摇篮曲：“当树枝弯曲的时候，摇篮就会掉下来。”

这三个人走出门罗街到州街，萨姆感到头异常发轻。沿街的建筑物在天空中摇摇欲坠。他突然对野外冒险产生了强烈的渴望。在一个拐角处，莫里斯停了下来，从口袋里拿出手帕，又擦了擦眼镜。“我要确保看清楚，”他说，“在我看来，在最后一杯酒的酒底里，我似乎看到我们三个人在一辆出租车里，我们中间的座位上放着一篮子救生油，要去车站赶火车，去杰克的朋友说的那个有很多鱼的地方。”

接下来的十八个小时，萨姆领略到了一个新的世界。他带着酒气，坐了两个小时的火车，在黑暗中沿着尘土飞扬的道路踯躅前行，在一片树林里生起一堆篝火，借着火光在草地上跳舞，牵着普林斯和那个满脸皱纹的小个子的手。他庄严地站在麦田边的树桩上，朗诵着爱伦·坡的《致海伦》，学着约翰·特尔弗的声音与手势，甚至是张开双腿的习惯。浮夸地表演完最后一段，他突然坐在树桩上，莫里斯拿着酒瓶走过来说：“点上灯，伙计，理性之光已经熄灭了。”

在树林里点完篝火，萨姆在树桩上朗诵完，三个朋友又一起出现在路上。一个迟来的农夫开车回家，正在他的马车座位上半睡半醒着，这引起了他们的注意。矮小的莫里斯用印第安男孩的技巧跳上马车，把一张十美元的钞票塞进农夫的手里。“领我们去吧，土地的使者！”他喊道。“领我们去金碧辉煌的罪恶宫殿吧！把我们带到沙龙里去！罐子里的救生油少了！”

除了在马车上的漫长而又惊心动魄的旅程之外，萨姆就没清醒过。他的脑海里流淌着模糊的概念，他认为自己在乡下酒馆里的一场狂欢中，自己充当着酒保，一个身材硕大的红脸女人在一个小个子男人的指挥下从这赶到那，把不情愿的乡巴佬拖到吧台前，指挥他们继续喝萨姆抽到的啤酒，直到用来坐马车回家的最后十块钱进了她的口袋。另外，他还以为杰克·普林斯在吧台上放了一把椅子，他坐在椅子上向匆匆忙忙的酒馆侍者解释说，虽然埃及国王为了庆祝自己而建造了伟大的金字塔，但他们从来没有建造过比汤姆·莫里斯与房间里的农工一起饮酒狂欢更盛大的东西。

后来，萨姆觉得他和杰克·普林斯想在棚子里的一堆粮食袋下睡觉，莫里斯来找他们哭诉,因为所有人都在睡觉,而且大部分人都躺在桌子下面。

然后,萨姆的脑袋清醒了,发现自己和另外两个人又唱着歌走在黎明尘土飞扬的路上。

火车上,在一个黑人搬运工的帮助下,三个人试图忘记这个野外的夜晚所沾染的灰尘和污点。杰克·普林斯的胳膊下还夹着装有饼干机公司通告的纸板公文包,那个小个子在反复擦拭眼镜,打量着萨姆。

“你是跟我们一起来的,还是我们在这些地方收养的孩子?”他问。

2

芝加哥的那条南水街是一个奇妙的地方。萨姆来到这个城市，在这里开始了他的事业，他没有更充分地感受到这座城市所传达的意义和信息，这是他反应迟钝的一种证明。整个城市的食品从事业者一整天都在狭窄的街道上流动。蓝衫宽肩的卡车司机站在高高堆起的火车上，对着匆忙的行人叫卖。人行道上的箱子、袋子和桶里，摆放着来自佛罗里达和加利福尼亚的橘子、阿拉伯半岛的无花果、牙买加的香蕉、西班牙山上和非洲平原的坚果、俄亥俄州的卷心菜、密歇根州的豆子及艾奥瓦州的玉米和土豆。十二月，穿着毛皮大衣的人匆匆穿过密歇根北部的森林，收集圣诞树，把它们送到温暖的炉边。夏天和冬天，数百万母鸡下的蛋都聚集到这里，人们把万里之外的牛身上的黄油脂肪装在盆子里送来，堆在卡车上，非常混乱。

萨姆走在街上，他对这些事情的奇妙之处不以为意，思绪停滞不前，用美元和美分来感受它们的巨大意义。他站在单位委员会门口，身强力壮，衣冠楚楚，干练高效；他在街道上看着，听着匆忙、咆哮的声音，然后嘴角带笑地走了进去。他的大脑里有一个无法用言语表达的想法。就像老北欧掠夺者看着地中海上坐拥辉煌的城市一样，他也这样看着。“好大的战利品啊！”他内心有个声音说，他开始出谋划策，从而得到他的那份。

多年以后，萨姆已经成为一个大人物了，有一天他驾着马车行驶在大街上，转身对身边的同伴——一个白发苍苍、气宇轩昂的波士顿人说：“我曾经在这里工作过，那时候我经常坐在人行道边上的一桶苹果上想，我多么聪明，一个月赚的钱比种苹果的人一年赚的钱还多。”

波士顿人被如此多的食物激起了兴趣，感慨万千，来回看着街道。

“这个帝国的粮食遍地都是啊。”他说。

“我应该在这里赚更多的钱。”萨姆干脆地回答。

萨姆工作的地方是一家合伙企业，而不是公司，这家公司由两兄弟拥有。在这两个人中，萨姆认为“哥哥”是真正的主人，合伙企业中主要的决定是他做的。他身材高大，肩有点窄，剃着光头，长着一张狭长的脸，举止文雅。同时，他又有点油腔滑调，沉默寡言。他不知疲倦，整天在办公室和仓库里进进出出，在拥挤的大街上穿梭，紧张嘬着一支未点燃的雪茄。他是郊区教堂里的优秀工人，也是一名精明的商人，而且萨姆怀疑他是那种不择手段的商人。郊区教堂的牧师或一些妇女偶尔会到办公室和他谈话，萨姆觉得很有趣，认为窄脸儿在谈论教堂事务时，和卡克斯顿教堂的棕胡子牧师惊人的相似。

他弟弟则截然不同，萨姆认为，在生意上，他要逊色得多。他大约三十岁，有点胖，宽肩膀，长着一张方脸，不是坐在办公室里口述信件，就是在外面待两三个小时吃午饭。他用公司的信纸把署名为总经理的信发出去，是窄脸让他做这个的。宽肩在新英格兰接受过教育，即使离开大学几年后，他对大学的兴趣似乎还是比对企业的福利更浓厚。公司雇用了两个速记员，春天有一个多月的时间，他花去了其中一个速记员大部分时间，给芝加哥中学的毕业生写信，诱使他们到东部去完成学业；当有学院的毕业生到芝加哥求职时，他就停下工作，整日从一个地方到另一个地方，忙着介绍、催促和推荐学生。不过，萨姆注意到，公司雇用新人时，都是由窄脸来选。

宽肩曾是当年著名的足球运动员，腿上戴着一个铁支架。和街上的大多数办公室一样，他们的办公室也又黑又窄，散发着腐烂的蔬菜和馊黄油的味道。希腊和意大利的小贩在前面的人行道上争吵着，窄脸就在其中匆匆忙忙地做着交易。

萨姆在南水街做得很好，待在那里的那三年，他的三万六千美元盈利了十倍，食品接连不断地从他公司经手发往各城镇。

他几乎在上街的第一天，就看到四面八方都有赚钱的机会，于是开始勤奋工作，想把钱弄到手，以便抓住如此诱人的机会。一年之内，他就取得了很大进步。他从瓦巴什大街上的一个女人那里挣到了六千美元。他还策划并办成了一件棘手的事，因此拥有了两万美元的使用权，而这笔钱是他的朋友——那个住在珀格林家的医学生的遗产。

萨姆在仓库里储备了鸡蛋和苹果，以备价格上涨时卖出；他从密歇根州和威斯康星州偷运过来的野味被储存在冷库里，上面贴着他的名字，准备卖给酒店和时尚餐馆，以获取长久的利润；甚至芝加哥河边的其他仓库里还秘密存着大量玉米和小麦。只要他一句话，这些食物就可以拿到市场上售卖，或者只要拉萨尔街的经纪人说这些东西将来的利润不高，他就把东西留下。

从医学生手里拿到这两万美元是萨姆人生的转折点。一到星期天，他就和埃卡德去街上散步，或者在公园里闲逛，想着那些闲置在银行里的钱，让它们在街上或马路上变成交易。他每天都更清楚地看到金钱的力量。南水街一带的其他佣金商人跑进他的办公室，带着紧张焦急的神情请窄脸帮他们渡过一天交易中的难关。宽肩没有业务能力，但他娶了一个富婆，月月拿着高大精明的哥哥带来的一半利润。窄脸对萨姆有好感，偶尔会停下来和他说几句话，经常对这件事滔滔不绝。

“不要和没钱的人待在一起，”他说，“在路上找那些有钱的人，然后设法得到它。这就是做生意的全部内容——赚钱。”然后看向对面他哥哥的办公桌，补充道：“如果可以的话，我会把生意上一半的人踢出去，但我自己必须对赚钱的玩法言听计从。”

有一天，萨姆去了一个叫韦伯斯特的律师的办公室，窄脸说他擅拟合同。

“我要一份合同，让我绝对控制两万美元，即使我输掉这笔钱，也不承担任何风险。哪怕不输，也不能支付超过百分之七的费用。”他说。

律师是一个中年人，身材修长，皮肤黝黑，一头黑发。他把手放在面前的桌子上，看着高大的年轻人。

“拿什么作抵押？”他问。

萨姆摇了摇头。“你能拟出这样一份合法的合同吗，要花多少钱？”他问。

律师善意地笑了笑。“我当然能拟出来。为什么不能？”

萨姆从口袋里拿出一卷钞票，在桌子上数了数。

“你到底是谁？”韦伯斯特问。“如果你能拿到两万块钱，而且没有抵押品，你就值得了解了解，不然，想跟我一块去抢劫邮车？”

萨姆没有回答。他把合同放进口袋里，回到珀格林家的壁龛里去了。他想一个人静静地思考。他不相信他会失去弗兰克·埃卡德的钱，但他知道埃卡德会从交易中抽身而退，这些交易会吓到他，萨姆不知道自己该不该说实话。

晚饭后，萨姆在房间里仔细研究了韦伯斯特起草的协议。在他看来，这份协议似乎涵盖了他想涵盖的所有内容，他在心里把内容好好地定了下来，就把协议撕了。“让他知道我找过律师并没有什么用。”他内疚地想。

上了床，他开始制订未来的计划。手头上有三万多美元，应该可以迅速取得进展，他想。他告诉自己："钱在我手里，每年都会翻一番。"他下了床，拉了一把椅子到窗前坐下，感觉自己异常有活力，像恋爱中的年轻人一样清醒。他看到自己在不停地指挥、管理、统治着人们。在他看来，没有什么事情是他做不到的。"我要经营工厂和银行，也许还要经营矿山和铁路。"他想着，思维向前跳跃。他想象着自己沉闷严厉、非常能干地坐在一幢大楼高处的宽大办公桌前，约翰·特尔弗的话仿佛得到了验证——"你将成为一个有钱的大人物——这显而易见。"

然后，萨姆的脑海里又出现了另一幅画面。他记得一个星期六的下午，一个年轻人跑到南水街的办公室来。这个年轻人欠了窄脸公司一笔钱，却还不上。他还记得那张狭长的窄脸上嘴巴不悦地紧缩，表情突然变得很难看。他没有听到多少谈话内容，但他意识到年轻人的声音里有一种吃力的恳求，他缓慢而痛苦地一遍又一遍地说："可是，伙计，我的名誉岌岌可危。"他冷酷而坚持地回答："对我来说，这不是名誉的问题，而是钱的问题，我要钱。"

透过壁龛的窗户，萨姆望着一块空地，上面覆盖着成片的融雪。除了他面对的那块地，还矗立着一座平坦的建筑，屋顶上的积雪融化后，形成了一条小溪，顺着隐蔽的管道流下，在地面上哗哗地流淌着。落水的声音和远处穿过沉睡的城市回家的脚步声，使他想起了还在卡克斯顿的夜晚，那时的他还是个男孩，也这样坐着，断断续续地想一些东西。

不知不觉中，萨姆正在进行生命中一场真正的战斗，这场战斗的胜算不大。他从床上爬起来，看着那片白雪皑皑的空地。

许多商人在年轻时非常蛮横，盲目地追求利益，这种特性使美国出现了很多所谓的了不起的人，也促使萨姆秘密地去找韦伯斯特律师来保护自己，而那个单纯易受骗的年轻医学生却没有想到这一点。他口袋里装着合同回家时说："我会做我能做的事。"其实他的意思是："我会得到我能得到的东西。"

在美国，可能一些商人并没有得到他们能得到的东西，他们只是喜欢权力。银行、大工业托拉斯、工厂以及大商行里，到处都可以看到这样的人。他们是人们梦寐以求的已经觉醒的人，他们已经找到了自我；他们是充满希望的思想家们，试图一次又一次地在脑海中回忆。

美国正在关注这些人。它要求他们守住信念，站起来反对蛮横的商人、有钱人的力量。这些人有着精明贪婪的狼性，长期以来统治着国家的商业。

我曾说过，萨姆的公平意识打了一场不平等的仗。他是做生意的，在这行还很年轻，当时全美国都在盲目攫取利益。全国都为之陶醉，组建托拉斯，开辟矿山;挖掘石油和天然气;向西修建铁路,在新土地上建立新帝国。贫穷意味着愚蠢;思想在等待,艺术在等待;人们在炉边让孩子们围在一起,神采飞扬地谈论着有钱人,把他们当作适合领导年轻国家青年的先知。

萨姆有能力成为一个新晋有指挥权的人。这让他在带着那份不公平的合同去找那个医学生之前,仍坐在窗前思考。在其他年轻人去看戏或者和姑娘们去公园散步的时候,他整夜整夜地独自在街上散步。事实上,孤独的时光使他的思想得以成长。他比那些匆匆忙忙去剧院或埋头于爱情、冒险故事的青年更往前一步,他身上有种东西需要一个机遇。

空地对面的那栋平房里,灯亮起来了,透过亮着的窗户,他看到一个身穿睡衣的男人把一张乐谱放在梳妆台上,手里拿着一个闪亮的银号。萨姆有些好奇地看着。那人并没察觉到这么晚了还有个旁观者,他开始了自己精心设计的有趣的角色扮演。他打开窗户,把号子放在嘴边,然后转身在灯光下的房间前鞠躬,就像在观众面前一样。他把手放在嘴唇上吻了吻,然后把号角放在嘴唇上,又看了看乐谱。

在寂静的气氛中,那号声从窗外传来,又尖又粗,不堪入耳。萨姆笑了笑,拉下窗户。这件事让他想起了另一个向众人鞠躬、吹号的人。上了床,他拉过被子盖在身上,睡了过去。“如果可以的话,我一定要拿到弗兰克的钱。”他告诉自己,敲定了这件心事。“大多数人都是傻瓜,如果我拿不到他的钱,就会有别的人来拿。”

第二天下午,埃卡德和萨姆在镇上吃了午饭。他们一起去了一家银行,在那里,萨姆向大家展示了他的交易利润和银行账户的增长情况。之后,他去了南水街,在那里,萨姆神采飞扬地谈论着一个精明的人将会赚到的钱,他知道街上的每条路,而且颇有头脑。

“就是这样,”弗兰克·埃卡德说,他很快就掉进了萨姆设下的陷阱,而且对利润如饥似渴,“我有钱,但没有用钱的头脑。我想看看你收下钱能做些什么。”

萨姆的心怦怦直跳,穿过城市回到珀格林家。高架火车上,埃卡德坐在他身边。在萨姆的房间里,协议由萨姆写好,由埃卡德签字。晚饭时,他们请买干货的人来做见证人,并签了字。

这项协议对埃卡德有利。在任何一年里,萨姆归还的钱都不少于他的百分之十,最后还了双倍多的本金。埃卡德得以从行医生涯中退休,靠他在俄亥俄州蒂芬附近的一个村庄的资本利息生活。

手中有了三万美元,萨姆开始着手扩大他的事业范围。他不断地买进卖出，不仅买进鸡蛋、黄油、苹果和粮食，还有房屋和建筑用地。他的脑海里行进着一长排的数字。当他在镇上和年轻人喝酒时，或者坐在珀格林家吃饭时，交易的细节都在他的脑子里计算出来。他甚至开始想出各种进入他公司的计划，并认为他可能会在宽肩身上下功夫，掌握宽肩的利益，并控制他。那时，对窄脸的恐惧使他退缩了，而他在生意上的成功完全占据了他的心思。这时，他突然遇到了一个机会，这个机会完全改变了他的计划。

通过杰克·普林斯的建议，伟大的雷尼军火公司的汤姆·雷尼上校派人来找他，并给他提供了采购员职位，负责购买工厂所有的材料。

这正是萨姆无意识中一直在寻找的：一家实力雄厚、古老保守又举世闻名的公司。在与汤姆上校的谈话中，他发现未来有机会获得公司的股票，也许最终能成为一名官员。这些事情作为梦想和努力的目标太过遥远，但这是公司政策的一部分。

萨姆什么也没说，但他已经决定接受这个地方，并且正在考虑一个有利可图的安排。按购买时节省的比例来算的话，这在他为弗里德姆·史密斯工作的几年里，可以说是有好处的。

在枪械公司工作，萨姆没办法外出了，整天只能待在办公室里。在某种程度上，他感到有点遗憾。他在乡下旅馆里听到旅行者抱怨生活艰辛，在他看来这毫无意义。任何一种旅行对他来说都是一种热切的享受。他回想这三年来，从一个地方赶到另一个地方，赶火车，在感到艰辛和不快的同时，也看到了新地方和新面孔，了解了许多生活；和路上遇到的偶然认识的人交谈，他感到巨大的优势，又有一种回味无穷的喜悦。另外，这几年的路途也给了他很多机会，让他有机会进行自己的秘密交易并从中获利。

除了这些优势之外，雷尼的住处使他与大人物不断地密切交往。军火公司的办公室占据了芝加哥最新最大的一个摩天大楼的整整一层楼，百万富翁的股东和为国家、华盛顿政府服务的高层人士在门口进进出出。萨姆仔细看了看他们。他想和他们打一打交道，试试他在卡克斯顿和南水街的精明能不能使自己在拉萨尔街依然如鱼得水。对他来说，这似乎是个大机会，他安静而干练地进行着他的工作，打算充分利用这个机会。

在萨姆刚来的时候，雷尼军火公司主要还是由雷尼家的父女俩拥有。雷尼上校是一个长着灰白胡须、身材臃肿的军人，是总裁，也是最大的个人股东。他是个浮夸、狂妄的老家伙，习惯用法官宣判死刑的气势发表最琐碎的声明。每天乖乖地坐在办公桌前，显得非常重要和周到，抽着长长的黑色雪茄，亲自在各部门负责人给他带来的一堆信件上签字。他把自己看成华盛顿政府中一个默默无闻但非常重要的发言者，每天都会发布许多命令，而各部门负责人对这些命令都是恭恭敬敬地接受，但对这些命令则是秘而不宣。他曾被两次提名任命政府的内阁职位，在俱乐部、饭店与亲信的谈话中，他给人的印象是两次确实都拒绝了任命的邀请。

在确立了自己在企业管理中的地位之后，萨姆发现了许多令他吃惊的事情。他所知道的每家公司里都会有一个人，所有人都向他寻求指导，他会在关键时刻变得举足轻重，说“这样做，或者那样做”，而且不作任何解释。在雷尼公司里，他没有发现这样的人；相反，这里有十几个强有力的部门，每个部门都有自己的负责人，且每个部门或多或少都独立于其他部门。

晚上，萨姆躺在床上或者到外面去的时候，都会思考这个问题以及这样做的意义。在各部门的负责人中，很多人对汤姆上校非常忠诚和尽心尽力，但他认为也有一些人并不只关心自己的利益。

他也告诉自己，这里面有问题。他自己并没有这种忠诚的感觉，虽然他愿意对上校关于公司优良老传统的铿锵有力的谈话给予口头上的支持，但是对于建立在对传统口头支持或对个人忠诚的基础上进行庞大业务的想法，他无法使自己相信。

“一定到处都是未了的枝节。”他想，接着又想。“会有一个人来收拾残局，经营整个店铺。而这个人为什么不能是我呢？”

雷尼军火公司在南北战争期间为雷尼和惠塔克家族赚了几百万美元。惠塔克是个发明家，制造了第一支实用的后膛装填枪，而雷尼原是伊利诺斯州一个小镇上的纺织品商人，他支持惠塔克。

事实证明，这本身就是一个难得的组合。惠塔克发展成了一位出色的店铺经理。从一开始，他就待在家里制造步枪，并进行改进，扩大厂房，把货物运出去。纺织品商则在全国各地窜来窜去，到华盛顿和各个州的首府。他靠背后操纵，呼吁着爱国主义和对本州的自豪感，以丰厚的价格接受大订单。

芝加哥有个传说，说他不止一次去迪克西线以南，通过这些旅行，数千支雷尼一惠塔克步枪落入了南方联盟士兵手中；但他的儿子汤姆上校却愤然否认。而这故事却让萨姆对这位精力充沛的小纺织品商充满了尊敬。实际上，汤姆上校更愿意把父亲当成一个像宙斯一样的伟大军神，就像卡克斯顿的温迪·麦克弗森一样，如果有机会，他都能发明一个新祖先出来。

南北战争后，汤姆上校长大成人，是家族唯一的幸存者。他与惠塔克家族唯一的血脉简·惠塔克结婚，雷尼和惠塔克家族的财产便通过联姻合二为一。简死后，她的财产增长到了一百多万美元，全部归到休·雷尼的名下。休是他们的独女，当时只有二十六岁。

从第一天起，萨姆就开始在雷尼公司奋发向前。在采购端，他发现了一个既省钱又赚钱的好方法，并加以充分利用。十年来，采购的位置一直是由汤姆上校的一个远房表弟担任，现在表弟已经去世了。这个表弟到底是个傻瓜还是个恶棍，萨姆一直不能完全确定，也没有十分在意。但他在掌握情况后，觉得这个人一定给公司带来了巨大的损失，他打算把这笔钱省下来。

萨姆的筹划结果是，公司除了给他一份合理的工资外，还给他省下的标准材料固定成本的一半。这些成本多年来一直固定不变，萨姆投入其中，左砍右伐，第一年就为自己赚了两万三千美元。到了年底，当董事们要求进行调整、废除百分比合同时，他得到了一大股公司股票，也得到了汤姆·雷尼上校和董事们的尊重以及一些部门负责人的敬畏，还有其他人的忠诚，还当上了公司的财务主管。

事实上，雷尼军火公司主要是靠着最初精力充沛的雷尼和他的合伙人惠塔克的天才创造力为它建立起来的声誉而生存的。在汤姆上校的领导下，公司出现了新的状况和竞争，而这些状况和竞争是他所忽视的，或者没全心全意来应对的。公司靠的是声誉、财政实力，以及过去的成就所带来的荣耀。腐败侵蚀了公司的核心。这种做法造成的损害不是很大，却愈演愈烈。各部门的负责人手中掌握着大量的业务运作，他们中的许多人都不称职，除了长年累月的服务外，没有任何值得称道的地方。而财务主管的办公室里，坐着一个安静的年轻人，刚满二十岁。他没有朋友，想走自己的路，对办公室的传统并不认可，并以此为荣。

萨姆看到通过汤姆上校工作的绝对必要性，而且脑子里充满了他想做的事情。于是，他开始努力把建议灌输给这位老人。在他受到提拔的一个月内，他们两人每天都在一起吃午饭，萨姆会在汤姆上校的办公室里关起门来额外待上好几个小时。

虽然美国的商业和制造业在车间和办公室管理方面还没有达到现代的效率理念，但萨姆心中有许多这样的想法，并孜孜不倦地向汤姆上校阐述。他讨厌浪费，对公司的传统毫不在意。他和其他部门的负责人一样，没有想进一个舒适的职位并在那里度过余生的想法。他一心想要管理伟大的雷尼公司，如果不是直接管理，那就通过汤姆上校来管理，他觉得汤姆上校就像他手里的面团任他摆布。

萨姆从担任财务主管后，并没有放下采购员的工作，而是在和汤姆上校谈完话后，将两个部门合并，自己安排了能干的助手，继续进行他的工作，以解决表弟遗留下来的问题。多年来，公司一直在高价购买劣质材料。萨姆把自己的材料检验员派到西边的工厂，导致宾夕法尼亚州的几家大钢铁公司急急忙忙地赶往芝加哥要求赔偿损失。赔偿金很高，但汤姆上校被起诉时，萨姆却和他一起去吃午饭，买了一瓶酒，硬是快把他的肚皮给撑破了。

一天下午，帕尔默家的一个房间里上演了一幕在萨姆的脑海里停留了好几天的画面，那是他对自己在商业世界里想扮演的角色的一种认识。一家木材公司的总裁把萨姆带进房间，把五张一千美元的钞票放在桌子上，走到窗前，站在窗前向外张望。

萨姆站在旁边，看着桌上的钱，又看着窗边那人的背影，有那么一刻，他心中怒火中烧。他觉得自己真想掐住那人的喉咙，像曾经掐住温迪·麦克弗森的喉咙一样。然后，他的眼神里闪现出冷酷的光芒，清了清嗓子，说："你放在这的东西矮了点，如果你想让我感兴趣，就把它摞得更高一些。"

窗边的人耸了耸肩——他是个身材修长、看起来很年轻的人，穿着一件花哨的马甲，然后转身从口袋里拿出一卷钞票，走到桌边，面对着萨姆。

"希望你能通情达理。"他把钞票放在桌子上说。

当这堆钞票达到两万张时，萨姆伸出手，拿起钞票放进口袋。"等我回公司后，你会得到一张收据，"他说，"这大约是你多收我们公司的费用和劣质材料的钱。至于我和你的生意，我今天上午和另一家公司签了合同。"

在把雷尼军火公司的采购端按自己的喜好理顺后，萨姆开始在商店里花很多时间，并通过汤姆上校，强行对各处进行了大刀阔斧的改革。他遣散了无用的工头，打掉了房间之间的隔断，到处推销更多更好的工作方式。就像现代有效率的人一样，他手里拿着表，摒弃无效的行为，并重新安排，按照自己的方式去做。

这是一个非常令人激动的时期。办公室和商店像被惊扰的蜜蜂一样嗡嗡作响，黑压压的目光盯着他。但汤姆上校顺势而为，跟在萨姆的身后，大摇大摆地发号施令，像个重造的人，把肩膀往后一甩。他整天都在那里，履行自己的职责，指导工作，对着废物咆哮。当一家商店因为萨姆强加给工人的革新而爆发罢工时，他坐在长椅上发表了一篇演讲——这是萨姆写的，讲的是一个人在一个伟大的现代工业的组织和经营中的地位，以及他作为工人有完善自己的义务。

默默地，人们拿起工具，又开始走向自己的长椅。当汤姆上校看到工人们受到萨姆的话影响时，他宣布将工资标准提高百分之五，把原本可能会很平静的事件推向了高潮——这是汤姆上校自己的想法，而人们对这一消息的热烈欢迎，使他的脸颊泛起了自豪的光芒。

尽管公司的事务仍由汤姆上校处理，尽管汤姆上校每天都在日益坚持自己的立场，但军官们和各大店铺、后来的大工匠和买办以及拉萨尔街的富人董事们都知道，公司里来了一股新的力量。人们开始悄悄溜进萨姆的办公室，向他问问题，找他提建议，寻求好处。萨姆觉得自己已经掌握了主动权。在部门负责人中，大约有一半的人极力反对他，暗地里表示要将他彻底搞垮；其他的人则来找他，表示赞同正在进行的工作，并请他视察一下他们的部门，为之提出改进建议。这一点萨姆很热心地做了，从而得到了他们的忠诚和支持，这也是后来他的优势所在。

在招聘时，萨姆也参与其中，利用他与汤姆上校的关系这一特点。如果应聘者申请的职位适合他，就进入上校的办公室，听上校讲半个小时公司的优良传统。如果不适合，他就不必去见上校。“你的时间不能被他们占用。”萨姆解释说。

在雷尼公司，各部门负责人都是公司的股东，并从他们中间选出两个人参加董事会。第二年，萨姆被选为这些员工董事之一。同年，五位部门负责人因为萨姆的一项创新举措而愤然辞职，后来又有两位负责人取而代之，他们的股票通过事先安排的协议又回到了公司的手中。这笔股票和上校为他担保的另一笔则到了萨姆的手里，埃卡德、瓦巴什大街女人以及他自己的钱在其中发挥了作用。

萨姆在公司的力量日益壮大。他坐在董事会里，是股东和员工中公认的企业实际负责人；他已经阻止了公司向行业第二名的迈进，并且已经面对了它。他的周围，以及办公室和商店里，到处都是新生命在摇摆和走动，他觉得自己有能力朝着真正的控制方向前进，并且已经以这个为目标开始铺路。站在拉萨尔街的办公室里，或在商店的喧哗和轰鸣声中，他仰起下巴，做着同样古怪的小动作，他还是一个赤脚的报童和镇上酒鬼的儿子时，就深深吸引了卡克斯顿人。他脑子里有很多雄心勃勃的大计划。“我手里有一个伟大的工具，”他想，“有了它，我就能撬开自己的路，占据这个城市和国家中大人物的位置。”

3

萨姆·麦克弗森站在商店里，在雷尼军火公司的数千名员工中间，他目不转睛地盯着那些专心致志操作机器的人的脸，他们只是他雄心勃勃的计划的辅助工具。他虽然还是个孩子，却因为身上的大胆，加上天生的欲望，成了掌控者，他没有受过训练，没有受过教育，对工业史和社会努力一无所知。走出公司的办公室，沿着拥挤的街道，他来到自己在密歇根大道上的新公寓。那是忙碌的一周结束后的星期六傍晚，他边走边想这一周里完成的事情，并为接下来的工作做了计划。他穿过麦迪逊大街，进入州政府，看到人群中的男人和女人、男孩和女孩爬上缆车，在人行道上集结，成群结队，队伍断开又重新组合，整个画面激烈混乱、令人敬畏。就像在商店里的男工中间一样，这里也是如此，青年目不转睛地走着。他喜欢这一切：熙熙攘攘的人潮，穿着廉价服装的店员，搂着年轻姑娘去餐馆吃饭的老人，在高耸的办公楼的阴影下，眼神中带着怀念的年轻人在等待他的心上人。在他看来，这一切急切而紧张的匆忙，不过是一种巨大的行动环境；行动由几个安静、能干的人控制——那是他想成为的人。

在州街，他在一家商店停了下来，买了束玫瑰花，又走回了拥挤的街道。他前面有一个女人——有点高，步伐散漫，留着一大团红褐色的头发。当她从人群中经过时，男人们停下脚步，回过头来看着她，他们的眼神里充满了仰慕。看到她，萨姆大叫一声冲了过去。

"伊迪丝！"他叫道，跑上前去把玫瑰花推到她手里。"给珍妮特的。"他说，提起帽子走在她身边，并沿着州街走到范布伦街。

萨姆在拐角处与那个女人分别，接着来到了布满廉价剧院和破旧旅馆的地方。女人和他说话；穿着华贵大衣的年轻人在剧院前或旅馆的门口闲逛，肩膀独特而自信地摆动着，充满了肉欲；楼上的一家餐馆里传来另一个年轻人的声音，正唱着街上的流行歌曲。“今晚老城区会有一段热热闹闹的时光。”那声音唱道。

萨姆翻过一条横街，走进了密歇根大道，对面是一个狭长的公园，铁轨之外是一堆堆新土，有个湖正在重建。在十字街，站在高架铁路的阴影下，他经过一个不停发着牢骚、醉醺醺的老妇人，她冲上前去，把手放在他的外套上。萨姆甩给她二十五美分，耸耸肩膀走开了。在这里，他也曾对此视而不见地走过；这也是那巨大机器的一部分，安静能干的人们利用它工作。

萨姆从他的新住处顶层湖景旅馆出发，沿着密歇根大道向北走，来到一家餐馆，那里的黑人无声无息地在白衣餐桌间走来走去，为那些在阴暗的灯下谈笑风生的男男女女服务，他们有一种安心、自信的气质。从餐厅门口经过，一阵风从城市上空吹向湖边，带来飘浮在空中的声音。“今晚老城区会很热闹。”那个声音又唱着。

吃完饭后，萨姆坐上了瓦巴什大道缆车的一辆抓斗车。他坐在前座上，小城的全景映入眼帘。从廉价的剧院出发，他穿过街道，酒馆一个挨着一个，每个酒馆都有宽大华丽的门洞和灯光昏暗的“女士入口”；进入一个整洁的小商店，胳膊上挎着篮子的女人站在柜台旁，萨姆想起了卡克斯顿的星期六晚上。

萨姆是通过杰克·普林斯认识伊迪丝和珍妮特·埃伯利的，萨姆把玫瑰花送给了其中的一个人。他刚到这个城市的时候，就向她们借了六千美元，萨姆认识她们的时候，她们已经在芝加哥待了五年。在这五年里，她们一直住在一栋两层楼的框架建筑里，这栋建筑曾是瓦巴什大道靠近第三十九街的住宅，现在既是住宅又是杂货店。通过杂货店边上的楼梯可以到楼上的公寓去。五年来，在珍妮特·埃伯利的打理下，公寓变得格外美丽，简洁而完整。

这两个女人是一个农夫的女儿，她们曾住在中西部临近密西西比河的一个州。他们的祖父是州里的著名人物，曾是该州最早的州长之一，后来在华盛顿的参议院任职。有一个县和一个规模不小的镇子以他的名字命名，他曾经被认为有可能成为副总统，但还没到他要被提名的会议，他已经在华盛顿去世了。他的一个儿子是前途无量的青年，去了西点军校，在南北战争中出色地服役，之后指挥了几个西部军队的哨所，并娶了另一个军人的女儿。他的妻子是军队里的一位美女，为他生下两个女儿后就去世了。

妻子去世后，埃伯利少校开始酗酒。为了摆脱这个习惯，也为了摆脱他和他深爱的妻子一起生活过的军队氛围，他带着两个小女孩回到家乡，到一个农场里定居。

在两个女孩长大成人的县城里，她们的父亲埃伯利少校算得上个人物，但他很少见人，对农民邻居的友好求爱也很粗鲁。他会在屋子里坐上好几天翻阅书籍，他的书很多，现在两个女孩的寓所里敞开的书架上就有几百本。在这些学习的日子里，他不允许任何人去打扰他；接着是忙碌的工作，在这期间，他带着一队又一队的人去田里，日夜耕耘或收割，除了吃饭，没有任何休息。

埃伯利农场边上有一座木制的乡村小教堂，周围是干草地。夏天的星期天早晨，总能在田里发现这位退役军人，他在教堂的窗户下，用一些嘈杂的、哗哗作响的农具来来回回地跑着，这减弱了乡下人对他的崇拜感；冬天，他在那里拉了一堆原木，星期天早晨到教堂的窗户下劈柴。当他的女儿们还小的时候，他就因为残酷地忽视了他养的牲畜而多次被叫进法庭，并被罚款。有一次，他把一大群好羊锁在棚子里，然后进到屋里，一连几天都待在屋里，专心致志地看他的书，以致许多羊因缺乏食物和水被折磨得不轻。当他被带到法庭上罚款时，半个县城的人都来参加审判，对他的屈辱幸灾乐祸。

对这两个女孩，父亲既不严酷也不仁慈，给她们大部分自由，但并不给钱，所以她们穿的衣服都是用母亲的衣服做的，母亲的那些衣服以前就堆在阁楼的箱子里。当她们还小的时候，一个黑人老妇女，即她母亲的仆人和她们住在一起，像母亲那样照顾她们。但当伊迪丝还是个十岁的女孩时，这个女人就回田纳西州的家去了，所以女孩们只能靠自己的资源，用自己的方式管理这个家。

珍妮特·埃伯利在与萨姆建立友谊之初，是一个二十七岁的轻巧女人。她的小脸表情丰富，手指灵巧，眼睛黑色锐利，头发乌黑，而且她对书里的论述或匆匆忙忙的谈话非常着迷，以至于她那紧张的小脸变了形，敏捷地紧紧抓住听众的胳膊，而她的眼睛看着他的眼睛，却完全忘记了他的存在，听不见他可能表达的意见。她是个瘸子，年轻时从谷仓的阁楼上摔下来，弄伤了背部，所以整天坐在特制的轮椅上。

伊迪丝是一名速记员，在镇上一家出版商的办公室工作，珍妮特则在离他们住的房子几户远的街上为一家磨坊主修剪帽子。父亲在遗嘱中把卖掉农场的钱留给了珍妮特，萨姆使用了这笔钱。当钱在他手里的时候，他以她的名义为自己的生命投保了一万美元。处理这笔钱的时候，出于谨慎，他完全没有用医学生的钱来操作。“拿去给我赚钱吧！”在他们初识不久的一个晚上，在杰克·普林斯华而不实地谈论萨姆在事务上的能力之后，这个小巧女人冲动地说道：“如果你不利用它来造福那些穷人，那么拥有天赋又有什么用呢？”

珍妮特·埃伯利很聪明。她不顾一切传统女人的观点,对生活和人有自己的态度。在某种程度上,她已经理解了她那硬朗的、白发苍苍的父亲。在她身体遭受巨大痛苦的时候,他们彼此建立了一种理解和感情。在他去世后,她把父亲童年时做的一个小模型用链子系着,挂到了脖子上。当萨姆见到她时,两人立即成为亲密的朋友,坐在一起一谈就是几个小时,并非常高兴地期待着晚上一起度过的时光。

在埃伯利家,萨姆·麦克弗森是她们的恩人,也是个奇人。在他的手中,这六千美元每年都能给家里带来两千美元的收入,对埃伯利家舒适和美好的生活发挥了不可估量的作用。对管理房子的珍妮特来说,他是向导,是顾问,而不仅仅是朋友。

在这两个女人中,最先成为萨姆朋友的是强壮有力的伊迪丝,她那红褐色的头发和女性气质吸引了男人们在街上驻足观看。

伊迪丝·埃伯利身强力壮,生性暴怒,头脑愚蠢,对财富和在世界上的地位如饥似渴。她从杰克·普林斯那里听说了萨姆的赚钱之道,听说了他的能力和前途,有一段时间还对他的感情有所企图。有几次他们单独在一起的时候,她以一贯的作风,冲动地捏了一下他的手;有一次在杂货店旁边的楼梯上,她向他献上了自己的嘴唇,让他亲吻。后来,她和杰克·普林斯之间萌生了一段热烈的爱情,但普林斯因为害怕她的暴怒而放弃了她。在萨姆遇到珍妮特·埃伯利并成为她的忠实朋友和心腹之后,他和伊迪丝之间所有的感情甚至有兴趣的表现都烟消云散了,包括楼梯上的吻。

坐电梯上楼后,萨姆站在房间里珍妮特的轮椅旁,房间对面是面朝瓦巴什大道的公寓。椅子在窗边,正对着她在墙上建的一个格子里的开放式炉火。外面,伊迪丝穿过一扇敞开的拱形门,不声不响地从一张小桌子上取菜。他知道,过一会杰克·普林斯会来带她去剧院,留下珍妮特和自己聊完。

萨姆点燃烟斗,抽着烟开始说着明知会刺激她的话,珍妮特冲动地把手放在他的肩膀上,开始猛烈地回击。

"胡言乱语!"她破口大骂。"书本不是充满了装腔作势和谎言,你们这些生意人才是——你和杰克·普林斯。你对书籍了解多少?它们是世界上最奇妙的东西。人们坐在那里写它们,忘记了撒谎,但你们这些生意人却永远不会忘记。你和书!你没有读过书,没有读过真正的书。我父亲不知道吗?他不是通过书把自己从疯狂中拯救出来吗?我坐在这里,难道不是通过人们写的书得到对世界的真实感受吗?假如我看到那些人,他们会大摇大摆,趾高气扬,认真对待自己，就像你、杰克或楼下的杂货商一样。你以为你知道这个世界上发生了什么。你们以为自己在做事，你们这些光想着金钱、行动和成长的芝加哥人。你们瞎了眼，全都瞎了！”

这个小巧的女人眼睛里有一种半是蔑视半是好笑的光，她向前倾着身子，拨弄着萨姆的头发，对着他转过身来惊讶的脸笑了起来。

“哦，我不怕，不管伊迪丝和杰克·普林斯怎么说你，”她继续冲动地说道，“我喜欢你是对的，如果我是个好女人，我就应该和你做爱，和你结婚，然后看看这个世界上除了金钱、高楼大厦、男人和制造枪支的机器之外，还有什么东西适合你。”

萨姆笑了笑。“你就像你父亲，星期天早上在教堂的窗户下开着割草机在草坪上过来过去，”他说，“你认为你可以通过拳头来改造世界。我真想看你因为饿着羊而被罚进法庭。”

珍妮特闭上眼睛，躺在椅子上，高兴地笑了起来，宣称他们要好好吵一个晚上。

伊迪丝出去后，萨姆和珍妮特一起坐了一个晚上，听着她对生活的阐述，以及对像他这样强壮能干的人的看法。自他们相识开始，他就一直在听她讲话。他的耳边总会萦绕着他们多年来的谈话，这个黑眼睛的小巧女人让他窥见了整个有意义的思想和行动的宇宙，这是他做梦也没想过的；引领他认识了一个新的人类世界：有条不紊、勤于思考的德国人，情绪化、梦想化的俄国人，善于分析、勇敢的挪威人、西班牙人和意大利人都有他们的美感，还有虚张声势、满怀希望的英国人，想要的太多，得到的太少。所以晚上结束离开她时，他感觉自己异常渺小，在她为他描绘的伟大世界背景中显得微不足道。

萨姆不理解珍妮特的观点。对于生活教给他的一切来说，这一切都太新奇、太陌生了。在他的脑海里，他顽强地与她的观点做斗争，坚持自己具体实际的想法和希望。但在回家的火车上和后来在自己的房间里，他在脑海里一遍又一遍地思索着她说过的话，模模糊糊地试图领会她坐在轮椅上、俯视瓦巴什大道时所得到的关于人类生活的伟大观念。

萨姆喜欢珍妮特·埃伯利。他们之间从来没有说过这样的话，当她向他陈述她看到的一些生命法则时，他看到她的手一闪而出，抓住杰克·普林斯的肩膀，就像她经常突然抓住他的肩膀一样。但如果她能从轮椅上跳下来，他应该在一小时内拉着她的手，和她一起去找牧师，他心里知道，她会很高兴地和他一起去的。

珍妮特在萨姆为枪支公司工作的第二年突然去世,他没有向珍妮特直接表达感情,但他们经常在一起的那几年里,他把她当成了某种意义上的妻子。当她去世的时候,他很颓废,夜夜酗酒,在本该熟睡的时间里,漫无目的地在荒凉的街道上游荡。她是第一个抓住并激起他男子气概的女人,她唤醒了他身上的某些东西,使他后来能够以一种宽广的视野和眼界来看待生活,这与那个晚上在瓦巴什大道上坐在她轮椅旁的、精力充沛的一心想着赚钱和事业的年轻人没有关系。

珍妮特死后,萨姆没有维持与伊迪丝的友谊,而是把珍妮特在他手中从六千美元增长成的一万美元交给了她,就没有再见到她了。

4

四月的一个晚上，规模庞大的雷尼军火公司的汤姆·雷尼上校及其首席中尉，公司的董事长兼财务主管年轻的萨姆·麦克弗森一起住在圣保罗旅馆的一个房间里。那是一间双人间，有两张床。萨姆躺在床上，看着床对面，一道光线透过狭长的窗户射进来，照在上校凸起的大肚子上，仿佛照在一座圆形的小山上，月亮刚微微露出脸。傍晚，两个人在楼下烧烤架的餐桌旁坐了几个小时，萨姆谈了谈第二天他准备给圣保罗证券交易商的提议。雷尼公司在西部唯一的重要竞争对手，爱德华军火公司的犹太裔经理刘易斯，已经威胁到了这个证券交易商一笔不小的账目，萨姆满脑子想的都是把犹太人精明的贸易行动彻底搞垮。吃饭时，上校沉默寡言，这可不是他一贯的作风。萨姆躺在床上，看着月亮随着连绵起伏的“腹部小山”慢慢移动，想知道他在想什么。月亮慢慢上升，露出了全部的脸庞，然后又向下移动，被“小山”遮住了脸。

“萨姆，你谈过恋爱吗?”上校叹了口气。

萨姆转过身，将脸埋在枕头中，在被子里翻来覆去。“这个老呆子已经沦落到这种地步了吗?”他问自己。“单身了多年，他现在还会开始去追求女人吗?”

他没有回答上校的问题。“老兄，前面的路还难走得多呢。”他想，这时他的脑海里浮现出安静而坚定的小休·雷尼的身影。她是上校的女儿，萨姆到雷尼家吃饭或在拉萨尔街办公室的时候难得见过她几面。他试图把上校想象成女人中间一把威风的利刃，边想边高兴得直哆嗦。

上校没有察觉到萨姆的欢乐，也没注意他对自己的恋爱经历闭口不谈。上校开始讲话，他在烤架旁时一直沉默不语，现在似乎是要找补回来。他告诉萨姆，他已经决定找一个新伴侣，并承认自己有些担心女儿对此事的看法。他抱怨说:“孩子们待人太不公平了。他们总是忽略男人的感觉,不知道他的心还年轻。”

萨姆嘴角带着微笑,开始想象家里有个女人,和他一起看月亮、爬上小山坡。上校依然在侃侃而谈,他越说越坦诚,甚至说出了那个女人的名字以及他们见面和交往的情况。“她是演员,”他感慨地说,“我在威尔·斯伯里举办的晚宴上遇见了她,她是那里唯一一个不喝酒的女人。晚饭后,我们一起去兜风,她告诉我她生活的艰辛、她与外界诱惑的斗争、她的艺术家兄弟以及她正在努力适应这个世界。我们已经约会过十几次了,并且经常写信,萨姆,我们彼此喜欢。”

萨姆从床上坐了起来。“信!”他喃喃自语。“这个老家伙要陷进去了。”他再次躺下。“好吧,随他去吧,我何必自寻烦恼呢?”

上校又开始滔滔不绝起来。“尽管我们只见过十几次,但每天我们都会收到彼此的一封信。噢,你如果看到她的信,就会知道这感觉有多棒了!”

上校发出了一声叹息。“我想让休邀请她来我们家,但我很担心,”他抱怨道,“我怕她误会。女人就是这样坚决。她和我的卢埃拉应该见面认识一下彼此,但我如果回去告诉她,恐怕她会大闹一场,再伤了卢埃拉。”

月亮升起来了,萨姆的眼睛里反射着光芒,他转过身背对着上校准备睡觉。这个老男人轻信别人的天真,仿佛给他带来了欢乐源泉,他笑得连带着被子不时地抖动。

“我不会做任何让她伤心的事情。她是世界上最乖巧的小女人。”上校郑重其事地说。他的声音突然变了,惯于大吼大叫发泄情绪的上校开始有点不知所措。萨姆想知道上校的感情是否被这位女演员或他女儿的想法触动。“一个年轻漂亮的女人把她整个心交给像我这样的男人,这是多么美妙的事情啊。”上校近乎哽咽地说。

一周后,萨姆听到了更多关于上校恋情的事。有一天早上,他在拉萨尔街办公室的办公桌前抬起头来,发现休·雷尼站在他面前。她身材矮小,体格健壮,肩膀宽挺,有一头乌黑的秀发,灰色的眼睛平静如水,脸经过风吹日晒有点发棕。她站在萨姆的桌子前,脱下手套,用逗趣滑稽的眼神低头看着他。萨姆站起来,斜倚在平顶的书桌上,握住她的手,想知道是什么风把她吹到了这里。

休·雷尼没有拐弯抹角,而是立刻表明了这次来的目的。她出身富裕,尽管算不上美丽,但由于她的财富和魅力,也有很多人追求。与她进行过六次简短交谈的萨姆一直都对她充满好奇,想进一步了解她的性格。她自信站在他面前，打扮得那么整齐，这让他有点疑惑不解。

“上校，”她开始说道，然后犹豫了一下，笑了笑，“你，麦克弗森先生，已经成为我父亲一生中的重要人物。他非常依赖你。他告诉我，他跟你谈过剧院的卢埃拉·伦敦小姐的事，并且你已同意上校和她结婚。”

萨姆严肃地看着她。一丝欢乐掠过心头，却依旧表现得严肃而不感兴趣。

“是吗？”他说，看着她的眼睛，“你见过卢埃拉小姐吗？”

“我见过，”休·雷尼回答，“你见过吗？”

萨姆摇了摇头。

“她不能跟上校结婚，”上校的女儿盯着地板说道，她抓着手里的手套，气得满脸通红，“她是个粗鲁冷酷、诡计多端的女人，还染发，当你看她的时候她就会装哭，甚至没有为自己的行为感到一丝羞愧，她把上校坑惨了。”

萨姆看着休·雷尼红褐色的脸颊，觉得这颜色很漂亮，想知道为什么人们都说她长相平平。愤怒让她的脸变得通红，他却觉得她更美了。他喜欢她直接有力地说出上校这件事的方式，也敏锐地觉察到她对他的几分恭维。“她自尊心很强。”他自言自语，感受到了她态度中自豪的激动，仿佛这种激动是他自己引起的。

“我听到过很多关于你的事情，”她抬头看着他，笑着继续说道，“你是我们家饭桌上的常客。我父亲席间闲谈时总会穿插着说起你，在介绍他所有关于经济、效率和发展方面的英明论断时，总是一连串地说着‘萨姆说’和‘萨姆认为’。到家里来的人也都谈到你。特迪·福尔曼说，在董事会议上，他们都像孩子一样坐在那里，等着你告诉他们该怎么做。”

她不耐烦地伸出手来，说道：“我不知道该怎么办了，我可能有办法应付我父亲，但我对付不了那个女人。”

当她和他说话时，萨姆越过她看着窗外。当她的目光从他脸上移开时，他又看了看她那坚定的棕色双颊。从见面的那一刻起，他就打算帮助她。

“请把那位女士的地址给我，”他说，“我去看看她。”

三天后，萨姆去找了卢埃拉小姐，带她在市中心最好的餐馆之一享用晚餐。她知道他带她来的动机，因为订婚时他在剧院后门附近的几分钟谈话中表现得很坦率。他们一边吃，一边谈论芝加哥剧院的戏。萨姆给她讲了他业余演出的一个经历。在他小时候，卡克斯顿的药店大厅里举办了一场表演，萨姆扮演了一个鼓手的角色，这个角色被一个身穿灰色制服趾高气扬的恶棍杀死在战场上。约翰·特尔弗扮演的是这个恶棍的角色，他演得特别认真，手枪在关键时刻失灵后，他追赶萨姆，试图用枪托击打他。对特尔弗逼真的愤怒和受惊男孩的求饶，观众一直欢呼雀跃着。

卢埃拉·伦敦听了萨姆的故事后哈哈大笑。然后咖啡端上来了，她用手指拨弄了一下杯柄，眼里流露出一种精明的神色。

“现在你是个大商人，来找我谈雷尼上校的事情。”她说。

萨姆点上雪茄。

“你指望自己在和上校的婚姻中得到多少？”他直截了当地问。

女演员笑了起来，往咖啡里倒了奶油。她两眼间上方的额头上有一道皱纹，萨姆觉得她看起来很能干。

“我一直在想你在剧院后门对我说的话。”她说道，嘴唇荡起孩子般的微笑。“你知道吗，麦克弗森先生，我猜不透你，不知道你为什么卷进来。你有资格管这件事吗？”

萨姆一直盯着她的脸，感到眼前一片黑暗。

“这么说吧，”他说，“我自己也算个冒险家，有着海盗精神。我和你差不多，我必须伸出手，拿走我想要的东西。我一点也不会怪你，但恰好我先遇见了汤姆·雷尼上校。他是我的猎物，所以我并不打算任由你胡闹。我没有虚张声势。你必须离开他。”

他倾身向前，全神贯注地凝视着她，然后压低了声音。“我有你的资料。我认识以前和你住在一起的人。如果你不离开上校，这个人会帮我找到你。”

萨姆坐在椅子上，严肃地看着她。他为了快速赢得胜利，借机虚张声势。的确，他已经赢了，但是卢埃拉·伦敦不会这么轻易认输。

“你说谎，”她哭了起来，从椅子上半弹了起来，“弗兰克决不——”

“噢，是的，弗兰克会这样做。”萨姆回答，转过身，好像在叫服务生。“你如果想露面，十分钟内我就让他到这来。”

女人拿起叉子，开始紧张地戳起桌布，把桌布戳出了好多洞。泪水顺着她的脸颊流了下来。她从桌旁椅子背上挂着的袋子里拿出一条手帕，擦了擦眼睛。

“好吧！好吧！”她说，支撑着站起来。“我放弃。如果你找到了弗兰克·罗布森，就能找到我。只要你付钱，他会答应为你做任何事。”

两人沉默了几分钟。女人眼中流露出疲惫的神情。

“我希望我是一个男人，”她说，“因为我是女人，所以我做任何事情都会受到鞭笞。我快不能在剧院里挣钱了，我觉得上校是我可以托付的对象。”

“他是，”萨姆冷静地回答，“但是我抢先了一步，他是我的。”

他小心地扫了一眼房间，从口袋里拿出一卷钞票，一张一张放在桌子上。

“听着，”他说，“你做得很好，你本该赢的。十年来，芝加哥半数上流社会的妇女一直在努力将自己的女儿或儿子与雷尼家族联系起来。他们拥有一切可以帮助他们的东西——财富、美貌和社会地位，而你却没有这些东西，你是怎么做到的？”

“无论如何，”他继续说道，“我不想看到你有损失。我这里有一万美元，是雷尼有史以来印得最好的钱。你只要在这纸上签名，就可以将它们收入囊中。”

“两清了。”卢埃拉·伦敦边说边签下了名字，她眼里终于又有了光芒。

萨姆向他认识的餐厅老板招手，让他和一个服务员作见证。

卢埃拉·伦敦将一沓钞票放入钱包。

“你已经赢了我，还给我这笔钱做什么呢？”她问。

萨姆点燃了一支雪茄，将纸叠起来放在口袋里。

“因为我喜欢你，很欣赏你的能力，”他说，“而且，在此之前，我并没有打败你。”

他们坐在那里，仔细打量着那些从桌旁起身的人。他们走出大门，在等马车和汽车，萨姆感觉那些衣着考究、神态自若的女人和坐在他旁边的女人形成了鲜明的对比。

“我想你对女人的看法是正确的，”他若有所思地说，“如果你想靠自己取胜，那么对你来说这场比赛注定很难打。”

“取胜？我们根本赢不了。”她咧着嘴，露出洁白的牙齿。“靠自己连续打搏击比赛的女人是不会赢的。”

她的声音变得紧绷，额头上的皱纹又显了出来。

“女人无法独自生活，”她接着说，“她是一个感情用事的傻瓜。她向某个男人伸出手，最后却换来一记重击。为什么，即使她像我对上校那样，还是会被像弗兰克·罗布森那样的卑鄙小人出卖，哪怕她为了他放弃了一切对女人来说最重要的东西。”

萨姆看着她放在桌子上的手，上面戴着戒指。

“我们不要互相误解，”他静静地说，“不要为此怪罪弗兰克。我根本不认识他，他只是我想像出来的。”

女人的眼神迷惑不解，脸颊上泛起红晕。

“你收了钱！”她冷笑道。

萨姆叫住路过的服务员，又要了一瓶酒。

"痛心有什么用?"他问。"这很简单。就当是你和一个更聪明的人打了赌。反正你已经拿到一万块钱了，不是吗?"

卢埃拉伸手去拿钱包。

"我不知道，"她说，"我要看看钱还在不，您是不是还打算再把钱偷走呢?"

萨姆笑了。

"我正要说这个，"他说，"别急嘛。"

他们坐在那里面面相觑了几分钟，然后萨姆嘴角挂着微笑，又开始说话了，他的声音里满含真诚。

"听着!"他说，"我不是弗兰克·罗布森，我不喜欢为难女人。我一直在观察你，我不能看你带着一万块钱到处乱跑。你现在的情况不适合拿着这么多钱，而且这笔钱在你手里也用不了一年。"

"把钱给我，"他力劝道，"让我为你投资。我是赢家，我会在一年内为你把钱翻倍。"

女演员越过萨姆的肩膀，注视着一群围着桌子喝酒并大声说话的年轻人。萨姆开始讲述卡克斯顿一个爱尔兰行李收发员的逸事。说完，他看着她笑了起来。

"就像那个鞋匠指望杰里·唐伦一样，你如果成了上校的妻子，就会指望我，" 他说，"我不得不让你离开我的地盘。"

卢埃拉·伦敦游移不定的眼神里闪过一丝决绝，她从椅背上拿起钱包，拿出那卷钞票。

"我是个赌徒，"她说，"我将押注我见过的最好的赌注。你或许欺骗了我，但我总想碰碰运气。"

她转过身，叫来一位服务员，从钱包里拿出一张钞票递给他，然后把那卷钞票扔在桌子上。

"餐费买单，还有我们后来开的那瓶红酒的费用。"她说道，随之递给他张零钞，然后转向萨姆。"你会大获成功的。无论如何，我非常欣赏你的才能。这次聚会我请客，你见到上校时，替我向他告别。"

第二天，萨姆把休·雷尼叫到军火公司办公室，递给她卢埃拉·伦敦签名的文件。她与萨姆达成了一项协议，她会将她能够从雷尼上校那里诱骗来的钱与萨姆平分。

上校的女儿看了眼协议，转而瞥了一眼萨姆的脸。

“这样啊，”她说，眼神中透露着一丝疑惑，“但我不明白这一点。这协议有什么作用？你花多少钱买的？”

“这份协议，”萨姆回答，“是为了给她找点麻烦，为此我花了一万美元。”

休·雷尼笑了起来，从手提包中取出一本支票簿放在桌子上，坐了下来。

“你拿到你那一半了吗？”她问。

“我拿了全部。”萨姆回答，然后向后靠在椅子上，开始解释。他告诉她餐馆里的谈话。她坐在那里，面前放着支票簿，依然迷惑不解。

她还没来得及说话，萨姆就突然说起了他想对休说的话。

“那个女人不会再打扰上校了，”他宣称，“如果那份协议搞不定她，还有别的东西。至少她尊重我，怕我。她签了名后，我们谈了谈，她给了我一万美元用于投资。我答应一年内给她双倍的钱，我要兑现承诺。我想要你现在就把它翻倍，请开一张两万美元的支票。”

休·雷尼开了张支票，使持票人可以凭票取款，并将其推到桌子上。

“我还不能说我全明白了，”她坦白地说，“你也爱上她了吗？”

萨姆咧着嘴笑了笑。他想知道自己是否能够把那位女演员冒险家的故事讲出来。他隔着桌子望着她那坦率的灰色眼睛，乘着一时高兴决定直截了当地说出来，好像她是个男人。

“是这样的，”他说，“我喜欢有能力和头脑聪明的人，而那个女人具备这一点。她不是一个好女人，但都是生活所迫。她一生都在走错误的路，现在她想站起来寻找出路。这就是她追随上校的目的。但她不想嫁给他，只是想靠他开始。我之所以能赢过她，是因为在某处有个哭哭啼啼的卑鄙小人。这个男人夺走了她的所有美好，现在竟然准备以几美元的价格出卖她。当我看到她时，我就想着有这么一个人，然后通过他来虚张声势。但是我不想靠某个廉价的男人去击败女人，即使是在这样的事情上。我想公平待她。这就是我要你开张两万美元支票的原因。”

休·雷尼起身站在桌子旁低头看着他。他在想她的眼睛是多么清澈真诚。

“那上校呢？”她问。“他会怎么想这一切？”

萨姆在桌子周围走来走去。

“我们不得不先把他放一放，”他说，“我们开始做这件事，你是知道的，而我们也确实做到了。我想我们可以指望卢埃拉小姐，让她来处理。”

卢埃拉小姐做到了。一周后，她派人叫来萨姆，把两千五百美元放在他手上。

“这些钱我不是用来投资的,”她说,“而是给你的。根据我与你签署的协议,我会把我从上校那里得到的所有东西跟你对半分。呃,我要的不多,只拿了五千美元。”

萨姆手里拿着钱,站在房间里一张小桌子旁边看着她。

“你对上校说了什么?”他问。

“昨晚我叫他到我房间去。躺在床上时,我告诉他我刚刚发现自己得了不治之症,一个月内便会死去,并要他立刻娶我,把我带到一个安静的地方,让我死在他的怀里。”

卢埃拉·伦敦走到萨姆旁边,把一只手搭在他胳膊上笑了起来。

“他开始请求原谅,找借口推辞,”她接着说,“然后我拿出他写给我的信,直截了当地管他要五千美元。他立刻蔫了,一声没吭就给了我钱。凭借你的本事,你应该能在半年内把他所有的钱都弄到手,而我估计得到五十岁才可能成功。”

萨姆与她握了握手,告诉她他成功地把她投资的钱翻了一番,然后把两千五百美元放在了口袋里,回到办公桌前。之后他再也没有见到她。后来,他非常幸运地赶上了一次股市转好的机会,把她留给他的两万美元赚到了二十五万美元。他把钱交给了一家信托公司,后来就忘记了这件事。多年后,他听说她在西部一个城市经营一家时装公司。

第二天一早,汤姆·雷尼上校就开始了针对女人的长篇大论和愤怒声讨,这一习惯也贯穿了他的余生。这几个月来,上校除了谈论工厂效率以及他和年轻的萨姆·麦克弗森打算如何扩大业务外,别的一概不谈。

5

休·雷尼一直是芝加哥上流社会青年们梦寐以求的对象，他们看中了她那玲珑有致的身段和背后可观的财产，但休的态度让他们感到迷惑不安。不论是在高尔夫俱乐部宽敞的门廊上，男青年们身穿白色长裤在那里休息抽烟，还是在郊区的俱乐部里，同样是这群年轻人在凯利泳池度过冬日的下午，人们都会谈论休，并把她称为谜一样的女人。他们断定："她一定会孤独终老。"一想到这，他们就摇了摇头。不时有青年从打量休的人群中脱离出来，用成对的书籍、糖果和电影剧场来展开他猛烈的追求，最后却都以休的冷淡和漠不关心收场。休在二十一岁时，一位年轻的英国骑兵军官来芝加哥参加骑马比赛，连续几周他都来她的公司找她。于是，关于他们订婚的报道在镇上悄悄传开，人们在乡村俱乐部高尔夫球场的第十九号洞口附近谈论着关于他们两个的事情。但是，谣言终究是空穴来风，相比于上校那个文静的小女儿，更吸引那位军官的其实是上校储存在酒窖中的某种稀有旧酒品牌，还有与爱摆架子的老枪械制造商的那份兄弟情谊。

萨姆刚认识休之后，在枪支公司的办公室和商店里煽动事情的时候，他听到了小镇上年轻人对于休努力工作的认可。他们即将在办公室与上校交谈。上校曾多次告诉萨姆，他的女儿休已经过了一个年轻妇女的适婚年龄。而在没有父亲陪伴的这段时间里，他们中的两三个人已经习惯了将事情说给萨姆听，他们应该是通过上校或杰克·普林斯互相认识的。他们声称与上校保持统一战线。晚饭的时候，萨姆一边喝酒，一边抽雪茄，不带任何偏见的情绪。在他看来，这并非难事。一次，在午餐会上，汤姆上校与萨姆讨论了这些年轻人。上校说他们是该死的暴发户，气得拍起了桌子，引得玻璃杯晃荡作响。

就萨姆而言，他并不觉得自己了解休·雷尼，尽管在雷尼家的晚宴上第一次碰见雷尼之后，他就对其充满了好奇心，而且毫无机会满足这种心情。他知道雷尼热爱运动，经常去旅行、骑马、射击还有航海。他听杰克·普林斯称她为有头脑的女人。但是，直到上校和卢埃拉·伦敦事件将他们联系在一起，萨姆才真正对雷尼产生兴趣。因为要处理她父亲的事务所的一些事情，他们见面后只是聊了一小会儿。

珍妮特·埃伯利突然去世后，萨姆一直感到悲伤，但他还是与休·雷尼谈论了很多，这是他们的第一次长谈。那天萨姆匆忙地走进汤姆上校的办公室，发现休正坐在上校的桌子旁，凝视着窗外广阔而又平坦的屋顶。远处一个男人爬上旗杆代替一根打滑的绳子，这引起了他的注意。他站到窗户边，看着紧贴在旗杆上的身影，开始了人类为何而努力的荒谬言论。

上校的女儿满怀尊敬地听完了他的话，起身站在他旁边。萨姆悄悄地转过身，望着她那坚定的红棕色脸颊，就像她早上来找他讨论有关卢埃拉·伦敦事件时那样。让萨姆吃惊的是，不知怎么地，看着她就想起了珍妮特·埃伯利。这时，连他自己都意想不到，他突然长篇大论起了珍妮特的故事，谈论到她去世的悲剧以及她的生活中和性格上的美好。

萨姆觉得，对直面内心的失落感和来自同情者的倾听刺激了他，通过赞美珍妮特的人生，他从失去挚友的痛苦中得以解脱。

讲完自己的内心后，他站在窗户旁，感到一丝尴尬。那个爬上旗杆的人突然将绳子穿过顶部的环，滑下了旗杆。想着他掉下来那一刻的惊险，他不知不觉紧握住休·雷尼的手。

他转过身来，觉得有些可笑，便简单地解释了一下。这时，休·雷尼却热泪盈眶。

“我真希望自己曾认识她。”她说着，从萨姆指间出手。“我希望你很好地了解我，这样我就能更加了解你的珍妮特了。像她这般的女人太罕见了，她们值得被深入了解。其实大多数女人跟男人是一样的。”

见她摆出了不耐烦的手势，萨姆转身朝门走去。他不敢相信自己竟然回答了她。自成年以来，他第一次感到眼泪随时可能夺眶而出。失去珍妮特让他悲痛得不能自已。

“我过去一直对你抱有偏见，”休·雷尼看着地板说，“我感觉你跟传言说的不太一样。我听说过一个故事，所以对你产生过误解。”

萨姆笑了。在抑制住内心的激动后，他笑着解释了那个滑下杆子的人的事件。

“你听到了什么故事?”他问。

“是一个年轻人在我们家讲的,”她犹豫地解释,一脸严肃,“大概就是一个小女孩溺水被你救了起来,还给了你一个钱包。你为什么要接受她的钱?”

萨姆直视着她。这个故事一听就是杰克·普林斯擅长的。这是他早期在城里进行商业活动的事了。

一天下午,他继续在佣金公司任职时参加了一次男士聚会,乘坐湖上的游览汽船旅行。他有一个项目,希望他们和他一起去,并把他们带到聚会上,以此展示他的项目优点。就在旅途中,一个小女孩掉到水里,萨姆把她救了起来,安全地将她带上了船。

人们欢呼起来。一个戴着宽边牛仔帽的年轻人跑来向人们收钱。人们蜂拥而上,将钱塞到萨姆手上,他便将其全部纳入囊中了。

船上有几个人,虽然他们并没有因为想要参加萨姆的计划而退缩,却认为他收钱这件事不够厚道。经过口口相传,这个故事就传到了杰克·普林斯的耳朵里,杰克不厌其烦地重复着这个故事,每次讲完都要问听众萨姆为什么要收钱。

现在,在汤姆上校的办公室里,当着雷尼的面,萨姆做了一个令杰克·普林斯相当满意的解释。

“他们想把钱给我,”他有些困惑地说道,“我为什么不能收下呢?我又不是因为钱才去救那个小女孩,只因为她是个小女孩而已。这些钱不过是给我破了的衣服和那趟旅行的补偿而已。”

他把手放在门把手上,坚定地看着面前这个女人。

“我想要钱,”他说道,声音中充满了蔑视,“一直想要,只要我能得到。”

萨姆回到自己的办公室,坐在办公桌旁。休·雷尼对他表现出的亲切和友善让他感到惊讶。一时冲动,他写了一封信,表明自己在游览轮船上所收金钱的立场,并阐明了他对金钱和商业事务的态度。

他在末尾写道:“我不能说服自己相信那些商人的话。他们脑子里尽是些不真实的情感和理想。卖东西的时候总说这是最好的货,尽管可能只是三等货。我不反对这一点。但我反对他们在内心还抱有希望,认为三等货是一流的,直到那种希望演变成一种信念。在跟女演员卢埃拉·伦敦交谈的时候,我告诉她我本人也具有海盗精神。好吧,我的确是。我会为了卖出商品说谎,但我不会欺骗自己,不会愚弄自己的内心。如果一个人在跟我做生意时剑拔弩张,而我却在金钱方面更胜他一筹,这并不意味着我比他更不择手段,而表明我是一个更热衷于经商的人。”

萨姆把便条放在桌子上，不明白自己为什么要写这个。在他看来，这是对他商业信条准确而又直接的表达，但把这告诉一个女人却十分荒唐。接着，他想都没想就把信装进信封，投进了邮箱里。

他想着：“她看了这封信就会知道，无论如何我都很坚定。”萨姆回想起跟休讲述自己在船上那种行为的原因时，那种挑衅的心情。

在之后的十天里，萨姆有几次见到休·雷尼过来或去她父亲的办公室。有一次，他们在办公室门口的大厅里碰面，休停下脚步，伸出了手，萨姆笨拙地握住了她的手。萨姆感觉她没有后悔上次谈论完珍妮特·埃伯利后，他们牵手那种亲密的小动作。这种感觉并非出于虚荣，而是萨姆认为休或多或少有些孤独，需要有人陪伴。萨姆认为，尽管有很多人追求她，但休缺少的是同伴和快速建立友谊的才能。“她跟珍妮特一样聪明。”他心里暗想。休的身上有更加坚定的东西，一想到这，萨姆就觉得自己有点对珍妮特不忠了，不禁为此感到遗憾。

萨姆突然开始怀疑自己是否真的想娶休·雷尼。这个问题在他脑海里挥之不去。他不仅睡觉的时候在思考，就连白天匆忙来往于办公室和商店的时候还在想。这一想法十分顽固，让他开始用新的眼光来对待雷尼。当萨姆翻阅着一列列数字，为军火公司的业务扩张制订计划时，很多事情不断地在他脑海里浮现——休伸出手那一奇怪而笨拙的动作、他们的表达方式、她脸颊上那细腻的褐色纹理和灰色眼睛里透露出的清澈与真诚，以及在他想到珍妮特时她所表现出的同情与理解、休对他感兴趣的微妙暗示。不知不觉中，萨姆开始把她列入未来计划了。

后来，萨姆才发现，在他们第一次谈话之后的几天里，休也想到了结婚的问题。在那次交谈之后，休回到家里，站在玻璃窗前想了一个小时。她曾经告诉萨姆，那天晚上她躺在床上，眼泪不住地往下流，因为她从未唤起男人对她的温柔感，就像他谈到珍妮特时那种温柔的声音。

两个月后，他们又进行了一次谈话。萨姆一个人坐着，他收起失去珍妮特之后每晚靠喝醉来麻痹自己的难过心情和不思进取的状态，他感觉要全身心投入到办公室和商店的工作中去，一整个下午都在处理一大堆工厂的成本表。他把衬衫袖子卷到肘部，露出雪白结实的手臂，全神贯注地盯着那些表。

“我进来了啊。”头顶传来一个声音。

萨姆迅速抬起头，马上站了起来，心里暗想：“她一定在那里低头看我一会儿了。”并对此感到非常高兴。

萨姆写给她的那封信浮现在他的脑海里，他想知道结果。他是否真的那么愚钝，与她结婚的念头也许只是异想天开。他暗下决心："也许结婚这件事对我们而言，都毫无吸引力。"

"我来了，"休再次说道，"我最近一直在想，你在信里说的那些事，在谈到你去世的朋友珍妮特的时候说的那些关于男人、女人和工作的事。你可能不记得他们了。我——我对这些挺感兴趣的。我——你是社会主义者吗？"

"我想不是，"萨姆回答，不知道什么事让她有那种想法，"你是吗？"

她笑着摇了摇头。

"那你到底是什么人？"休继续问，"你信什么？我很想知道。我还以为你的信——请原谅我——是一种借口呢。"

萨姆顿时眉头紧皱。他想起温迪·麦克弗森那副张扬跋扈的模样，他一直怀疑萨姆经营理念的诚意，这让萨姆十分郁闷。他绕过桌子走向休，靠在桌子上看着她。他的秘书出去了，办公室里只剩下他们两个人。萨姆笑了笑。

"在我长大的那个小镇上，有个人说我是一只专在地下找虫子吃的小鼹鼠。"他说。接着，他抬手指了指桌上的文件，说道："我是一个商人，这还不够吗？如果你和我一起看一下这些成本表，你就会发现它们是必需品。"

他转过身，再次面向她。

"信仰能做什么？"他问。

"好吧，我觉得你具备——某种信仰，"她坚持说，"你必须有点儿信仰。你把事情做好。你应该听听别人对你的评价。有时他们待在家里，十分愚蠢，根本不知道你是一个多好的人，不知道你在这里做什么。他们说你将一直做下去。是什么驱使你这么做的？我很好奇。"

一时间，萨姆都有点怀疑休在偷偷地嘲笑他。直到他发现她很严肃，才开始回答，然后停下来，看着她。

两个人沉默无言，只能听到墙上的钟滴答作响。

萨姆走近她，站在那里俯视着她慢慢转向自己。

"我想和你谈一谈。"他说，声音都变了。他感觉有一只手扼住了他的喉咙。

这一瞬间，萨姆下定决心要娶休，她对自己生活的动力感兴趣，促使他下定决心。在长久沉默中的一瞬间，他对休有了新的认识。一想到她变成了一种坚定的信念，她属于自己，成为自己的一部分，他就会有一种朦胧的亲近感，她的神态，站在那里的那个人，仿佛是送给他的一份礼物，令他为之倾倒。

接着，他内心深处又涌现出很多其他的想法，十分杂乱。他开始想，她可以指引他去想去的地方。他想到了她的财富,这对于一个渴望权力的男人而言意味着什么。这些想法中又穿插着其他想法。休身上的某种东西抓住了他——珍妮特身上也有那种东西。他很好奇她为什么会关心自己的信仰问题,而且想问她同样的问题。他在休身上完全看不出汤姆上校身上那种盛气凌人的坏脾气,反而感觉她很真实,就像一股清泉。他相信休能给他一些自己毕生都渴望的东西。当他还是个孩子的时候,那种每晚萦绕在他心头的痛苦的饥饿感又回来了。他想,在休的帮助下,自己这种饥饿感可能会得到满足。

"我——我得读一本有关社会主义的书。"他磕磕绊绊地说。

接下来又是一阵沉默,休看着地板,萨姆绕过她走向床边。他无法再将谈过的话继续下去。他表现出的孩子般的恐惧,使她注意到他的声音在颤抖。

汤姆上校走了进来,他突然想到了萨姆在午餐时间跟他说的一个想法,反复琢磨着,完全把这想法变成了自己的。虽然被上校的出其不意打断了,但萨姆感觉如释重负,开始跟上校谈论起来。

这时,休走到窗前,开始有意无意地摆弄窗帘。萨姆抬起眼看着她时,发现她正专心地看着自己,嘴角上扬,继续正视着他。最终还是他先把眼睛移开了。

从那天起,萨姆满脑子想的都是休·雷尼。不论是坐在自己的房间里,还是走到格兰特公园,站在湖边,看着静静流淌的河水,就像他刚来这个城市时那样。他并不想拥抱她或亲吻她。相反,他怀着一颗真诚的心,想与她一起生活下去。他想和休一起在街上漫步,想她突然出现在办公室门口,想望着她的眼睛,想要她像之前那样问他关于信念和希望的问题,想晚上回到家的时候,休在家里等着自己。萨姆那种漫无目的、半放荡式的生活方式的所有魅力都在消失了,他相信有了休,自己可以开始过更加充实和完整的生活。从他决定娶休·雷尼的那一刻起,萨姆就不再过度饮酒了。跟在俱乐部和饮酒场所去找老朋友相比,他开始回到自己的房间,在街上或公园散步。有时候他将床推向窗户那边,这样可以俯瞰湖泊。晚餐后,他会立即换上睡衣,在窗边坐上半夜,看着远处水面上的船灯,脑海里浮现出休的身影。萨姆想象着她在自己的房间里来回走动,偶尔会像珍妮特一样把手伸进他头发里,低头望着他,通过睿智的话语和静默的方式帮助他过上好生活。

在萨姆入睡之后,休·雷尼的脸又出现在他的梦里。有一天晚上,他梦见休失明了,目光呆滞地坐在屋子里,一遍遍痴呆地喊着:"真理!真理!把我的真理还给我,告诉我我还能看到!"一想到她脸上的痛苦表情,萨姆顿时惊醒过来。不像他梦到过的曾经赢得他欢心的女人那样,萨姆从来没有梦到抱着休或亲吻她的嘴唇和脖子。

尽管萨姆经常想起休，非常自信地建立起与她共度一生的梦想，但他几个月后才再次见到她。萨姆从汤姆上校那里得知休到东部参观去了，便把自己的热情放到工作上。白天他把自己投入工作中，只有到了晚上，才完全沉浸在对她的思念中。他感觉虽然自己什么也没说，但是休知道自己对她的感情，只是她需要时间去考虑。好几次他晚上在房间里给她写了几封长信，对自己的想法和动力做详尽而又幼稚的解释。但是每次一写完，他马上又把信毁掉。有一天，一个西区的女人在街上遇见了萨姆，两人有过一段风流韵事。那个女人亲热地把手放在他的胳膊上，刹那，他的旧情在心中唤起了一种欲望。两人分别之后，萨姆并没有回办公室，而是坐上了向南行驶的汽车，整整一下午都待在杰克逊公园，看孩子们在草地上玩耍，坐在树下的长椅上，直到思绪回到身体中。

然后在傍晚，萨姆突然遇到休，她正在公园尽头的一条小径上骑一匹充满活力的黑马。夜幕降临的时候，休停了下来，坐在马上看着他走向自己，萨姆把手放在缰绳上。

“或许我们应该谈一谈。”他说。

休朝萨姆笑了笑，棕红色的脸颊上慢慢浮现出红晕。

“我一直在想这件事，”她回答道，眼睛里浮现出熟悉的严肃神情，“但是我们之间有什么好说的呢？”

萨姆直直地注视着她。

“那就是说——好吧，如果事情如我所愿的话。”休从马上下来，两人一起站在路边。萨姆永远也忘不了接下来几分钟的沉默情景。两人面前是广阔的草地，高尔夫球员从朦胧的光影中疲惫地朝他们这个方向走来，他把包背在肩膀上，身体略微前倾，疲惫地往前走着，海滩上时不时地发出微小的声音，她注视着他的脸，想象着两个人接下来将一起度过的生活。在他看来，他已经达到了某种顶点，也算是一个起点。在回想的时候，他脑海里掠过的所有模糊、不确定的东西，都将被这个女人的某个动作和嘴里说出的某个词驱散。刹那间，萨姆发现自己一直以来是多么想念她，多么渴望休能够走进他的计划。但紧接着，他又感到一阵令人头皮发麻的恐惧。他实际上对她和她的想法所知甚少，他凭什么确信她不会想笑，跳上马背，骑马走掉呢？他感到前所未有的害怕。他默默地在心里摸索着，想找出一个切入点。当他成功时，他在她那严肃的脸上捕捉到并注意到她的表情，但是对她的一种持续的好奇心又在他的脑海中浮现出来。他拼命想从这些表情中建立起对她的印象。然后他把脸从她身上转开，直接陷入过去几个月的回忆中，尽管回忆中的她一直在和上校谈话。

“我一直在想我们可以结婚。”萨姆说完便为自己说出这个草率的决定而懊恼。

“你确实做了些事，不是吗？”休笑着回答。

“你为什么一直在想这种事呢？”

萨姆回答：“因为我想和你一起生活。我一直在跟上校说。”

“关于娶我吗？”休似乎想要笑。

萨姆连忙说：“不，不是那样。我们谈到了你。我不能让他一个人待着。他可能知道，我让他一直说话是为了更多地了解你，我想让他把我的想法告诉你。我觉得我有必要知道。”

萨姆看着休。

“他认为你的想法很荒唐。而我并不这样认为，我喜欢你。我觉得你很漂亮。我不知道自己是否爱你，但是好几个星期以来，我一直都在想你，对自己说了一遍又一遍，‘我想和休·雷尼一起生活’。我没想到会以这种方式告诉你。你知道吧？你想知道什么我都可以告诉你。”

“萨姆·麦克弗森，你真是一个奇才，”她说，“虽然现在我还不知道，但是最后我会嫁给你的。我想知道的事情有很多。我想知道你准备好相信我的信仰，按照我想要的生活去过了吗？”

那匹马躁动不安起来，开始拉扯缰绳，休对萨姆说话的语气变得尖锐起来。她沉迷于对她在东部参观期间看到的一个男人的描述，而萨姆困惑地看着她。

“他很好看，”休说，“他已经六十多岁了，但看上去还像个二十五岁的男孩。倒不是说他外表年轻，而是因为他身上有年轻的气息。他站在人们面前讲话，安静、干练而又高效。他很整洁，过着身心健康的生活。他曾是威廉·莫里斯的伙伴和同事，还在威尔士做过矿工，但他明确了自己的理想并为之奋斗。我没有听到他说的话，但我一直在想，‘我要找一个那样的男人’。”

“你能接受我的信仰和生活方式吗？”休继续说道。

萨姆眼睛盯着地面，似乎在他看来，他将失去她了，她不会嫁给他了。

他坚定地说道：“我不会盲目地接受信仰和生活的目标，但我想拥有这些。我想知道你有什么信仰？我想我自己是没有什么信仰。当我试图去寻找它们时，它们却离我而去。但现在我转变了想法。我想要一些坚定的东西。我喜欢坚定点的事物。我想要娶你。”

“那我们什么时候可以见面,好好地讨论一下这一切呢?”

“现在就可以。”萨姆坦率地回答,休脸上的表情改变了他全部的想法。他的心好像被突然打开了,一束强烈的阳光照进了他内心的黑暗处。他又重新找回了自信,他想乘胜追击。血液开始沸腾起来,他的大脑开始迅速运转,坚信自己最终会成功。

萨姆一边牵着休的手,一边牵着她的马,两人一起沿着路走。她的手颤抖着,仿佛在回答他的想法。她抬头看着他,说:

“虽然我不接受你的提议,但我与其他女人没有什么不同。这对我来说是一个重要时刻,也许是我一生中最重要的时刻。虽然跟想要你或者其他男人相比,我确实更想要某些东西,但我想让你知道我的感觉。”

休的声音带着哭腔,萨姆感觉眼前这个女人需要他的怀抱,但是他的内心又告诉他要等待,只有等待才能真正帮助她。跟休一样,萨姆想要的也不仅仅是把她抱在怀里的感觉,他的脑子里涌出许多想法。他认为休会告诉他出乎意料的想法。她给他描述的那位站在台子上年轻而又好看的老人、对生活有某种目的的老男孩般的需求,以及过去几周所做的梦——所有这些都构成了萨姆内心好奇的渴望。他们就像饥饿的小动物,嗷嗷待哺。他告诉自己:“我们必须现在就拥有这一切。我决不能让自己被一时的冲动误导,她也不能。”

“不要觉得我对你没有感情,”萨姆说,“我对你满怀热情,但我想和你谈谈。我想知道你希望我信什么,想让我怎样的生活。”

萨姆感到休的手在他的手里变得僵硬起来。

“不管我们对彼此来说是否值得。”休补充说。

“嗯。”萨姆回答。

接着休开始以沉静而稳定的声音讲述自己,告诉萨姆她想要安稳的生活。她从小就在接受这样的教育。她见过与她一起上学的女性朋友,长大后结婚。他们拥有财富,受过良好的教育,身体健康。他们结婚只是为了更加充分地享受快乐。嫁给穷人的一两个人也只是为了满足自己的激情,婚后又与其他人一起渴望追求幸福。

她说:“对于这个世界所给予他们的财富、健康的身体和严于律己的思想,她们并不关心。那些人日复一日、年复一年地浪费着自己的生命,最终只剩下一颗懒惰而虚伪的心。”

经过彻底的思考,休试着为自己计划了不同于那些人的生活,并希望丈夫按照她的想法行事。

“那也不难，”她说，“我可以找一个自己可以控制并且和我有共同信仰的人。我拥有的财富就是我的资本。但是我希望他是一个真正的男人，一个有能力的人，一个为自己做事、配得上自己生活和成就的人，能够成为一个合格的父亲，教自己的孩子怎么做事。所以我开始考虑你，并且请人来和你交谈。”

她低下头，像个害羞的孩子一样笑了。

休接着说：“我知道你在艾奥瓦州小镇的早期生活的很多故事。我是从一位非常了解你的人那里得知你的生活和成就的。”

对萨姆来说，这件事情似乎看起来非常完美又简单。这似乎极大地提高了休在他心目中尊贵的地位。他停了下来，让休转过身来面向他。公园的这个角落里只有他们两个人。夏夜的柔和黑暗笼罩了他们，一只蟋蟀在他们脚下的草丛中大声歌唱。他一把将休抱在了怀里。

“太好了。”萨姆说道。

“等一下，”休反抗道，双手抵抗着他的肩膀，“这没有那么简单。我很富有，而你有能力，也有无限的潜力。我想把自己的财富和你的能力都留给孩子们——我们的孩子。这对你来说并不容易。这意味着你必须放弃自己一直所追求的权力。也许我没有这个勇气。女人们通常在接触两三次后就会做出决定，你也必须下定决心。你将承担起母亲的责任来照顾孩子们，而且一直照顾下去；你也将承担起一个做父亲的责任，一个有母爱的父亲。你必须要有耐心、好学而又友善。你必须在晚上考虑生活中的琐碎事情，而不是只想自己的进步。你必须为我付出自己的全部，因为我要成为孩子们的母亲，你要给我力量和勇气，在一些事情上为我出谋划策。然后，当孩子们到来时，你得每时每刻、日复一日地将所有这些东西献给他们。”

萨姆将休抱在怀里，这是他记忆中第一次热泪盈眶。

那匹无人看管的马，扬起头，沿着小径跑去。他们放开缰绳，像两个快乐的孩子一样，紧紧地追着它。在公园入口处，他们在公园警察的帮助下抓住了它。休上了马，萨姆站在她旁边抬头望着她。

“我明天早上就跟上校说。”萨姆说。

“他会说什么？”休喃喃道，陷入沉思。

“该死的忘恩负义的家伙。”萨姆模仿上校嘶哑的嗓音回答。

休笑着拿起缰绳，萨姆把手放在她的手上。

“还要多久？”他问。

休低下头靠近他。

“会很快的。”她脸红了。

然后，当着公园警察的面，在公园入口旁人潮涌动的街道上，萨姆第一次吻了休·雷尼。

送走休之后，萨姆走在路上。他丝毫没有察觉到时间的流逝，走过了一条又一条街道。他重新调整了自己的生活观。她所说的话激起了他内心深处一直沉睡着的高贵品质。他觉得自己抓住了自己一生中一直在寻求的东西。从他们的谈话来看，他梦想控制雷尼军火公司以及他在商业计划中的其他重大计划似乎全是虚荣心作祟。“我将为此而活！我将为此而活！”他不断对自己说。萨姆想象着自己会看到休怀里的小生命。他对休的深爱以及与她的共同追求像一股暖流穿过萨姆全身，让他想在黑暗的街道上大喊一声。他抬头仰望天空，感觉星星在低头看着生活在地球上的两个崭新而光荣的生物。

在一个拐角处，萨姆转身进入一条安静的住宅街，那里的小木屋坐落在绿色的小草丛中，而他在艾奥瓦州小镇的童年时代的记忆又涌入了他的脑海。然后他一直回忆着以前的事情，他回想起以前在城市里过得灯红酒绿的生活。脸颊上灼热的羞耻感让他的眼睛发烫。

“我必须去找她——我必须现在去她家——现在——告诉她所有的一切，请求她原谅我。”萨姆心想。

接着，如此荒谬的想法让他震惊，不禁大笑起来。

“它救赎了我！这救赎了我！”他自言自语。

他想起了小时候坐在怀尔德曼杂货店的火炉旁的人以及他们讲的那些故事。他想起来自己还是男孩的时候，是如何在逃离情欲恐惧的拥挤街道上奔跑的。他开始发现自己对女人和性的态度有多扭曲，有多奇怪和变态。“性是一种解决方案，而不是威胁——它是很美妙的。”他对自己说，却根本不知道突然出现在他嘴上的单词的含义。

最后，当他转入密歇根大道进入他的公寓时，月亮刚刚升起，一间卧室里的钟敲了三下。

6

在杰克逊公园深夜谈话后六周的一个晚上，休·雷尼和萨姆·麦克弗森坐在密歇根湖轮船的甲板上，看着芝加哥的灯光在远处闪烁。那天下午，他们在汤姆上校所属的南侧的一所大房子里结婚了。黑夜笼罩着他们，现在他们坐在船甲板上，决定要做父母，但彼此或多或少都有些惧怕。他们静静地坐着，看着闪烁的灯光，听着同船乘客的低沉声音。他们坐在甲板上的椅子上，或悠闲地漫步，还在船的两旁冲着水，渴望打破他们之间因为婚姻而产生的那种严肃性。

这些画面浮现在萨姆的脑海中。他看到休穿着一身白色衣服，光彩照人，从宽阔的楼梯向他走来。对他来说，自己是卡克斯顿的报童，是猎物的走私者，是浪荡子，是贪婪的财主。在过去的六个星期里，他一直在等待这个时刻，他可以坐在这个身穿灰色衣服的瘦弱的女人身边，在她的帮助下重建生活。虽然不能像他想的那样说话，但他心里却感到轻松自在。当她走下楼梯的时候，他几乎被一种强烈的羞耻感压倒。那天晚上她答应了他的请求，他在街上走了好几个钟头，那种羞耻感又回到了他的心头。他仿佛觉得周围站着的客人中响起了一声喊叫："站住！别再走了！让我告诉你这个人——这位麦克弗森！"然后他看到她挎着胳膊大摇大摆、自命不凡的汤姆上校，汤姆上校把休的手放到萨姆的手中，两个古怪激动、完全不同的人在鲜花簇拥和人们注视着的目光中，以神的名义宣誓。

在杰克逊公园那晚的第二天早上，当萨姆去找汤姆上校时，他们吵了起来。这位老枪手大怒、咆哮，表示抗议，用拳头砸在桌子上。当萨姆保持冷静、不为所动时，他冲出了房间，猛地敲门并大喊："暴发户！该死的暴发户！"萨姆微笑着回到办公桌前，有些失望。"我跟休说过，他肯定会说'忘恩负义'，"他想，"但我猜不准他接下来会做什么和说什么了。”

上校的愤怒是一时的。在接下来的一周之内，他就向偶然来访的人吹嘘萨姆是“美国最好的商人”，面对休庄严的承诺，他给认识的每一个报界人士宣布她即将结婚的消息。萨姆怀疑他偷偷给那些报纸打电话，这些报纸的代理人都还没见过他的踪影。

在等待的六个星期里，休和萨姆几乎没怎么有过欢愉。他们不是聊天，就是去乡下或去公园，在树下散步，内心充满一种奇怪、急切而又充满悬念的激情。她在公园里所说的话在萨姆的脑子里浮现出来。目前生活中的琐碎事情对于年轻人来说很简单、直接和自然，就像树木或田野中的走兽，然后本能诚实地通过太阳照明，自然地咀嚼食物，他们比自然界的事物更懂得遵从自己的内心。在商店里和街上，匆匆忙忙的男男女女对他来说有了一种新的意义。他不知道他们生活中有什么秘密而伟大的目的，他看到报纸上的订婚或结婚报道时，心会微微一跳。他看着女孩和妇女在办公室里工作打字，他有些质疑自己的决定，问自己为什么他们不寻找一份坚定的婚姻来作为依靠。他看到一个健康的单身女人像是被浪费掉的材料，搁置在车间里没有被充分利用。“婚姻是一个港口，一个开始，一个起点，男人和女人从这里开始真正的人生旅程，”一天晚上，当他们在公园散步时，他告诉休，“凡在你前头的，都是预备，是建造。所有未婚的人的痛苦和成功，不过是把好的橡木板铺好，使船适合真正的航行。”或者，一天晚上，当他们在公园的湖里划船时，黑暗中他们的桨溅起了水花，女孩兴奋地尖叫。他让船漂浮在海岸的一个小岛中，将头靠在她大腿上，低声说道：“这不是对一个女人的爱，来抓住我，休，这是我对生命的爱。我对这个巨大的奥秘略知一二。这——这就是我们在这里的原因——这证明了我们的正当性。”

现在休坐在萨姆身边，肩膀紧贴着他的肩膀，被他带进了黑暗和隐秘之中，萨姆对休的爱像烈火一样熊熊燃烧。他转过身来，把她的头靠在他的肩膀上。

“还不行，萨姆，”她低声说，“成百上千的人在我们触手可及的地方睡觉、喝酒、思考和处理他们的事情，所以还不行。”

他们站起身来，沿着摇晃的甲板走着。从北方吹来的清风在召唤着他们，星星在俯视着他们，在黑暗中，他们坐在船头上，无声地向黑夜告别，幸福得说不出话来，他们之间有一个不可告人的秘密。

拂晓时，他们在一个伐木的小镇上登陆，小船、毯子和露营装备都已经提前送上岸了。一条河流从树林中流过，穿过小镇，穿过桥下，转动了锯木厂的轮子，这家锯木厂正对着湖。刚砍过的原木散发着清香，锯发出阵阵歌声，水咆哮着在大坝上翻滚，在大坝上方的浮木之间工作的蓝衫伐木工人的呼喊声充斥在早晨的空气中，他们手中的锯子仿佛在唱着另一首歌，一首屏息以待的歌，爱情和生命之歌在夫妻心中歌唱。

在一家建造略粗糙的伐木工旅馆里，他们在俯瞰河流的房间里吃早餐。旅馆的老板是一个穿着洁白棉布衣服的大脸女人，她正等着他们，早餐后她便自然地咧开嘴笑着关上了她身后的门。通过敞开的窗户，他们看着那条急速流动的寒冷河流，还有一个脸上有雀斑的男孩，他拿着一个包在毯子里的包裹把它们放在长的独木舟里，那条独木舟绑在酒店旁边的一个小码头上。他们并坐着吃饭，像两个陌生的孩子一样互相凝视着，一言不发。萨姆没怎么吃，他的心怦怦直跳。

在河上，萨姆将桨划入水流深处，逆流而上。在芝加哥等待了六个星期的时间里，休教了他皮划艇运动员的艺术精髓，现在当他在桥下开始划独木舟时，在河水弯折处看不到小镇时，他的手臂和背部似乎拥有超人的力量。休在船头坐下，她那挺直而又肌肉发达的小后背轮廓明显。萨姆身旁是耸立着松树的高耸山丘，沿着海岸的山丘堆放着成堆的被砍伐的原木。

日落时，他们在小山脚下的一片空地上登陆，微风吹过，这里成了他们的第一个营地。萨姆找来了树枝，将它们摊开，像羽毛一样在鸟的翅膀上搭起来，并在顶上盖了毯子；而休在翻倒的船的旁边烧了火，准备了第一顿饭。在落日的光芒中，休拿出步枪，给萨姆上了枪法的第一堂课。他的尴尬令这堂课变得气氛愉悦。然后，在夜晚柔和的宁静中，第一批星星升空，干净的冷风吹向他们的脸庞，他们手挽着手走到小山上的树下，树顶开始晃动，在他们的眼前像大海汹涌的大水一样俯冲而下，他们第一次同床共枕。

在喜欢的女人的陪伴下，初次领略野外风光便有一种特别美妙的乐趣，而且那个女人是个对生活有着强烈兴趣的专家，为这种体验增添了情趣和意义。在炎热的玉米地环绕的小镇上忙着奋斗、寻找镍币的少年时代，在城市里要诡计、缺钱的青年时代，萨姆没有想过度假和休息的地方。他曾与约翰·特尔弗和玛丽·安德伍德在乡间小路上散步，听着他们的谈话，汲取着他们的思想，而对周围的草地、枝叶和空气中那微不足道的生命视而不见，也充耳不闻。在俱乐部里，在城市里的旅馆和酒吧间里，他曾听到人们谈论公开的生活，他对自己说："等我有机会了，我也要尝试这些东西。"

现在，他确实尝试了这些，躺在河边的草地上，在月光下躺在安静的小溪边,听着夜间的鸟叫声,或者他将独木舟推入水中时会看到惊恐的野生动物飞入环绕着他们的大森林的深处。

晚上,萨姆在他们带来的小帐篷里,或者在星空下的毛毯下,轻轻地睡着,偶尔醒来,看着休躺在他身边。也许风把一缕头发吹在休的脸上,她的呼吸随着它吹来吹去。也许只是她那张富有表情的小脸的安静吸引了他,让萨姆不愿再睡,他可能会高兴地看她一整夜。

对于休来说,日子也过得很轻松。她也会在晚上醒来,躺在床上看着那个在她旁边睡着的男人。有一次她告诉萨姆,当他醒来时,她装作安安静静地睡觉,这使他感到高兴,因为她知道他们两个人都经历了这种爱情。

在北方的树林里,他们并不孤单。在河流和小湖沿岸的任何地方,都能找到人类。萨姆对这些人都感到很新奇。他们抛弃了所有普通的生活,逃到树林和溪流中,度过了漫长的快乐时光。他惊奇地发现,这些冒险家是那些财大气粗的人、小制造商、熟练的工人和零售商人。与萨姆交谈的是一位来自俄亥俄州城镇的杂货店老板,当萨姆问他与家人到树林里待八周是否会危害他的生意时,他只是点了点头,默认了萨姆的说法。

他说:“但是,如果不离开城市,将会有更多的危险。让我的儿子长大成为男人,而我却没有享受到真正的乐趣。”

在他们遇到的所有人中,休总是感到快乐和自由,这使萨姆有点困惑,因为他一直觉得休是沉浸在自己世界里的人。他见过许多休认识的人,他开始相信她已经选好了他们发生床第之欢的地方,因为她钦佩并高度赞扬这些户外人的生活,并希望她的爱人成为像他们一样的人。他们走出树林后,沿着小湖岸走去。那些人呼唤她,让她上岸介绍自己的丈夫,在他们中间坐着谈论其他季节以及伐木工人的到来,这仿佛进入了天堂。“伯纳姆人今年定居在格兰特湖岸上,来自匹兹堡的两名学校教师将于八月初来,底特律人带着体弱的儿子正在伯恩河岸上建造一间小木屋。”

萨姆默默地坐在他们中间,不断对休过去的奇妙生活表示钦佩。她是汤姆上校的女儿,是一位富有的女人,又与这些人成为朋友。她一直被芝加哥的年轻人说成是一个谜,这些年来,她一直秘密地成为湖边这些露营者的同伴和精神支柱。

六个星期来,他们过着流浪的游牧生活,萨姆享受着与休温柔的床第之欢,以及休每一种思绪的表达和美好天性的冲动。在这六周的自由和调整当中,他学会了乘船航行和射击,感受那种生活的美好滋味。

然后有一个早晨,他们再次来到河口的小木镇,坐在码头上等待芝加哥的船。他们又一次在这个世界上结合,一起生活,这是他们婚姻的基础,也是他们两个人生活的目的和目标。

如果说萨姆的童年生活总体上是荒芜的,没有很多甜蜜的东西,那么现在他的生活将是充实而完整的。在办公室里,他不再是推崇传统的新贵,而是汤姆上校的女婿,汤姆上校是休公司的大股东;他是一位天才,直接掌握着公司的命运。杰克·普林斯的忠诚得到了回报,并且一次大规模的广告宣传使所有美国人都知道雷尼军火公司产品的名称和优点。雷尼一惠塔克步枪、左轮手枪和散弹枪,人们从杂志上了解了这些武器的厉害之处。穿着毛皮大衣、皮肤黝黑的猎人做过很多勇敢的事,他们跪在白雪皑皑的峭壁上,准备捕捉正在等待死亡的山羊;巨熊张着大嘴从山崖顶部冲了下来,似乎要吞噬那些毫不畏惧、冷静从容的户外运动爱好者,他们会将值得信赖的雷尼一惠塔克步枪摆到位,很多总裁、探险家和得克萨斯州的枪手也在大声宣称雷尼一惠塔克枪的优点。这对萨姆和汤姆上校来说是一个红利,这是一个机器不断进步以满足人们需求的时代。

萨姆在办公室和商店里勤奋地工作,但在他内心深处却保留着可能投入工作的力量和决心。他和休一起骑马,打高尔夫球,在早上骑车;他们在漫长的夜晚里坐着,大声朗读,萨姆了解了休的想法和信念。有时,会有几天的时间,他们像两个孩子,一起出去走在乡间小路上,在乡间旅馆里睡觉。在这些步行中,他们手拉着手走来走去,或者互相开玩笑;当他们喘不过气来时,他们沿着长山丘赛跑,躺在路边的草地上喘着气。

在第一年快要结束时,休告诉萨姆这个晚上可以实现他的愿望。他们坐在篝火旁度过了一个夜晚,房间里布置得像仙境,彼此之间重新表达了他们的美好誓言。他们回忆了以前欢愉的日子。

萨姆从来没有重新体会到那个时代的滋味。幸福是一种如此模糊、不明确、依赖于一天中无数个小插曲的东西,它只偶尔降临到最幸运的人身上。但萨姆认为,在那段时间里,他和休经常接触到近乎理想的幸福。他们在一起的第一年有好几个星期,甚至好几个月,后来完全从萨姆的记忆中消失了,只留下一种完整和幸福的感觉。他也许还记得冬天在月光下在冰封的湖边散步的情景,或者还有一位客人在他们的火炉旁坐着聊天,聊了一个晚上。但是到最后,他不得不回想起这一点:有什么东西整天在他心里歌唱,空气的味道变得更好了,星星的光芒更明亮了,风雨、冰雹打在窗玻璃上的声音更悦耳了。和他一起生活的那个女人有钱、有地位，他们彼此见面，谈情说爱，快乐无比。在他们旅行的尽头，某种伟大的思想像窗户里一盏发光的灯。

与此同时，他周围的世界里事情来来去去。总统当选了，芝加哥市议会的灰狼被赶走了，他公司的一个劲敌在他自己的城市蓬勃发展。要是在别的日子里，他一定会跟这个敌手搏斗，想方设法破坏它；现在他坐在休的脚边，一边做梦，一边跟她说着这一窝孩子在他们的照料下会成长为了不起的、可信赖的男人和女人。当爱德华军火公司有才能的销售经理刘易斯得到堪萨斯城一名批发商的生意时，他微笑着给那个地区的人写了一封言辞犀利的信，然后和休一起去打了一个下午的高尔夫球。他完全接受了休的人生观。“我们的财富可以应付任何紧急情况，”他自言自语，“我们也会培养出为人类服务的孩子。”

婚后，萨姆发现，尽管休表面上冷漠无情，但和在北方森林里一样，她在芝加哥也有自己的小圈子。其中有些人是萨姆在订婚时认识的，现在他们开始陆陆续续来麦克弗森家度过一个晚上。有时他们中有几个人会安静地吃晚饭，席间有许多愉快的谈话，休和萨姆坐了半宿，继续谈着他们的一些想法。在前来的人群中，萨姆是最光芒四射的。不知怎么地，他觉得他们在向他献殷勤，这让他颇为得意。大学教授侃侃而谈了一个晚上，征求萨姆对他结论的认可；一个作家的牛仔生活的故事让萨姆帮他在股票市场度过危机；一个高大的黑头发画家对他表示恭维的方式是像发表自己言论那样重复萨姆的某条言论。尽管聊得很起劲，但他们似乎一致认为萨姆是其中最有天赋的一个。有一段时间，他对他们的态度感到迷惑不解。杰克·普林斯在一个宴会上解释道。

“您拥有了他们想要却无法获得的东西——财富。”他说。

那天晚上过后，当休告诉萨姆这个好消息时，他们举行了一次宴会。这是一次为即将到来的生命的欢迎晚会，人们在边吃边聊。休和萨姆坐在桌子的两端，高举酒杯，看着彼此的眼睛，庆祝将有第一个伟大的家庭诞生，他们两个人将创造美好的家庭生活。

汤姆上校坐在桌子旁，他白色的胡须尖尖的，身穿宽大的白衬衫，正在滔滔不绝，夸夸其谈。休的身边坐着杰克·普林斯，他暂时停下对休的公开爱慕，直觉一闪，转而朝萨姆桌子那头的俊美纽约女孩望了一眼；大学里的威廉斯坐在休的另一边，抛出了某个重要理论；一位艺术家希望得到允许，为汤姆上校作一幅画像，坐在他对面的人正哀悼那些消亡的古老美国家族；一位面容严肃的德国小科学家坐在汤姆上校旁边，微笑着与艺术家交谈。萨姆幻想的那个男人在嘲笑他们两个，也许是所有人但他不介意。他看着这位科学家，然后转过头去看着休，她正指挥、引导着谈话。他看到她强壮的脖子周围的肌肉运动和她笔直的小身体，再想到他们之间的秘密，他的眼睛湿润了，不禁哽咽起来。

然后他的思绪又回到了卡克斯顿的另一个夜晚，那是他第一次坐在史密斯餐桌旁的陌生人中进餐。他又一次在闷热的小马厩里看到了假小子、健壮的男孩和弗里德姆手中摆动的提灯。他看到荒唐的房屋油漆工试图在街上吹响军号。整个夏天的晚上，母亲一直在跟她的儿子谈论着死亡；胖工头在他房间的墙壁上记录着他的爱，那个窄脸在一群希腊小伙子们面前搓着手；然后到了这个安全的、有着秘密的远大目标的家，在这里，他坐在这一切的最上方。就像小说家一样，在他看来，他应该在命运的浪漫面前低下头欣赏这一切。他认为自己的地位、他的妻子、他的国家、他生命的尽头，如果被正确看待的话，那将是世界上最好的。对他而言，让他感到骄傲的是，他在某种程度上似乎是这一切的主宰和创造者。

7

几个星期前，麦克弗森一家举行了一场秘密晚宴，庆祝这个大家庭第一个新成员即将到来。一天深夜，他们一起走下北侧房子的台阶，到正在等候的马车前。萨姆觉得，这真是一个愉快的夜晚，因为格罗弗一家人都是他引以为傲的朋友。自他和休结婚以来，他经常带她到这位德高望重的外科医生家里过夜。格罗弗医生是位学者，在医学界颇有名望，对于任何能引起他兴趣的话题，他都会迅速且专注地侃侃而谈，极具说服力。格罗弗的人生观充满了青春的热情，这吸引了休。自从通过萨姆认识了他，休就把他视为他们那一小群朋友中的一个重要新成员。格罗弗的妻子是一个白发苍苍、身材丰满的小个子女人。她虽然表面上有点不自信，但实际上与她的丈夫一样聪慧，且志趣相投。休默默地把格罗弗太太当作自己的榜样，努力成为一个好妻子。

这天晚上，萨姆和格罗弗简短地交流了片刻，休默默地坐在一旁。其间，萨姆看着休的时候，觉得休的眼中流露出一种恼怒的神情，他迷惑不解。剩下的时间里，休拒绝与他眼神接触，而是看着地板，脸颊涨得通红。

在马车门口，休的车夫弗兰克踩到了她的礼服下摆，裙边被扯破了。休轻轻地哭泣着。但萨姆认为，休一时笨手笨脚，再加上弗兰克的不小心，才导致这件事发生，根本无法避免。弗兰克多年来一直是休忠实的仆人和坚定的崇拜者。

萨姆笑了，在车厢门口挽着休的胳膊扶她上车。

“一个运动健将，礼服太多了。”他漫无目的地说。

突然，休转过身来，面对着车夫。

“笨手笨脚的畜生！”她咬牙切齿地说。

萨姆站在人行道上，惊讶得说不出话来。弗兰克转过身，没等关上车门就爬上了座位。萨姆此刻的感觉和他小时候听到母亲说脏话时的感觉一样。休看向弗兰克的眼神给了萨姆一记重击。刹那间，萨姆心中对她和她的性格所建立起来的形象产生了怀疑，他突然想在她身后砰地关上车门，然后自己走回家。

在驱车回家途中，他们一言不发，萨姆觉得在他身旁的仿佛是一个陌生人。在街灯的光亮下，萨姆可以看到休面朝前方，冷漠地盯着前面的窗帘。他不想责备她，只想抓住她的胳膊使劲摇晃她。“我真想拿起弗兰克座位前的鞭子狠狠地抽她一顿。”他心里想。

到家后，休从马车上跳下来，从萨姆身边跑向门口并把门关上了。弗兰克驱车向马厩驶去。萨姆进屋时，发现休正站在通向她房间的楼梯中间等着他。

“你知道吗？你整个晚上都在公然侮辱我！”休喊道。“你在格罗弗那里说的那些讨厌的话，真叫人受不了。这些女人是谁？为什么要在我面前炫耀她们知道你过去的生活？”

萨姆什么也没说。他站在楼梯脚下，抬头看了看她，然后转过身去。休跑上楼梯，砰的一声关上自己的房门，这时他刚好走进书房。壁炉里燃着木柴，他坐下来点燃了烟斗。他不想把事情想清楚。他觉得自己活在谎言里，曾存在于他思想和感情里的休已不复存在，取而代之的是另一个女人。这个女人不仅侮辱了仆人，还歪曲了他晚上谈话的意思。

萨姆坐在炉火旁，不停地往烟斗里装满烟。他仔细回想了当晚在格罗弗家说过的每一句话、做出的每一个手势和每一件事，但他觉得，平心而论，没有一处可以作为休发泄的借口。他听见休在楼上不安地走来走去，一想到她的内心在惩罚她自己莫名其妙的发怒，他就自鸣得意起来。他想，他和格罗弗也许有点忘乎所以了，他们激烈地反对一种观点，即女性失去贞洁在任何意义上都是体面婚姻的障碍。但他认为自己没有说任何会被曲解成对休或格罗弗太太侮辱的话，甚至认为这次谈话谈得很好，是经过深思熟虑的。他兴高采烈地走出屋子时，心里沾沾自喜，觉得自己说的话异乎寻常的有力和出色。不管怎么说，这些话以前在休面前已经说过了，他记得她过去也曾热情地表达过类似的想法。

几个小时过去了，他一直坐在那把椅子上，面对着即将熄灭的炉火。他睡着了，烟斗从手里掉下来，落在石炉边。一种无声的痛苦和愤怒涌上他的心头，晚上发生的事情一直萦绕在他的脑海里。

“她凭什么认为她能这样对我？”他不停地问自己。

他想起了过去的几个星期里休有些奇怪的沉默和严厉的眼神，这种沉默和眼神在经历了今晚这些事情后，变得更耐人寻味了。

“她脾气暴躁得像头野兽，为什么不能好好跟我说呢?”他心想。

钟敲了三下，图书室的门悄悄地打开了，休穿着一件睡衣走进房间。透过这件睡衣，她那娇小的身躯显得格外圆润。她跑到他跟前，把头放在他的膝盖上，伤心地哭了起来。

“噢，萨姆!”她说，“我觉得我疯了。我脾气暴躁，但我从没有恨过你，只是我控制不住我的脾气，所以看似对你有恨意。多年来我一直在压抑的东西又回来了。我讨厌自己和孩子。这些天来，我一直在和我内心的这种感觉做斗争，现在它出来了，也许你已经开始讨厌我了。你还会再爱我吗？你会忘记它的卑劣和廉价吗？你和可怜、无辜的弗兰克，啊，萨姆，我被魔鬼附身了!”

萨姆俯下身来，把她揽入怀里，像抱孩子一样抱着她。他听过一个关于女人在这种时候行为古怪的故事，这个故事就像一盏明灯照亮了他内心的黑暗。

“我现在明白了，”他说，“这是你为我们两人承受的一部分重担。”

在上次冲突后的几个星期里，麦克弗森家一切进展顺利。一天，萨姆站在马厩的门口，弗兰克戴着帽子从屋角转过来。他羞怯地抬起头来，对萨姆说：“我理解太太，孩子就要出生了。我们家已经有四个孩子了。”萨姆点了点头，转过身来，立即谈起他打算用汽车代替马车的计划。

尽管休在格罗弗家发生的不愉快已经被澄清，但在家里两人的关系还是发生了微妙的变化。他们一起面对的第一件事就像他们人生旅途中的停靠港，可他们并没有像过去面对一些小事情时那样相互理解和宽容，如对在河里快速射击的方法或对迎接不受欢迎客人的娱乐方式而产生分歧时。脾气暴躁会使生活变得没有章法。曲子不能独自演奏，一个人演奏注定是紊乱牵强的，毫无和谐可言。萨姆就是这样。他开始觉得自己必须控制自己的舌头，六个月前他们无拘无束谈论的事情，现在再拿到饭后讨论时，他的妻子却感到十分恼火。和休在一起的日子萨姆充满了欢乐，他们总是自由开放地谈论任何他脑海中出现的话题。在过去一年的轻松氛围中，他对生活以及对男人和女人的动机越来越感兴趣，这是一种尝试，而且已经形成了一种习惯，他想，这就像试图与正统家庭的人们保持自由和开放的交流，以及他所养成的长期沉默的习惯一样。后来他发现，这种习惯一旦形成，就难以打破。

有一天，办公室传来消息，似乎需要萨姆哪天去趟波士顿。几个月来，他一直在同他所在行业的一些东部制造商打贸易战，一个解决问题的绝佳机会出现了。他想亲自处理这件事，于是他回家向休解释。那天休的情绪很平稳，她非常认同他的想法，他不应该被迫把这么重要的事情托付给别人。

“我不是小孩子了，萨姆。我会照顾好自己的。”她笑着说。

萨姆给他在纽约的朋友发了一封电报，请他安排好在波士顿的会面，之后他拿起一本书，给休读了一晚上。

第二天晚上，他回到家发现休在哭，他试着用笑来消除她的恐惧，结果她勃然大怒，跑出了房间。

萨姆走到电话那头，拨通了纽约朋友的电话，他决定不去波士顿了，而是远程指导他朋友参加波士顿的会议。电话接通后，一直站在门外的休冲了进来，用手捂住了电话的话筒。

“萨姆！萨姆！”她喊道。“不要放弃！打我骂我都行！你可以做任何事，但不要让我继续欺骗自己，打破你内心的平静！如果你因为我说了那些话而待在家里，我会很痛苦的！”

电话里持续传出总部的声音，萨姆放开她的手开始和他的朋友讨论成立公司的事宜，并根据他的需要详细说明了会议方案。

休又后悔了，抹去眼泪之后他们又像情人一样坐在火炉旁直到他的火车发车时间点前。

第二天早上，她给布法罗发去了一份电报。

“回来，别管生意了，我忍不了了。”她发出了电报。

他坐在那儿读这封电报的时候，门童又拿来了一份电报。

“萨姆，请不要理会我的电报。我很好，只是像个傻瓜而已。”

萨姆恼怒不已。“这是她的心机，她在故意示弱。”他想。一个小时后，门童又送来了电报，休要他立即回去。“这种情况就得做狠一点，也许一次严厉的责备会永远制止这种行为。”

他去了餐车，写了一封长信，要她注意他应该有一定的行动自由，并说他打算根据自己的判断而不是她的反复无常来行事。

萨姆一直不停地写着，没有人打断他，也没有他心爱之人在旁边脸色阴沉地说他写的这些很伤人，他把心里想说的话都说了出来。他心里想过要狠狠地责备她一通，但一直没有说出来，不过现在全都释放出来了。他把心里积压已久的想法全部写进那封信里，他封好信封，在一个过路站把信寄了出去。

信才寄出了一个多小时，萨姆就后悔了。他想到了那个为他俩背负重担的小女人，脑海中又萦绕着格罗弗告诉他的有关女性处境不幸的话，于是他给休发了一封电报,请她不要看他寄去的信,并向她保证,他会尽快结束波士顿会议,马上给她回电话。

萨姆回来后,他心想在某个恐怖的瞬间,休一定打开并读了从火车上寄出的信,而且会感到十分惊讶和伤心。这个行为似乎是一种背叛。他一言不发,心神不宁地干着自己的工作,越来越焦虑地想着她看完信后时而气得脸色煞白时而害怕后悔的样子。他认为她的情况一天比一天糟,并开始担心她的健康。

后来,萨姆和格罗弗谈了谈。萨姆开始花越来越多的时间和休在一起,坚决让她每天都和自己一起在户外散步。他勇敢地试着让她把注意力集中在愉快的事情上。当一天结束,他们之间没有发生暴风雨般的冲突时,他就高兴且宽慰地上床睡觉了。

在那段时间里,萨姆觉得自己快疯了。休灰色的眼睛里透着一种使人发狂的光芒,她会提起一些小事,包括他说过的一句话或者他从某本书中引用的一段话,然后以一种死气沉沉、平淡而抱怨的语气谈论这件事,直到他头晕目眩,为了控制自己的情绪而紧握双手,把手指弄得生疼。这样的一天结束后,他会一个人偷偷溜出去,快步走着,试图通过纯粹的身体疲劳来迫使自己忘记那持续不断的抱怨声。有时,他会勃然大怒,在寂静的街道上无力地咒骂几句;或者,他会喃喃自语,祈求上帝赐予他力量和勇气,让他在这段他认为是他们共同的磨难中保持冷静。当他经过一番内心的挣扎散步回来时,他常常发现她坐在房间壁炉前的扶手椅上,头脑清醒,小脸上满是悔恨的泪水。

萨姆和休之间的争吵结束了。在格罗弗医生的帮助下,休被安排去住院。一天晚上,他们匆匆开车穿过寂静的街道赶到医院。疼痛不断地折磨着休,她的手紧握着萨姆的手。他俩兴高采烈。休为努力开启新生活而改头换面。她的声音带着胜利的喜悦,眼睛闪闪发光。

“我要生孩子!”她喊道,“我心中邪恶的恐惧消失了。我要给你一个孩子——一个男孩。我会成功的,我亲爱的萨姆。拭目以待吧,我们的小孩一定会很漂亮!”

当疼痛袭来时,休紧紧抓住萨姆的手,同情感油然而生。他感到无助,也为自己的无能为力而感到羞愧。

在医院门口,她把脸朝下放在他的膝盖上,滚烫的泪水从他的手上流了下来。

“可怜的老萨姆,这对你来说太可怕了。”

萨姆在医院的走廊上走来走去。在走廊尽头,他穿过那扇把她带走的旋转门。艰难的几个月过去了，没有一丝遗憾，他在走廊上踱来踱去，觉得自己已经到了一个重要时刻，脑海中思考着对事务的把握、对未来的希望和计划，以及他生活中所有的小细节和琐事。他停下了脚步，焦急又满怀期待地等待着，简直无法呼吸。他看了看走廊尽头桌子上的一个小钟，有点希望它停下来和他一起等待。在这条安静的走廊上，在石头地板上，在穿着白衣和橡胶鞋默默走来走去的护士们面前，在眼前这件更重要的事情面前，他大婚的日子，曾经是那么重要、那么盛大，现在似乎都显得无关紧要了。他盯着钟踱来踱去，望着来回摆动的门，咬着他的空烟斗。

接着，格罗弗从旋转门里走出来。

"孩子可以生下来，萨姆，但要保住这个孩子，我们必须冒一下险。你想保住孩子吗？不能犹豫。要立刻做决定！"

萨姆从他身边一跃而过，向门口走去。

"你傻吗！"他喊道，他的声音响彻寂静的长廊。"你不知道这意味着什么，让我进去！"

格罗弗医生一把抓住萨姆的胳膊，把他转了过来，两个人面对面地站着。

"你留在这里。"医生说，他的声音仍然平静而坚定。"我会处理的。现在你过去纯粹是添乱。现在回答我——你愿意冒这个险吗？"

"不！不！"萨姆喊道。"不！我要她——休——好好地活着，从那扇门回来！"

他的眼里闪过一丝冰冷的光，在医生面前挥动着拳头。

"不要在这件事情上骗我。我以上帝的名义发誓，我会——"

格罗弗医生转过身，穿过旋转门跑了回去，留下萨姆茫然地盯着他的背影。格罗弗医生办公室里的一个护士从门里走出来，挽着他的胳膊，在走廊里陪他走来走去。萨姆搂着她的肩膀说话。他产生了一种错觉，以为这个护士需要安慰。

"别担心，"他说，"她会没事的。格罗弗会照顾好她，休不会有事的。"

这个护士是个身材娇小、长相甜美的苏格兰女人，她认识休，也很钦佩休，她哭了起来。萨姆声音里的某种特质触动了她内心的母性，泪水顺着她的脸颊流了下来。萨姆继续说着，这个女人的眼泪让他重新控制住了自己的情绪。

"我母亲去世了，"他说，一种悲伤的情绪又回到他心头，"我希望你能像玛丽·安德伍德那样，成为我的新妈妈。"

当他可以去病房看休时，他变得泰然自若。他下意识开始责怪那个死去的小陌生人，是他让过去几个月那么不愉快，让他心中真正的休与他阔别已久。在休的病房门外，他停了下来，听到她正用微弱的声音和格罗弗说话。

“身体状况不好，休·麦克弗森的身体状况很差。”病房里传来这声音，萨姆觉得这声音充满了无限的疲倦。

他跑进门，跪在休的床边。休把目光转向他，勇敢地微笑着。

“下次我们会成功的。”她说。

小麦克弗森家的第二个孩子去世了。萨姆走出门，这一次是穿过他自己家的走廊，这里没有长相甜美的苏格兰女人来安慰他，他又一次冲着前来安慰鼓励他的格罗弗医生摇了摇头。

第二个孩子死后，休在床上躺了几个月。她整日以泪洗面，不管是在萨姆怀里、在自己病房还是当着格罗弗医生和护士们的面，她都会因自己身体不适而放声大哭。几天来，她一直拒绝见汤姆上校，心里认为他在某种程度上要对她的身体无力孕育孩子负责。几个月来，她一直面色苍白，无精打采，但当她从床上起来时，她下定决心再试一次，她渴望抱上自己的孩子。

在她怀着第二个孩子的日子里，她一次又一次的暴躁使萨姆神经崩溃，但在学会理解之后，萨姆会静静地干着工作，尽量对她有时说出的刺耳伤人的话置若罔闻。他们达成一致意见，如果第三次怀孕再失败，他们就不会再要孩子了。

“如果这次还是失败，我们还不如就此彻底分开，彼此划清界限。”她有一天冷漠地说，她的怒气和她正经历丧子之痛密切相关。

第二天晚上，当萨姆走进医院走廊时，他异常激动。他觉得自己就像一个年轻的新兵，被召唤去面对一个看不见的敌人，空气中飘荡着死亡的旋律，他一动不动地站在那里。他记得小时候来看望父亲的战友讲过一个故事：安德森维尔的囚犯们在黑暗中从武装哨兵身边爬过，来到安全界限外的一小滩死水里。他觉得自己也是手无寸铁，正在安全界限边缘徘徊。几个星期前，休、格罗弗和萨姆三人在家里开了一次会，休含泪坚持，格罗弗也表达了自己的立场，除非听他的，做这次手术，否则他不会再管这件事。

“机会不等人，”萨姆在会议后对格罗弗说，“她再也不能忍受失败了，让她把孩子生下来吧。”

萨姆一动不动地站在走廊里等着，觉得仿佛过去了好几个小时，尽管夜里很干燥，外面也有月光，但他还是觉得自己的脚又冷又湿。当医院的远处传来一声呻吟时，他吓得浑身发抖，有种想大叫一声的冲动。两个身穿白衣的年轻实习生经过。

“老格罗弗正在做剖宫产手术，”其中一个人说，“快到时间了，希望他不要搞砸。”

萨姆的耳边回荡着休的声音，想起了休第一次从旋转门后进入病房时脸上带着坚定的微笑。他想他又能看见休苍白的脸，与他们把她带进门时一样。

“我很担心，格罗弗医生——我担心我身体状况不行。”萨姆在门关上时听到休说。

然后萨姆做了一件让他得骂自己一辈子的事。由于等得太久，他无法忍受，一时冲动之下，他走到那扇旋转门跟前，推开门走进了格罗弗正在给休做手术的手术室。

房间又长又窄，地板、墙壁和天花板都是白色水泥砌成的。天花板上悬挂着一盏耀眼的大灯，光线直射在躺在白色金属手术台上的白衣人身上。房间的墙壁上还有其他耀眼的灯光，灯光折射在闪亮的玻璃反射镜上。手术室里弥漫着紧张、期待的气氛，一群男女默默地站着或来回走动。看不到他们的脸和头发，只能透过蒙在他们脸上的白色口罩，看到他们露出的陌生而生动的眼睛。

萨姆一动不动地站在门边，他激动地半眯着眼睛四处张望。格罗弗迅速而安静地工作着，不时从他手边的桌子上拿起一些闪闪发光的小工具。站在他旁边的护士抬头看着灯光，开始平静地穿针。房间一侧的小架子上放着一个白色的盆子，里面承载着休为新生命所做的最后努力，这是他们这个大家庭的最后一个梦想。

萨姆眼睛一闭摔倒了，头撞在了墙上，他猛地惊醒，挣扎着站了起来。

格罗弗没有停止手头的工作，开始咒骂起来。

“该死的，伙计，离开这里！”

萨姆用手摸索着找门。其中一个穿着白色衣服的幽灵般的身影朝他走来。随后，他头晕目眩，闭上眼睛，从门里退了出来，沿着走廊跑下一段宽阔的楼梯，来到一片黑漆漆的空地上。他确定休已经死了。

“她走了。”他喃喃地说，光着脑袋匆匆走在空无一人的街道上。

萨姆跑过一条又一条街。他两次来到湖边，然后转身穿过沐浴在温暖月光下的街道，回到市中心。有一次，他在一个拐角处迅速转身，走进一块空地，站在一排高高的木板篱笆后面，一个警察正沿街巡逻。他的脑海里浮现出一种想法：自己杀死了休，那个穿着蓝衣服、踩着沉重的脚步走在石板路上的人正在找他，想把自己带回她躺着的那个白茫茫、死气沉沉的地方。他又在拐角的一家小药店前停了下来，坐在台阶上，公然咒骂上帝，像一个生气的孩子在挑衅他的父亲。出于某种本能，他透过头顶上缠绕的电线望向天空。

“勇往直前，做你敢做的事！”他喊道。“我现在不会跟你走。在这之后，我再也不会去找你。”

不久，他本能地向天空高声抗议，开始嘲笑自己，然后站起来，继续游荡。他走到了一条铁轨上，一列货运列车嘎嘎作响地开过一个十字路口。他走上前去，跳到一辆空运煤车上，爬上去时还摔了一跤，被散落在车底的锋利煤块划破了脸。

火车缓慢行驶着，偶尔停下来，引擎发出歇斯底里的尖叫声。

过了一会儿，他下了车，倒在地上。他的四面都是沼泽，沼泽地里长长的草在月光下摇曳着。火车经过时，他跟在后面，蹒跚地走着。他一边走，一边顺着火车尾部那一闪一闪的灯光回想起医院里的情景，想起休死的那一幕——在灯光下，她躺在桌子上，脸色铁青，不成模样。

结实的地面延伸到铁轨处，萨姆坐在一棵树下，平静了下来。“一切都结束了。”他想，就像一个疲惫的孩子得到了母亲的安慰。他想起了那位面容甜美的护士，她曾和他一起在医院的走廊上走着，也曾因他的恐惧而哭泣。接着，他又想起了那天晚上，在肮脏的小厨房里，他用手指掐着父亲的喉咙。他来回抚摸着大地。“好一片土地。”他说。他想到了一句话，紧接着是约翰·特尔弗的身影，他拿着手杖在尘土飞扬的路上大步流星地走着。“春天来了，是时候在草地上种些花了！”他大声说。因为在运货车上摔倒了，萨姆感到脸又肿又疼，他躺在树下那片土地上睡着了。

他醒来时已经是早晨了，在视线范围内，他看到一条路，一辆有轨电车驶进了市区。他面前的沼泽地里有一片浅浅的湖泊和一条凸起的小径，栈道上的木桩上拴着几只小船，一直延伸到水面。他走到人行道，在水里洗了洗瘀伤的脸，然后上了一辆回城里的车。

在清晨中，他有了一个新想法。风吹过汽车轨道旁一条尘土飞扬的道路，卷起一小把尘土，把它们顽皮地扔来扔去。他有一种紧张而急切的感觉，就像有人在倾听远处微弱的呼唤。

“当然，”他想，“我知道这是什么，这是我结婚的日子。今天我要和休·雷尼结婚了！”

在屋里，他看见格罗弗和汤姆上校站在早餐室里。格罗弗看着他那肿胀扭曲的脸，声音颤抖着。

“可怜的家伙!”他说。“你一整夜没回来!”

萨姆笑了,拍了拍汤姆上校的肩膀。

“我们必须开始准备了,”他说。“婚礼十点钟举行,不然休会担心的。”

格罗弗和汤姆上校抓住萨姆的胳膊,领着他上了楼。汤姆上校像个女人一样哭着。

“傻子。”萨姆想。

两个星期后,他又睁开了眼睛,恢复了意识。休坐在他床边的一张躺椅上,她那纤细苍白的小手放在他的手里。

“宝宝!”他喊道,相信一切还有可能。“我想看看宝宝!”

她把头放在枕头上。

“你看见它时,它就离开了。”她说着,用一只胳膊搂住他的脖子。

护士过来的时候,发现他们的头都靠在枕头上,虚弱地哭着,像两个疲惫的孩子。

8

这一打击使年轻的麦克弗森夫妇重新把焦点放到了自己的生活上，他们周密地考虑了自己的人生计划并欣然接受。多年来，他们一直住在一个山顶上，对自己非常严格。他们洋洋自得地认为他们两个是不同寻常且有思想的人，正在从事一项高尚且有价值的事业。他们沉浸在自己的世界里，沉浸在对自己人生目标的钦佩之中，他们认为自己全身心的付出将给这个世界带来一种活力十足、训练有素的新生活。但格罗弗医生的一句话、一个否定的动作就迫使他们不得不重新勾勒未来的轮廓。

在他们的周围，生活的匆忙还在继续，工业发展下人们的生活正在发生巨大的变化，城市的人口正在以两三倍的速度增长。战争正在进行，他们国家的旗帜飘扬在陌生海域的港口，美国男孩们手里拿着雷尼－惠塔克步枪，在陌生土地上的杂乱丛林中艰难前行。在密歇根湖畔一大片绿色草坪上的巨大石头房子里，萨姆·麦克弗森坐在那里看着他的妻子，他的妻子也看着他。他们都在共同努力，调整自己的心态，欣然接受他们无子女的未来新生活。

看着餐桌对面的休，或者看到她那瘦削的身体与他一同骑马穿过公园时，萨姆很难相信，休这一生都无法做妈妈。他不止一次地想再次冒险，为完成他们的希望而努力。但他想起那天晚上在医院里看到的她那张苍白的脸以及她挥之不去的惨痛哭声时，就不寒而栗，觉得自己不能再和她一起经历那场折磨；他再也不能让她在数周或数月的时间里，期待着那从未躺在她胸前开怀大笑的小生命的到来。

然而，萨姆是简·麦克弗森的儿子，简通过不懈的努力使自己的家庭维持着正常的生活，赢得了卡克斯顿人们的赞赏。萨姆想，他也不能无所事事地靠自己和休的收入生活。激荡向前的世界在呼唤他。他环顾四周，看到商业和金融领域广泛而重大的变化，看到新人正崭露头角，显然是找到了表达重要新思想的方法。他感到自己青春激荡，雄心满满，脑海里充满了新的计划。

考虑到经济上的需要，以及生计、能力需要的长期艰苦斗争，萨姆可以设想和休度过余生，仅仅从她的陪伴以及与她合作中获得某种满足感。在等待自己儿女降临的几年里，他遇到过一些人，他们得到了这种满足感：一个是商店里的工头，另一个是卖给他雪茄的烟草商。但萨姆自己觉得，他和休走得太远了，现在无法再带着共同的热情或其他任何东西转向另一条路了。从本质上说，他并没有坚定地认为有女人的爱是生命的终点；他爱过休，真心爱过，他有着某种接近宗教的热情，但这种热情多半是因为她给了他一些想法，以及她将和他一起努力实现这些想法。他是个有钱人，他已经放弃争取在商界的显赫地位，而是在让自己成为孩子们高尚的父亲做准备。他想要孩子，要很多健康的孩子，让他的孩子们成为世界上最受宠的宝贝。在他与休的所有谈话中，这个想法一直存在并占主导地位。他打量自己，为自己的年轻健壮感到骄傲，他谴责那些无子女的婚姻，认为这种行为是自私自利的，是对美好生活的浪费。他们一致认为这样的生活毫无意义和目的。现在他还记得，在她那些勇往直前的日子里，她不止一次地表示，如果他们无法拥有子女，他们中的任何一方要有勇气解开束缚他们的纽带，不惜一切代价，努力重新过上正确的生活。

在休做最后一次康复的几个月里，当他们在漫长的夜晚坐在一起或在星空下的公园散步时，萨姆常常想到这些话，他发现自己开始猜测她现在的态度，想知道她会有多勇敢地接受分居的想法。最后，他断定她心里没有这样的想法，面对巨大的现实，她对他有了新的依赖，对他的陪伴有了新的需求。他认为有必要把生孩子作为男女同居的正当理由，这一观念深深地刻在他而不是休的脑子里。这个观念一次又一次地出现在他的脑海里，他焦躁地转来转去，他要重新调整，寻找新的信仰。旧的神已经死了，他要寻找新的神。

在此期间，他坐在家里，面对着他的妻子，沉浸在多年前珍妮特推荐给他的书里和自己的思绪中。晚上，他常常在看书时或者在全神贯注地盯着炉火的过程中抬起头来，发现她正在看着他。

“说话，萨姆，你说句话，”她会说，“不要只是坐在那里思考。”

有时，她会在夜里来到他的房间，把头埋在他旁边的枕头上，一连几个小时地计划着、哭泣着，恳求他再次给她爱，他过去那炽热、忠贞的爱。

萨姆试着真诚地去做这件事，和她一起散步。但有电话打给他通知他有新工作时，他会留在办公桌旁工作。晚上，萨姆给休大声朗读，敦促她放弃旧的梦想，同时自己开始忙于新的工作和兴趣。

他在办公室里待了几天，精神一直有点恍惚。一种童年时代的感觉又回到了他的心头，就像他母亲死后，他在卡克斯顿的街道上漫无目的地行走时的感觉一样，他觉得还有什么事情要做，还有什么账要算。即使坐在办公桌前，耳边传来打字机的咔嗒声，还有成堆的信件需要他处理，他的思绪还是溜回了当初对休求爱以及在北方森林生活的日子。那时的生活对他造成了不小的打击，每一个年轻、野性、新生长的东西都再度振作了他的梦想。有时候在街上，或者和休一起在公园里散步时，孩子们玩耍的哭喊叫声打破了他那阴郁沉闷的心境，使他畏缩起来，一种强烈的怨恨攫住了他的心。当他偷偷地望向休的时候，她在说着别的事情，显然没有注意到他在想什么。

然后，一个新的生活阶段出现了。令他吃惊的是，他发现自己对街上的女人不只是一时的兴趣，一种对陌生女人陪伴的渴望又在某种程度上变得具体化了。一天晚上，在剧院里，一个女人坐在他旁边，她是休的朋友，也是他生意上一个朋友的妻子，她也没有孩子。在黑暗的剧场里，他们的肩膀紧贴着，在一阵舞台危机引起的骚动中，她的手滑到他的手里，并紧紧抓住他的手指。

他突然充满兽性的欲望，浑身颤抖着，这种感觉既不甜蜜，又无比残忍，灼烧着他的眼睛。幕间休息时，剧场又充满了灯光，他内疚地抬起头来，与另一双同样充满了内疚和饥渴的眼睛相遇。生活提出了这项挑战，他被迫接受了。

在回家的车上，萨姆把对那个女人的思绪从脑海中移开，把休抱在怀里，默默地祈祷，祈求有人来帮他解决疑惑的问题。

“我想明早我会去卡克斯顿，和玛丽·安德伍德谈谈。”他说。

萨姆从卡克斯顿回来后，开始寻找新的兴趣来分散休的注意力。他花了一个下午与瓦尔莫尔、弗里德姆·史密斯和特尔弗交谈，但他认为他们的笑话和陈旧的见解有点平淡乏味，便走开去和玛丽谈话。他与玛丽聊到了半夜，玛丽原谅了萨姆没有给她写信，还和善地给萨姆讲了一大堆道理，让他对休负起责任。他认为玛丽在某种程度上没有抓住要点。她似乎认为生不出孩子是休一个人的责任，跟他没有关系，而他正希望她是这么认为的。萨姆像孩童时期和母亲交谈那样，想和她聊聊自己，可玛丽一想到这位没有孩子的妻子就哭泣，并告诉萨姆怎样做能让休高兴。

“好吧，我来办这件事，”他在回家的火车上想着，“我会为她找到这个新兴趣，让她少依赖我。然后我也会重新开始，给自己规划一种生活方式。”

一天下午，他从办公室回到家里，发现休真的萌生了一个新念头。晚上，她面颊红润地坐在他身旁，谈论着投身社会服务的美好生活愿景。

“我想清楚了，”她说，眼睛闪闪发光，“我们不能让自己变得黯然失色。我们必须坚持美好愿望，必须一起把财富和我们生命中最好的东西献给人类。我们必须使自己成为促进社会进步之伟大现代运动的一部分。”

萨姆看着炉火，一种不寒而栗的怀疑席卷全身。他不能把自己看成是一个整体。他并没有想到自己会成为慈善大军的一员，或是在俱乐部阅览室里遇到的社会进步推动者。就像那天晚上她阐述另一个想法时在杰克逊公园的马道上燃烧一样。但一想到她来找他需要新的兴趣，他便微笑着转过身来。

“听起来不错，但我完全不了解这类事情。”他说。

那天晚上过后，休开始控制自己的情绪。她的眼睛里又恢复了往日的热情，她面带微笑地在屋子里走来走去，整个晚上都在跟她那沉默而体贴的丈夫谈论充实而有意义的生活。一天，她告诉他，她被选为拯救失足妇女协会的主席，他开始在报纸上有关慈善和市民运动的报道中看到她的名字。在家里，一些新奇的男人和女人开始出现在餐桌旁。萨姆想，这是一群异常热情、几近狂热的人，他们不喜欢穿紧身内衣，梳着没有修剪的头发，并且对他们所谓的行动有一种宗教般的热情，一直聊到深夜。萨姆注意到他们会说一些令人吃惊的话，注意到他们说话的时候总是坐在椅子的边缘，且对他们不停地发表最具革命性的言论而感到困惑。当他对其中一个人的话提出疑问时，他冲了过去，把那个人吓跑了，然后转向其他人，得意地看着他们，就像一只吞下了老鼠的猫。他们的表情似乎在说：“你敢再问我们一个问题试试。”但他们却宣称，他们不过是研究如何正确生活这一重要问题的学生。

萨姆没有真正地理解这些新认识的人，没有建立起真正的友谊。有一段时间，他真诚地试着对他们的想法投入一些热情，并被他们所说的对他人的爱打动，甚至和他们一起去参加一些会议。有一次，他与聚集在一起的失足妇女坐在一起，听休的演讲。

休的演讲并没有引起多大反响，那些失足妇女们焦躁不安地走来走去。一个大鼻子的高个子女人做得更好，她用一种富有感染力的热情快速地演讲着，非常激动人心。听着她的话，萨姆想起了有个晚上在卡克斯顿的教堂里，他坐在另一个热情健谈的人面前，理发师吉姆·威廉斯想让他成为基督徒。那个女人说话的时候，坐在萨姆旁边的一不起眼的小个子胖女人不停地哭，等到演讲结束时，他根本不记得演讲说了些什么，他想知道那个哭泣的女人是否还记得。

为了表达他想继续做休的伴侣和搭档的决心，一个冬天，萨姆在西区工厂区的一个社会服务点给一班年轻人上课。课程说不上成功。他发现这些年轻人既沉闷又愚钝，在商店里干了一天之后疲惫不堪。他们更倾向于坐在椅子上睡觉，或者漫步离开，一个一个都在附近的角落里闲逛和抽烟，而不是待在房间里听他阅读或讲话。

当其中一位年轻女工走进房间时，他们坐了起来，一时似乎很感兴趣。有一次，萨姆听到他们一群人在黑暗的楼梯里谈论这些女工。他大吃一惊，于是放弃了教课，向休承认自己的失败，并表示自己对此根本不感兴趣。在她指责他缺乏对他人的爱之前，他低下了头。

后来，他坐在自己房间的炉火旁，试图从这次经历中吸取教训。

"我为什么要爱这些人？"他问自己。"他们是我可能会成为的人。我认识的人中很少有人爱我，其中一些最优秀、最纯洁的人曾从我的失败中吸取教训。生活是一场战争，胜利的人很少，失败的人很多，仇恨和恐惧与爱和慷慨一起发挥作用。这些身材魁梧的年轻男人是世界的一部分，都是人类繁衍出来的。日复一日地，我们之中越来越多的人都在变成那样的人。为什么要反抗自己的命运呢？"

在社会服务点教课惨败之后的一年里，萨姆发现自己越来越远离休和她的新生活观。他们之间的隔阂越来越大，从许许多多的家庭琐事和冲动中就能看出来。他每一次看着她，就觉得她跟自己越来越疏远，越来越不像是他内心真实生活的一部分。在从前的日子里，她的存在都有一种亲切和熟悉的感觉。她仿佛是他的一部分，就像他睡觉的房间或他身上穿的外套一样。他看着她的眼睛时，就像看着自己手那样不假思索，也不担心会在她的眼睛里发现什么。现在，当他们的目光相遇时，他总是在闪躲，他们其中一人会开始匆忙地说话，好像有什么必须要隐瞒的事。

在镇上，萨姆重新和杰克·普林斯建立起了旧日的友谊，关系变得很亲密。他们经常一起去俱乐部喝酒，在晚上和那些聪明、挥金如土的年轻人一起消磨时光。这些年轻人在杰克身边谈笑风生，做生意。其中，杰克的一个生意伙伴引起了萨姆的注意。几个星期后，萨姆和这个人之间的关系变得亲密起来。

莫里斯·莫里森是萨姆的新朋友，杰克·普林斯发现他在本州一家乡村日报做副编辑。萨姆想，这个人有点像卡克斯顿的花花公子迈克·麦卡锡，他有定性有耐心，只是有点反对工业化。他年轻时写过诗，还学过做牧师。在芝加哥，在杰克·普林斯的带领下，他变得一心只想着赚钱，虽然才华横溢，生活却肆无忌惮。他经常酗酒，还有一个情妇。萨姆认为他是他见过的最有才华、最有说服力的演说家。作为杰克·普林斯的助手，他负责雷尼公司的巨额广告支出。两人经常混在一起，彼此的好感度也逐渐增强。萨姆认为他没有道德观念，但知道他诚实能干。在和他交往的过程中，萨姆发现他有一些可爱又古怪的性格和行为，这让他有一种说不出的魅力。

因为莫里森，萨姆第一次与休产生了严重的误会。一天晚上，这位才华横溢的年轻广告人在麦克弗森家里用餐。和往常一样，桌旁坐满了休的新朋友，其中有一个身材高大、憔悴的人。随着咖啡端上来，他开始用高亢而诚挚的声音谈论即将到来的社会革命。萨姆看向桌子对面，看到莫里森的眼睛里闪烁着光芒。他像一只被释放的猎犬，跳到休的朋友中间，把富人骂得一无是处，号召群众前进，引用雪莱和卡莱尔的逸闻趣事，认真地打量着桌旁的人，最后他为失足妇女辩护，赢得了她们的心，他的朋友和主人甚至都热血沸腾起来。

萨姆觉得有趣又有点恼火。他知道，整件事不过是一次彻头彻尾的表演罢了，就算有一丝真诚，也没有深度和实际意义，这是莫里森的特点。剩下的时间里，他看着休，想知道她是否也了解莫里森，她怎么看待莫里森从那个长得很憔悴的男人那里接过了主角的角色。这个人显然被抢了风头，后来他坐在桌旁，在客人们中间恼怒不安地徘徊。

那天深夜，休走进他的房间，发现他在火炉旁边看书边抽烟。

“莫里森太厚颜无耻了，抢了你的风头。”他看着她，抱歉地笑了起来。

休疑惑地看着他。

“我是来感谢你的，谢谢你把他带来，”她说，“我觉得他很了不起。”

萨姆看了看她，一时想让这件事翻篇。然后，他又恢复了一直以来都对她敞开心扉、坦率直言的习惯。他合上书，站起来俯视着她。

“那个小混蛋在欺负你们，”他说，“但我不想让他欺负你。不是说他不愿意尝试，他倒是什么事都敢干。”

她两颊泛起红晕，眼睛闪闪发亮。

“不是这样的，萨姆。”她冷冷地说。“你这么说，是因为你变得越来越冷酷无情、愤世嫉俗了。你的朋友莫里森是发自内心那样说的。这是很美好的。像你这样对他有很大影响的人，也许会带领他，但他这样的人最终还是会服务社会。你应该帮助他，而不要摆出一副不信任的样子嘲笑他。”

萨姆站在炉边看着她，抽着烟斗。他在想，如果在他们结婚后的第一年里，向她解释莫里森是很容易的；现在他觉得他只是在把事情弄得更糟，不过他决不会对她撒谎。

“听着，休，”他平静地说，“我是个堂堂正正的人。莫里森是在开玩笑。我了解他，他是像我这样的人的朋友，因为他想这样做，而且对他有利。他是一个健谈的人，一个作家，一个有才华却不讲道德的文字贩子。他通过采纳像我这样的人的想法更好地表达出来，挣了一大笔钱。他是一个好工人，慷慨大方、心胸开阔，有许多不可名状的魅力，但他不是一个有信念的人。他能让你认识的那些失足妇女泪流满面，但他更有可能让好女人陷入困境。”

萨姆把手放在她的肩上。

“理智一点，不要生气，”他接着说，“接受这个家伙的本来面目，为他高兴吧。他几乎没有受到伤害，并且很愉快。他可以提出一个令人信服的论据，支持文明时代回归食人族时代。但实际上，你要知道，他大部分时间都在思考如何用洗衣机、女式帽子和肝丸进行写作，而他的大部分口才最终只不过是‘索要来的K部门目录’。”

休愤怒了，她的回答显得苍白无力。

“真让人难以忍受。你为什么把那家伙带到这里来？”

萨姆坐下来，拿起他的书，有点不耐烦，他自结婚以来第一次对她撒了谎。

“首先，因为我喜欢他，其次，因为我想看看我能否带出一个能在感情上胜过你那些社会主义朋友的人。”他平静地说。

休转身走出了房间。在某种程度上，这一走代表着结束，标志着他们之间相互理解的结束。萨姆放下他的书，看着她走了。当他们之间的门关上时，他心中为她保留的那份对她与对其他女人不同的感情也消失了。他把书扔到一边，一跃而起，站在那里看着门。

“过去那种友谊的诉求已经不存在了，”他想，“从现在起，我们必须像两个陌生人一样，该解释就解释，该道歉就道歉。不能再把对方的感情当作理所当然的。”

他关了灯，又坐在炉火前，思考着他所面临的局面。他想她不会回头了，他最后一席话完全粉碎了这种可能性。

壁炉里的火越来越小，他没有再添火。他朝昏暗的窗户望去，听着林荫大道上汽车的汽笛声。他仿佛又变成了卡克斯顿的小男孩，饥渴地寻找生命的目标。剧院里一个面色潮红的女人在他眼前跳舞。他羞愧地想起几天前，他站在一个门口，直勾勾地盯着一个女人的身影，那个女人在街上走过时，曾抬起眼睛望着他。他希望能和约翰·特尔弗一起出去散步，让自己的脑子里装满关于挺立着的玉米的雄辩，或者坐在珍妮特·埃伯利的脚边，听她谈论书籍和生活。他起身打开灯，准备上床睡觉。

“我知道我要做什么了，”他说，“我要去工作，做一些实实在在的工作，赚更多的钱。那才适合我。”

他去工作了，去做真正的工作，这是他经过深思熟虑后做过的时间最长的工作。两年来，他在黎明时分出门，在清早散会步，这让他感到神清气爽。随后他在办公室和商店里待上八个小时、十个小时甚至十五个小时；长时间以来，他无情地驱逐雷尼军火公司的管理层，公然从汤姆上校手中夺走剩余的管理层人才，开始了整合美国枪支公司的计划，后来他的名字登上了报纸的头版，并被冠上了金融领袖的头衔。

国外对许多美国百万富翁的动机有广泛的误解，他们是在西班牙战争结束后兴起的工业化浪潮中迅速发展起来的，从而一夜暴富。其中大部分人并不是那种野蛮的商人，相反，他们思维敏捷，行动敏捷，胆识过人。他们想要权力，并且其中很多人完全不讲道德，但他们大多数内心燃烧着火焰。他们之所以成为这样的人，是因为世界没有给他们提供更好的出口来释放巨大的能量。

萨姆·麦克弗森在第一次艰苦而迅速的斗争中，坚持不懈，干净利落，他想站在城市那些默默无闻的人之上。当他听到一种更好的生活方式的呼吁时，他已经把钱撇在一边了。现在他身上仍有青春的气焰，两年间，他读书，过着安逸的生活，思考安逸生活所带来的磨炼以及所形成的纪律，他准备给芝加哥商业界展示他的巨大能量，这也使他作为最早的西方金融巨头之一在芝加哥的工业史上留名。

萨姆去找休，坦率地把自己的计划告诉了她。

“我想全权处理你在公司的股票，”他说，“我不能过你这样的新生活。这种生活可能会帮助你、支撑你，但对我却毫无用处。我现在想做自己，以自己的方式过自己的生活。我想经营公司，真正地管理它。我不能无所事事地活着，让生命白白流逝。我在受着伤，而你却袖手旁观。同时，我还处在另一种危险之中，我希望全身心地投入有建设性的工作中，避免这种危险。”

休不假思索地在萨姆带来的文件上签了字。她恢复了往日对他的坦率。

“我不怪你，萨姆，”她勇敢地微笑着说，“我们都知道，事情并不顺利，但如果我们不能合作，至少不要互相伤害。”

当萨姆再次投入工作中时，这个国家正处于大合并浪潮的开端，这场浪潮最终将国家的所有财力都聚集到了十几个有能力且高效的人手中。凭借着商人天生的直觉，萨姆预见到了这一动向，并对其进行了研究。现在他开始行动了。见到那位面色黝黑的律师时，萨姆告诉他，自己计划整合全国所有的枪支公司。这位律师曾为他起草合同，保护他从医科学生那里得到的两万美元的财产安全，还开玩笑地邀请他一起当火车劫匪。

韦伯斯特适时地开了个玩笑。他为了调整萨姆精准的要求列了很多计划，并进行多次调整。当萨姆提到向他付费时，他摇了摇头。

“我想参与进来，”他说，“你需要我。我就是为这场游戏而生的，我一直在等待机会上手。如果你愿意，就把我当作发起人之一吧。”

萨姆点了点头。在一周之内，他就组建了自己公司的股份库，如他所想，比较安全。他开始着手在他唯一的西部竞争对手那里组建类似的股份库。

这项工作并不容易。犹太人刘易斯在西部对手的那家公司不断取得进展，与萨姆在雷尼公司一样。刘易斯是个能力超群的销售经理，很会赚钱，据萨姆所知，他还是一流商业政变的策划者和执行者。

萨姆不想和刘易斯打交道。他很尊重这个人在交易方面的能力，想在与他打交道时掌握主动权。为此，他开始拜访银行家们以及在芝加哥和圣路易斯的西部大型信托公司负责人。他慢慢地着手准备，摸索着自己的方式，试图通过一些有效的方法吸引每个人，用承诺普通股、活期大银行账户作诱饵，以及暗示在新合并的大公司担任董事，以买进大量资金。

有一段时间，项目进展缓慢；事实上，有好几个星期甚至好几个月，似乎都毫无进展。萨姆极其谨慎地秘密工作着，遇到了许多挫折，他天天在晚上回家，坐在休的客人中间，满脑子都是他自己的计划。他毫不在意革命、社会动荡和群众的新阶级意识，餐桌上飘荡着讨论的声音，他认为这一定是休想要的。他显然对她的兴趣不感兴趣。与此同时，他认为自己正在朝着自己想要的生活方向努力，晚上上床睡觉时，他清晰地沿着一条路线思考以寻找一种平静，日复一日，他相信他一定会找到。

一天，想参与这笔交易的韦伯斯特来到萨姆的办公室，推动了项目的第一次巨大成功。他和萨姆一样，认为自己清楚地看到了时代的趋势，并且贪婪地想要企业成功而分配的普通股，这是萨姆承诺过的。

“你没有重用我，”他说着，在萨姆的桌子前坐下，“是什么阻碍了交易？”

萨姆开始解释，等他说完，韦伯斯特笑了起来。

“我们直接去找爱德华军火公司的汤姆·爱德华兹吧！”他说，然后俯身靠在桌子上。“爱德华兹是个二流商人，自视过高又爱慕虚荣。”他斩钉截铁地说。

"让他害怕,然后奉承他,满足他的虚荣心。他新娶了一个金发碧眼的妻子。他想要引人注目,但害怕冒险去做大事,却又渴望通过大买卖获得声誉和收益。用犹太人用过的方法,让他看看当大联合军火公司老板的妻子对那个黄头发女人意味着什么。爱德华兹合并公司,是吗?去找爱德华兹。吓唬、奉承他,他就会为你所用。"

萨姆疑惑不已。爱德华兹六十多岁了,头发花白,个头矮小,他反应迟钝又有些无趣。他沉默寡言,但给人的印象却是非常精明和能干。经过一辈子的艰苦劳动,在最严格的经济制度下打拼后,他积累了财富,并通过刘易斯进入了军火行业。他能够带领爱德华兹大胆地处理公司的事务,被认为是希伯来人光辉王冠上最耀眼的星星之一。

萨姆望着桌子对面的韦伯斯特,认为汤姆·爱德华兹就是枪支信托的名义负责人。

"我把蛋糕上的糖霜留给我的汤姆,"他说,"这是我想交给上校的东西。"

"我们今晚去见爱德华兹吧。"韦伯斯特冷冷地说。

萨姆点了点头。那天夜里,他完成了一项交易,这项交易让他得以控制两家重要的西部公司,并可以向东部公司进军,而且完全有可能取得成功。他带着一份夸大其词的报告给爱德华兹看,说他的项目已经得到了支持,这吓到了爱德华兹。萨姆承诺让爱德华兹担任新公司的总裁,并承诺新公司将以美国爱德华兹联合枪支公司的名义成立。

东部公司很快就倒下了。在韦伯斯特的帮助下,萨姆散布了双方都已经加入的消息,这是他惯用的伎俩,然后成功地把两方都收入囊中。

随着爱德华兹的加入和东部公司提供的期权,萨姆逐步得到拉萨尔街银行家的支持。军火信托是少数几个完全在西部经营的大型合并企业之一,在两三个银行家同意为萨姆的计划提供资金后,其他银行开始请求加入他和韦伯斯特组建的联合企业。在与汤姆·爱德华兹的交易完成三十天内,萨姆觉得他已经准备好采取行动了。

几个月来,汤姆上校对萨姆正在进行的计划有所了解,但并没有提出异议。事实上,他已经让萨姆明白,他的股票将和休的股票,以及和其他知道萨姆计划并希望分享萨姆交易利润的董事所持有的股票一起,将交由萨姆操控。这位老枪支制造商一生都认为,其他美国军火公司只不过是雷尼公司的影子,注定要在朝阳升起之前消失。他认为萨姆的计划是天意,是为了实现这个理想所必需的。

就在萨姆默许韦伯斯特的计划，即去见汤姆·爱德华兹的那一刻，他有片刻的怀疑。现在，他的计划成功在望，他开始想知道这个自大的老人会如何看待爱德华兹这个大公司名义上负责人的称号，以及公司名称中爱德华兹的名字。

两年来，萨姆很少见到上校。汤姆上校几乎不参与企业管理，甚至懒得找借口。他发现休的新朋友令人不安，所以他很少回家，住在俱乐部里，整日打台球，或者坐在俱乐部的橱窗里向偶然的听众吹嘘他在雷尼军火公司建设中所起的作用。

萨姆带着怀疑的心情回到家，把这件事告诉了休。她穿戴整齐，准备晚上去剧院和一群朋友聚会，他们简短说了几句。

"他不会介意的，"她满不在乎地说，"去做你想做的事吧。"

萨姆乘车回到办公室，叫来他的助理。他觉得这件事最好从头到尾再过一遍，掌握选择权。他认为自己有能力管理好自己的公司，他计划做好准备，把这笔生意处理好。

晨报刊登了拟议好的军火公司大合并的报道，还刊登了汤姆·雷尼上校和汤姆·爱德华兹几乎真人大小的半色调照片，汤姆的稍小一点，周围是萨姆、刘易斯、普林斯、韦伯斯特和几个东部人的小照片放在一起。萨姆、普林斯和莫里森曾试图用半色调来调整报纸中汤姆上校和爱德华兹在新公司名称中的名字，以及刊登爱德华兹即将当选董事长这件事。这篇报道也渲染了雷尼公司及其天才指挥汤姆上校过去的辉煌。莫里森写的一句话让萨姆露出了笑容。

"这位年迈的美国商界元老，现已退役，就像一个疲惫的巨人，他养育了一群年轻的巨人，现在他回到城堡里休息沉思，细数在历次艰苦战斗中留下的伤疤。"

莫里森一边大声朗读，一边哈哈大笑。

"应该先跟上校沟通的，"他说，"但印刷它的报社人可能要被处死。"

"他们肯定会这样打印出来的。"杰克·普林斯说。

他们确实把它打印出来了。普林斯和莫里森去看了每一家报社，他们利用了自己作为广告版面大买家的影响力，甚至坚持为自己的杰作做校对。

但这并没有奏效。第二天一大早，汤姆上校来到军火公司办公室，他眼睛里全是红血丝，发誓说不会进行合并。他在萨姆的办公室里怒骂了近一个小时，他时而火冒三丈，时而像孩子一样，恳求保留雷尼家族的名字和荣耀。当萨姆摇了摇头，和老人一起去参加出售雷尼公司的会议时，他知道他面临着一场战斗。

这次会议很激烈。萨姆作了发言，说明事情的经过。韦伯斯特对萨姆的一些代理人投了赞成票，提议接受萨姆对老公司的收购要约。

然后汤姆上校开始反击。他在屋里的男人们面前踱来踱去，或是坐在一张长桌旁，或是坐在斜靠墙的椅子上，开始说起雷尼公司昔日的辉煌。萨姆静静地看着他，觉得汤姆所说的这些与会议事务毫无关系。他记得他还是个学生的时候，第一次偷看到了学校的历史，脑子里浮现一个疑问。有一张印第安人参加战争舞会的照片，他想知道为什么他们在战前而不是战后跳舞。现在他的脑袋里有了这个疑问的答案。

“他们如果战前没有跳舞，可能就再也没有机会了。”他想着，自顾自地笑了笑。

“我拜托你们忠于原来的旗帜！”上校咆哮着，转身向萨姆直接发起了攻击。“这个忘恩负义的暴发户，就是醉鬼油漆工的儿子，是我在南水街的白菜堆里捡来的，别让他夺走你们对老领导的忠诚，不要让他用诡计偷走我们多年努力得来的东西。”

上校倚在桌子上，怒目而视。面对他的直接攻击，萨姆反而高兴起来，如释重负。

“这证明了我要做的事情是合理的。”萨姆想。

汤姆上校讲完后，萨姆漫不经心地瞥了一眼他涨红的脸和颤抖的手。他毫不怀疑，大家对这番雄辩充耳不闻。他没有发表任何评论，紧接着对韦伯斯特的提议进行表决。

令他吃惊的是，两位新董事把他们的股份投给了汤姆上校，而第三个人投给了自己，南方一个富有的房地产商弃权。在清点票数时，代表的股票僵持不下，萨姆朝下看了看桌子，向韦伯斯特挑了挑眉。

“动议，我们休会二十四小时。”韦伯斯特厉声说，动议通过。

萨姆看着他面前桌子上的一张纸。在清点选票的时候，他在纸上一遍又一遍地写着这句话。

“最优秀的人一生都在寻求真理。”

汤姆上校像胜利者一样从房间里走出来，经过萨姆时没有跟他说话。萨姆低头看着韦伯斯特，朝那个没有投票的人做了个手势。

不到一个小时，萨姆就赢了。他和韦伯斯特一直在搞定代表南区投资者股票的那个人，那个拒绝投票的人把两万五千美元塞进了自己的口袋，至此萨姆和韦伯斯特掌握了雷尼公司的绝对控制权，他们离开了房间。那两名新董事被萨姆标记要清除。下午和傍晚时分，他与东部几家公司的代表以及他们的律师待在一起，之后他开车回家去找休。

九点多，他把车停在屋前，立刻走到他的房间，看见休坐在他的火炉前。她双臂举过头顶，眼睛盯着燃烧着的煤块。

萨姆站在门口看着她时，一股怨气席卷了他的全身。

“这个老胆小鬼，”他想，“是他把我们的战斗带给休的。”

他挂上外套，装上烟斗，拉过一把椅子坐在她身边。休坐着盯着炉火看了五分钟。她说话时声音有些生硬。

“不管怎么说，萨姆，你欠父亲的实在太多了。”她说，看都不看他一眼。

萨姆什么也没说，她继续说。

“我并不认为是我和爸爸造就了你。你不是那种会被他人造就或毁灭的人。但是，萨姆，想想你在做什么。父亲他在你面前一直像个傻瓜。你刚到公司的时候，他经常来家里说他正在做什么。他有一套全新的思想和表达，所有这些都是关于损耗、效率和有序地朝着一个明确的目标努力。这并没有骗过我。我知道他的思想，甚至用来表达这些思想的语言。这些都不是他的，而我不久就发现它们是你的，你只不过是通过他来表达自己。他只是一个无助的大孩子，萨姆，他老了，活不了多久了，别为难他了，萨姆。仁慈点。”

她的声音没有颤抖，但是眼泪从她严肃的脸上流了下来，她那富有表现力的手紧紧地抓着她的衣服。

“什么也改变不了你吗？你一定要按自己的意愿行事吗？”她补充道，仍然拒绝看他。

“休，我不是总按自己的方式行事，人们确实会改变我；你改变了我。”他说。

她摇了摇头。

“不，我没有改变你。我发现你渴望某些东西，你以为我可以提供。我给了你一个想法，你抓住了并形成自己的想法。我不知道我从哪儿弄来的，也许是从一本书里，也许是从一个人说的话里，但它是属于你的。你创造了它，在我体内培养它，用你自己的个性让它变得生动。这是你今天的想法。对你来说，这比文件上写的那些军火信托要重要得多。”

她转过身来看着他，伸出手来握住了他的手。

“我没有勇气，”她说，“我正在妨碍你。我曾希望我们和好如初。我应该放你走，但是我没有勇气，我没有勇气。我无法放弃那个梦想，总有一天你会真的把我带回到你身边。”

她从椅子上站起来，双膝跪下，把头放在他的腿上，哭得浑身发抖。萨姆坐在那里抚摸着她的头发。她异常激动，后背的肌肉也跟着颤抖起来。

萨姆从她身边望过去，看着炉火，试图清醒地思考。她的激动并没有太触动他，但他一心要把事情想清楚，做正确而诚实的事。

“这是有大事即将发生的时代。”他慢吞吞地说，带着一种向孩子解释的神情。“正如你们社会主义者所说，巨大的变化正在发生。我不相信你的那些社会主义者真正意识到了这些变化的意义，我也不确定我自己或其他人是否意识到了，但我知道它们意义重大，我想参与其中，成为其中的一员；所有大人物都这样做，他们像壳中的小鸡一样挣扎着。为什么，看这里！我正在做的事必须有人去做，如果我不做，别人也会做。上校得让位了，他将被清除出去，他属于一个古老而过时的时代。我相信，你们的社会主义者称现在为竞争时代。”

“但不是我们，不是你，萨姆，”她恳求道，“毕竟，他是我的父亲。”

萨姆的眼睛里浮现出严厉的神色。

“话不是这样说的，休，”他冷冷地说，“父亲对我来说并不重要。我还是个孩子的时候，就掐死了我自己的父亲，把他扔到大街上。你知道的，你在卡克斯顿找我的时候就听说了。玛丽·安德伍德已经告诉你了，我这么做是因为他撒谎并且相信谎言。你的朋友们不是说，谁挡在路上，就把谁碾碎吗？”

她跳起来，站在他面前。

“不要提那些人，”她大声说道，“一切都是假的。你以为我不知道吗？难道我不知道他们到这儿来是想找你吗？你没出现，或没听他们的讲话时，我难道看不出他们脸上的表情吗？他们都怕你。这就是为什么他们说得那么苦涩。他们为自己的害怕而感到恐惧和羞愧。”

“像店里的工人一样吗？”他若有所思地问道。

“是的，就像那样，就像我一样，我在我们的生活中失败了，没有勇气让路。你是所有人中最有价值的，尽管说了那么多，可我们永远不会成功或开始成功，除非让像你这样的人与我们有同样的梦想。他们知道，我也知道。”

“你想要什么？”

“我想让你宽宏大量。你可以的，失败不会伤害你。你和像你这样的人可以做任何事。你甚至输得起，但我输不起。我们这些人谁也做不到。我不能让我父亲蒙羞，我要你接受失败。”

萨姆站起身来，拉着她的胳膊，带她到门口。到了门口，他把她转过来，像情人一样吻了吻她的嘴唇。

“好吧，小休，我会那样做的。”他说着，把她推了出去。“现在让我自己坐下来好好想想。”

这是九月的一个夜晚，空气诉说着霜冻即将来临的细语。萨姆打开窗户，深深地吸了口气，听着远处高架公路的隆隆声。他朝林荫大道望去，看见骑车的人的车灯像一条闪光的溪流从房子旁边掠过。他想到了他的新汽车，想到了世界上所有机械进步的奇迹。

“机器制造商不会犹豫，”他对自己说，“即使有一千个胖子挡住了他们的去路，他们也会继续前进。”

他想起了坦尼森的一句话。

“而且这个国家的海军在中央海域奋力搏斗。”他引用了这句话，想起了他读到的一篇预言飞艇即将到来的文章。

他想到钢铁工人的生活，想到他们已经做过和将要做的事情。

“他们有，”他想，“自由。钢铁工人不会跑回家把斗争带给坐在炉火旁的女人。”

他在房间里走来走去。

“又胖又老的懦夫！该死的胖老头！”他一遍又一遍地自言自语。

午夜过后，他爬上床，开始试着让自己静下来睡觉。在梦中，他看见一个胖子挽着一个歌舞队的姑娘在一条湍急小溪上面架着的桥上踢他的头。

第二天早晨，当他下楼到早餐室时，休已经走了。他从盘子里发现一张纸条，上面写着她已经去找汤姆上校了，要带他到乡下去住一天。他走到办公室，心里想着那个无能的老头儿，那个老头儿以感情的名义，在他认为是他一生中最伟大的事业上，给了他一记重击。

在书桌上，他发现了韦伯斯特的一封信。“那只老火鸡逃走了，”上面写着，“我们本该省下这两万五千美元。”

在电话里，韦伯斯特告诉萨姆，他早些时候到俱乐部去见汤姆上校，发现这个老头已经离开市区，到乡间去了一天。萨姆想说自己改变了计划，但他犹豫了。

“一小时后在你的办公室见。”他说。

萨姆又走到外面，一边走一边想着他的承诺。他沿着湖边走到对岸时，铁路挡住了他的去路。他站在那座古老的木桥上，俯瞰着小路，走到湖水边。他站在那里，就像面对生命中遇到的其他危机时那样，思考着前一天晚上的挣扎。在清晨的空气中，身后是咆哮的城市，前面是静止的湖水，回想休的眼泪和她的话语，它们似乎都只是她父亲荒谬情感态度的一部分，与给她的承诺无关紧要，汤姆上校赢得不公平。他仔细回顾了当时的情景、那些话语和眼泪，以及他把她领到门口时对她做的承诺。这一切都显得遥远而不真实，就像他在少年时代对一个女孩许下的诺言一样。

“这不是事情的全貌。”他说，转身看着他面前巍峨的城市。

他在木桥上站了一个小时，想起了温迪·麦克弗森在卡克斯顿的大街上吹响军号，他的耳朵里又回响起了人群的狂笑；在那个北方城市里，他躺在汤姆上校旁边的床上，看见月亮仿佛从他圆圆的肚子上升起来，听着人们空谈情话。

“爱情，”他依然望着这座城市说，“是真实的，而不是谎言和借口。”

他突然觉得，如果他按着自己的本心走，总有一天会把休追回来的。他的脑海里萦绕着自己的爱情，休在风吹拂的北方树林里，珍妮特坐在小屋的轮椅上，隆隆作响的缆车从窗下驶过。他还想到了别的事情，想到休在小州街道的过道里在那些失足妇女面前读着从书中摘取的文章，想到汤姆·爱德华兹和他的新婚妻子，还有他那水汪汪的小眼睛，想到莫里森和那个有着细长手指的社会主义者在他的桌子上抢着讲话。然后他戴上手套，点上一支雪茄，穿过拥挤的街道，回到他的办公室，做他已下定决心要做的事情。

在那天下午的会议上，这个项目顺利地通过了，没有一个反对的声音。由于汤姆上校不在场，公司的两位新董事慌忙地投给了萨姆。萨姆看着对面衣着讲究、头脑冷静的韦伯斯特笑了起来，又点了一支雪茄。然后把休出于信任委托给他的股份投了票，他觉得这样做是在割断，也许是永远割断绑在他们身上的绳结。

随着这笔交易的完成，萨姆将赚得五百万美元，比汤姆上校或任何一位雷尼家族所能控制的钱都要多，他在芝加哥和纽约的商人眼中，在他待过的卡克斯顿和南水街的人的心中有一席之地。他不是那个在等待的人群面前吹不响号角的温迪·麦克弗森，而是那个取得成功、取得成就的人，一个让美国能在世界面前夸耀的人。

他没有再见到休。当他背叛的消息传到她那里时，她带着汤姆上校向东走了，萨姆不再回家，甚至派了一个人去那里取他的衣服。他从休的律师那里要了她在东部的地址，写了一张简短的便条，提出要把他从这笔交易中赢的所有钱都给她或汤姆上校，并以一句残酷的话结尾：“最终我也无法做个蠢货，即使是面对你。”

萨姆收到来自休的一个冷淡而简短的答复，回复里说：他卖掉了她在这家公司的股票和汤姆上校的股票，并指定了一家东部信托公司来接受这笔钱。在汤姆上校的帮助下，她对他们合并时的财产价值做了仔细的估算，并断然拒绝接受超过这个数额的一分钱。

萨姆觉得他生命的另一个篇章结束了。韦伯斯特、爱德华兹、普林斯和东部成员们会面并推选他为新公司的董事会主席，公众热切地购买了他转向市场的普通股，普林斯和莫里森在通过媒体塑造公众舆论方面做得很出色。第一次董事会会议以一次晚宴结束，在晚宴上，爱德华兹喝得酩酊大醉，站在他的座位上夸耀他那年轻妻子的美丽。萨姆在鲁克里新办公室的办公桌旁严肃地坐下来，开始扮演起他作为美国商界新帝王之一的角色。

9

接下来的几年里萨姆在芝加哥的生活故事不再是一个人的故事，而是一类、一群人、一个组织的故事。他和他周围的一群人在芝加哥一起赚钱，其他人和其他组织在纽约、巴黎、伦敦都做过买卖。麦金利政府执政期间经济繁荣，他们疯狂地赚钱。他们像兴奋的孩子在伟大的工业机构里玩闹，在铁路系统上玩耍。一个芝加哥人因为愿意在天气变化上下一百万美元的赌注而引起了人们的注意并得到某种程度的钦佩。在这段零星增长时期之后的批判和调整岁月里，作家们非常清楚地讲述了这件事是如何发展的，一些参与者从工业巨头变成了书法家，从独裁者变成了作家，他们把故事带到了令人钦佩的世界。

考虑到时间因素以及媒体控制舆论时的倾向、力量、肆无忌惮这些特点，萨姆·麦克弗森和他的追随者在芝加哥做的事情并不困难。在韦伯斯特和才华横溢的普林斯以及莫里森的建议下，他处理了自己的公关工作，并迅速将自己持有的大量普通股出售给热切的公众，将抵押在银行的债券留给自己，以增加自己的营运资本，同时继续管理公司。当普通股脱手时，他和一群同伴开始通过股票市场和媒体对其发起攻击使之降价，然后又以较低的价格买进，准备在公众应该忘记的时候抛售。

军火信托公司每年的广告支出高达数百万美元，萨姆在全国的影响力大得几乎令人难以置信。莫里森迅速展示了不寻常的胆识和胆量，为萨姆服务。当遇到枪支拨款等问题时，他隐瞒事实，制造幻觉，利用报纸作为鞭笞各州的国会议员、参议员和立法委员的利器。

萨姆曾经处理过合并军火公司的问题，他梦想自己成为这一领域的大师，就像美国的克虏伯一样。他很快从梦中醒来，要在投机世界中抓住更大的获利机会。不到一年,他就撤掉了爱德华兹在军火公司的职务,让刘易斯接替这个位置,让莫里森担任销售经理和秘书。在萨姆的引导下,这两个人就像老雷尼公司的小批发商一样,从一批资金到另一批资金,从一个城市到另一个城市去签订合同,控制舆论,制定对他们最为有利的广告合同,以此稳定工人。

与此同时,萨姆与韦伯斯特和一位名叫克罗夫茨的在军火合并领域获利颇丰的银行家,有时还有莫里森或普林斯,开始了一系列的股票攻击、投机和操纵。他们引起了全国范围的关注,并成为读报界所熟知的芝加哥麦克弗森人群。他们涉足石油、铁路、煤炭、西部土地、采矿、木材和市内铁路。有一年夏天,萨姆和普林斯建造了一个巨大的游乐园,赚了钱后就把它卖了。他的脑子里日复一日地闪过一行行的数字、想法、计划,以及越来越多惊人的获利机会。他所从事的一些事业,虽然因为规模大而显得更有气派,但实际上是他在南水街走私的那种类型。在他所有的运作中,正是他寻找便宜货和买家的本能,才让他和他的追随者们在面对较为保守的商界和金融界的人时取得成功。

萨姆再次开始了新的生活,他拥有了跑马场,成为许多俱乐部的会员,在威斯康星州有一所乡村别墅,在得克萨斯州拥有射击保护区。他酗酒,下大赌注打扑克,公开发表文章,日复一日地带领他的船员在金融的公海上航行。他不敢思考,心里已经厌烦了。每当他有想法的时候,他就会从床上爬起来,去找吵闹的伙伴,或者拿起笔和纸,坐上几个小时,想出更大胆的赚钱计划。他梦寐以求的现代工业大进步运动对他来说却变成了一场毫无意义的巨大赌博,用骰子来对付信以为真的公众。他和他的追随者日复一日不假思索地做事。实业公司兴起,人们不停地就业和失业,城镇因工业而被摧毁,其他城镇因实业公司而被破坏。他心血来潮,让一千个人开始在印第安纳州的一座沙丘上建造一座城市。然后他挥了挥手,又有一千个人卖掉了他们的房子以及后院的鸡舍、厨房门上种植的葡萄藤。之后他们又争先恐后地购买了为他们划定的山丘。萨姆没有停下来和他的追随者讨论他所做事情的意义。他只告诉他们有利可图,然后就和他们一起去酒吧喝酒,晚上或下午去唱歌,带他们参观他的跑马场,或者更多的时候,静静地坐在牌桌旁玩高赌注的游戏。白天,他通过操纵公众赚取数百万美元,有时他也会坐到半夜和他的同伴们一起为几千美元战斗。

犹太人刘易斯是萨姆的同伴中唯一没有跟随他赚大钱的人,他留在了军火公司的办公室里,像一个有科学能力的商人一样经营着公司。虽然萨姆仍然是公司的董事长,在那里有一间办公室、一张办公桌和领导层的头衔,但他让刘易斯管理公司,把自己的时间花在证券交易所或在某处与韦伯斯特和克罗夫茨一起策划一些新的赚钱路子。

“你做得很好，刘易斯。”一天，他带着沉思说道。“你以为我搞定汤姆·爱德华兹的时候，推翻了你的计划，其实我只是把你放在一个更大的地方，让你站稳脚跟。”

他的手朝大办公楼指了一下，那里有一排排忙碌的职员，看上去正在做着大量的工作。

“我可能做了你本来可以做的工作。我考虑到了这点。”他接着说，点了一支雪茄，从门口走了出去。

“你渴望金钱，”刘易斯看着他笑着说，“犹太人、外邦人和所有靠钱养活的人都渴望金钱。”

那些年，人们在任何一天都有可能在老芝加哥证券交易所附近遇到芝加哥麦克弗森人群，克罗夫茨身材高大，举止唐突，教条主义；莫里森身材苗条，打扮时髦，精致优雅；韦伯斯特穿着考究，温文尔雅，绅士风度；萨姆沉默寡言，焦躁不安，常常闷闷不乐，相貌丑陋。有时在萨姆看来，他自己和他身边的人都是不真实的。他狡猾地注视着他的同伴，他们经常在过路的经纪商和小投机者面前摆架子。韦伯斯特走过交易所的地板来到他跟前，告诉他外面暴风雪肆虐，空气中弥漫着一个人对一个长期计划秘密诀别的气氛。他的同伴们一个一个地对他们永远的友谊起誓，然后互相监视，他们急忙向萨姆讲述秘密背叛的故事。对萨姆提出的任何买卖，他们都热切地去做，尽管有时会感到害怕，但几乎每次买卖都赢了。他们通过萨姆操纵的军火公司以及通过他控制的芝加哥和北湖铁路各自赚了几百万美元。

后来的几年里，萨姆回想起这一切，觉得仿佛是一场噩梦。在他看来，那段时间里自己的生活和思想一直都是混混沌沌。他认为，他所见到的伟大的金融领袖并不是伟人。他们中的一些人，如韦伯斯特是手艺大师，或如莫里森是文字大师，但大多数人都是精明贪婪的秃鹫，以平民或彼此为食。

与此同时，萨姆正在迅速堕落。他变得大腹便便，他的手在早上会发抖。他欲望强烈，但决心避开女人。他几乎经常酗酒和暴饮暴食，在空闲时间，他会从一个地方急切地跑到另一个地方，避免思考，避免静下来理智地谈话，逃避自我。

并不是所有萨姆的同伴都像他一样痛苦。这种生活似乎是为韦伯斯特量身定制的，他看起来兴旺发达蒸蒸日上。他把赚来的钱安稳地放在一边，星期天去郊区的教堂，避免让人把他的名字与克罗夫茨寻找的赛马和萨姆的大型体育赛事联系起来。一天萨姆和克罗夫茨截住韦伯斯特，他企图在一笔矿业交易中把他们出卖给一群纽约银行家，结果诡计反噬了自己，于是他去了纽约成为一个受人尊敬的大商人，成为参议员和慈善家的朋友。

克罗夫茨是一个有着长期家庭问题的男人，他每天都在同事面前诅咒妻子，却仍年复一年地和妻子生活在一起。这个人有点粗糙却一丝不苟，交易成功后，会像个男孩一样快乐，拍打别人的背，笑得浑身发抖，到处撒钱，还开粗俗的玩笑。在萨姆离开芝加哥后，他终于与妻子离婚，娶了一位歌舞剧演员。他为了控制一条南方铁路，损失了三分之二的财产，之后他去了英国，在女演员妻子的指导下，成为一位英国乡村绅士。

萨姆是个浑身病态的男人。一天天地，他变得更加酗酒，下的赌注越来越大，为自己考虑得越来越少。一天，他收到了约翰·特尔弗的一封长信，信里说玛丽·安德伍德突然死亡，并责备他对玛丽的忽视。

"她病了一年，也没有收入。"特尔弗写道。萨姆注意到自己的手开始颤抖。"她骗了我，说你给她寄了钱，但现在她死了，我发现虽然她给你写了信，但并没有收到你的回信。这是她的老姑妈告诉我的。"

萨姆把信放进口袋，走进他的一个俱乐部，开始和一群在那里闲荡的人喝酒。几个月来，他很少注意他的信件。毫无疑问，玛丽的信是他的秘书收到的，和其他成千上万的女人的信一起扔到了一边，求助信、求爱信，还有那些针对他的财富和报纸上描写的显赫地位而写给他的信。

在写了一封解释信并寄出一张令约翰·特尔弗惊叹不已的支票后，萨姆和他的六名同伴花了傍晚和晚上的时间，从南方一个酒吧跑到另一个酒吧。当他回到公寓时已是深夜，他头晕目眩，脑海里充满了喝酒的男男女女和他自己站在酒吧某个角落的桌子上号召那些大笑大叫着的富人们去思考、去工作、去寻求真相的杂乱记忆。

他在椅子上睡着了，脑子里满是死去的女人舞动的面孔，玛丽·安德伍德、珍妮特和休满是泪痕地呼唤他。他醒来刮了胡子，走到街上，去了市中心的另一家俱乐部。

"我想知道休是不是也死了。"他喃喃地说，想起了自己的梦。

在俱乐部里，刘易斯打电话给他，请他立刻到爱德华兹联合企业的办公室去。他到达那里时，发现了休的一份电报。汤姆上校因为失去了他原来的商业地位和名誉而感到孤独和沮丧，于是在纽约的一家旅馆开枪自杀了。

萨姆坐在他的办公桌前，用手指拨弄着面前的黄色纸张，努力让自己的头脑清醒起来。

“老懦夫。这个该死的老胆小鬼。”他喃喃地说。“谁都可能干出这种事来。”

当刘易斯走进萨姆的办公室时，他发现他的上司正坐在自己的办公桌前，用手指拨弄着电报，还在自言自语。当萨姆把电报递给他时，他转过来站在萨姆旁边，把手放在他的肩上。

刘易斯很快就明白了并说道：“好吧，不要为此责备你自己。”

“我没有，”萨姆喃喃地说，“我不怪自己。我是结果，不是起因。我正在思考，但还没想通。等我把事情想清楚了，我会重新开始的。”

刘易斯走出房间，留萨姆独自思考。他坐了一个小时，回顾了自己的生活。他想起了他让汤姆上校蒙羞的那一天，他又想起了他写在那张纸上的那句话。“最优秀的人一生都在寻求真理。”

突然，他做出了决定，他打电话给刘易斯，开始制订行动计划。他的头脑清醒了，嗓音也变得清晰。他把他持有的爱德华兹联合公司股票和债券的全部股份的选择权交给刘易斯，并委托他清算自己获利的每一笔交易。然后，他打电话给一位经纪人，开始在市场上抛售大量股票。当刘易斯告诉他克罗夫茨在镇上疯狂地打电话找他，并在另一个支持市场的银行家的帮助下以最快的速度拿下萨姆的股票时，他笑了。对于如何处置他的钱，他向刘易斯作出指示，然后走出了办公室。他又做回自由人了，又一次找到问题的答案了。

他不打算回复休的电报。他焦急地想要去做他心里想做的事。他回到自己的公寓，打包行李，从那里消失了，没有和任何人道别。他心里没有明确的想法，他要去哪里，他要做什么，他只知道他会按照他写在纸条上的话去做。他将努力用一生去寻求真理。

第三卷

1

年轻的萨姆·麦克弗森前不久刚来到这座城市。在一个星期天的午后，他前往一所市中心剧院听一场布道会。这场会议由一个瘦小的皮肤黝黑的波士顿人讲道，对于年轻的麦克弗森来说，他看起来学识渊博，深谋远虑。

“伟大之人会以一己之力影响成千上万人。”演讲者曾说，萨姆一直将这句话熟记于心。如今，他背着旅行包独自走在路上，回忆起布道会上的说辞，却摇了摇头，对其产生了怀疑。

“我在这座城市中的所作所为一定也影响了成千上万人。”他想。从打破对休承诺的那一天起，他心潮澎湃，思如泉涌，开始做自己未尝胆敢之事——起家做一名商业巨头。

他想起自己追求过的事，并对接下来该做的事满怀信心。

“我会重新开始，在工作中寻求真理。”他自言自语道。“我不再盯着那些诱人的钞票了。如果反悔，我就回芝加哥看看家里一沓沓的钞票，看看那些在银行和证券交易所中瞎忙活的人是如何把钞票都给了像我这样的蠢货和混蛋。这样，我就不会再想钱的事了。”

他走进伊利诺斯州中央车站，发现一种奇怪的现象。他微笑着坐在靠墙的长椅上，左右两边一位是俄罗斯移民，另一位是胖胖的农夫妻子，她正拿着香蕉喂给她怀里小脸红扑扑的婴儿，两人显得与他格格不入。而他作为百万富翁，家财万贯，已经实现了美国梦，高级餐宴吃到反胃，提包口袋满是钞票，出入上流场所……这样一个人，现在竟要去追求所谓“真理”和“上帝”？真是奇怪。在这座城市享受几年利欲熏心的快节奏生活，对于这位艾奥瓦州男孩和城市里的男女老少来说是如此美好。鲜有人注意到曾有个穷困潦倒的女人孤独地死在艾奥瓦州小镇，以及一个胖老头在横跨半个大陆的纽约旅馆里开枪自杀的事。他坐在这里，和他们毫不相干。

他把提包交给农夫妻子保管，走到售票室的窗前站定，看着那些即将启程的人们付款、取票，然后匆匆离去。他们知道自己何去何从。他不再怕被人认出，尽管他的姓名和照片已经在芝加哥各大报纸上刊登多年。他变了很多，不再像以前一样刻意隐藏自己。

他忽然有了个想法，上下打量着这狭长空间，里面挤满了各色奇怪的男男女女，工人、小商人、技师，所有人的脸上都带着一丝疲惫从他的身边经过。

“这都是美国人，”他开始自言自语，“他们中的许多人发育不良，身体欠佳，却要拖家带口，每天辛苦劳作。不像是克罗夫茨、莫里森和我，他们辛勤工作，不求荣华富贵，在战时组建军队，之后抚养孩子，不停地为世界劳作着。”

他排队走向售票窗，身后是一位体格健壮的老人，一手提着木工箱，一手提着袋子，同样买了一张前往伊利诺斯州小镇的车票，老人也要去那里。

登上火车，他就坐在老人旁边，一会儿俩人就轻声聊了起来——老人谈到他的家庭。他有个结了婚的儿子，居住在他即将去往的伊利诺斯州小镇。提到儿子，老人骄傲起来，说他的儿子在小镇混得不错，经营着一家旅馆，他妻子负责经营，而他负责装修。

“他叫埃德，”他说道，“他带着五六十个人整个夏天都在工作。现在，他叫我回去接管那些工人，他非常清楚我做得到。”

谈到埃德之后，老人又逐渐谈起了他自己和他的生活，直言不讳，口无遮拦，丝毫不避讳事业有所成带来的那点虚荣。

“我有七个儿子，我把他们全都培养成了优秀的工人，他们现在混得都不错。”他说。

他详细聊了每一件事。其中一个孩子热爱钻研书籍，现在是新英格兰一个制造业小镇的机械工程师；他孩子们的母亲一年前去世了；他的三位女儿有两位嫁给了工程师。萨姆猜测第三位女儿一定有什么地方做得不好，老人解释说，她也许在芝加哥误入歧途了。

面对老人，萨姆谈到了上帝，以及一个人如何通过日复一日的努力获得真理的问题。

“我苦思冥想。”他说。

老人很感兴趣，看了看萨姆，又看了看车窗外，开始谈论起自己的信仰。这是萨姆闻所未闻的。

“上帝是圣灵，他就蕴藏在那些生长的玉米之中。”老人指着车窗外闪过的田地说道。

而谈到教会与牧师，他则有着深深的怨念。

“他们都是骗子，狗屁不通，就是一群该死的骗子，还假装什么都懂！”老人呵斥道。

萨姆也谈了自己，他说自己富有却孤独，如今不为钱财，想在外面找份工作，因为他太过肥胖，早上起床时双手都会颤抖。

“我还一直酗酒，”他说，“所以我想改变现状，每天努力工作，把身体练紧实，调整好作息。”

老人觉得他的儿子能够给萨姆提供这样一份工作。

“考虑一下我儿子埃德，他是个监工，”老人大笑着说，“但他不会给你多少钱的，他特别抠门，是个爱财鬼。”

他们抵达埃德居住的小镇时天色已晚。三人从桥上走过，瀑布在桥下奔涌而过。他们沿着灯光微弱的狭长大道向埃德的旅馆走去。埃德是一位健壮的年轻人，嘴里叼着一支干雪茄在前面带路。听完了萨姆的自述，他没有说什么，就在昏暗的站台上接待了萨姆。

“我给你的任务是搬木头，钉钉子，”他说，“这会让你变强壮的。”

走到桥上，他谈论起这座小镇。

“此地适宜居住，我们要把大伙都接到这里来住。”

“瞧瞧！”埃德赞叹着，嘴里嚼着雪茄，手指着那桥下溢出泡沫、湍急咆哮的瀑布说道：“这都是能源，哪里有能源，哪里就有城市。”

埃德的旅馆里有二十来人挤在狭长的办公区，他们大多数是中年工人，在静静地看书或抽烟。在一张靠墙的桌子旁，·个面颊上有伤疤的秃头小年轻正玩着一副油腻腻的扑克牌。在他前面，一个阴沉着脸的男孩斜靠着墙坐在椅子上，无所事事地看着电视比赛。当三人走进办公室时，男孩起身将自己的椅子抓起又扔到地上，注视着埃德，而埃德也注视着他，他们或许在搞什么竞争。房间最里面的小拼桌和雪茄柜后面，站着一位高个子、打扮时尚、举止轻盈、有着一双明锐蓝眼睛的女人，她脸色苍白，面无表情。三人向她走去，她把视线移向那个阴沉着脸的男孩，又看了看埃德。通过她的气质，萨姆判断她是一个特立独行的人。

“这是我的妻子。”埃德说罢，挥手介绍了萨姆，示意萨姆绕过桌子站在他妻子旁边。

埃德的妻子用手指转了一下旅馆登记簿，向萨姆点头示意，然后倚在桌子上，快速亲了一下老木匠粗糙的脸颊。

萨姆和老人找到一个靠墙的地方，在安静的人群中坐了下来。老人指着坐在打牌人旁边的男孩。

“这是他们的孩子。”老人悄声说道。

男孩看着他的母亲，母亲也注视着他，随后男孩站了起来。埃德和他的妻子在桌子后面低声谈论着。男孩在萨姆和老人面前停下，依旧望着那个女人。他伸出手，却被老人抓住。接着，他一声不吭地走过桌子，进了门，跟随他的母亲叮叮当当地爬上楼梯。俩人边上楼边相互责备，声音愈来愈大，在屋顶不绝于耳。

埃德穿过人群，与萨姆讨论着房间布置的问题。人们打量着这个穿着华丽的陌生人，眼里充满好奇。

“你是卖东西的？”一位红头发大个子年轻人嘴里翻动着一块烟草问道。

“不是，”萨姆不假思索地回答，“我是来给埃德打工的。”

靠墙坐着一言不发的那人放下手中的报纸，惊讶地瞪圆了眼；坐在桌子上的秃头年轻小伙难以置信地张开嘴，手中的扑克牌滑落下来。萨姆一时间成了大家的兴趣焦点，人们在椅子上挪动些许，开始对萨姆指指点点，议论纷纷。

一个大眼睛水灵灵、面颊红润的人穿着一件前襟点缀斑点的长大衣从门口进来，他向人们鞠躬微笑致意，穿过房间。接着，他挽着埃德的胳膊走进小酒吧。萨姆能听见他在窃窃私语。

过了一会儿，这位面颊红润的人把头从小酒吧里伸出来，对着办公室里面喊着。

“来喝酒吧，伙计们，”他微笑着左右点头，“所有的酒钱我都包了。”

人群一排排涌入酒吧，而老人和萨姆依旧坐在椅子上，开始低声交谈起来。

“我要让这群人开始思考一些东西。”老人说。

他从口袋里拿出一本小册子递给萨姆，这小册子强烈批判了富人以及资本公司。

“写这东西的人可真行。”老木匠搓着手，微笑着说。

萨姆并不认同。他坐在那里，边读着小册子边听着酒吧中人群的喧嚣。那位面颊红润的人正在阐述城镇债券发行的细节。萨姆认为他们要开发河流水力资源。

“我们想要建设一座生动而鲜活的小镇。”埃德诚恳地说。

老人弯下腰，把手放在嘴边，对萨姆轻声说道：

“我敢打赌，这个水力开发项目背后一定充斥着资本主义交易。”

萨姆点点头，会意一笑。

“如果真的存在资本主义交易，埃德也会参与。他是个聪明人，不会错过这次机会的。”

老人说完，从萨姆手中拿过小册子放进了自己的口袋。

“其实我是个社会主义者，但你不要声张。埃德会对付他们。”老人解释道。

人们成群回到房间，每个人嘴里都叼着一支刚点燃的雪茄，那位面颊红润的人也跟着走出了办公室的大门。

“好了大伙，就喝到这吧。”他满怀热情地喊道。

埃德悄悄上了楼，找他的妻子和孩子。即使有人从墙边挪动椅子，他们谈话的声音也依旧可辨。

“嗯，比尔确实是个不错的人。”红头发的年轻人说道，他显然是在迎合大家对那个面颊红润的人的看法。

一位脸颊深陷的瘦小老头站起来，倚靠着雪茄柜一路走过房间。

他环顾四周，问道：“你们有没有听过这个故事？”

很明显没人听过，于是他开始讲述起这个关于女人、矿工和骡子的逸事。讲完后，围观的大伙被引得哄堂大笑。这位社会主义者搓搓双手，跟着一起鼓起掌来。

“这故事不错，对吧？”他转身向着萨姆评头论足。

萨姆拿起背包上了楼，那位红头发的年轻人讲了另一段故事，相比刚才老头的故事，他的故事正经多了。埃德在楼梯口遇到了萨姆，带着萨姆进了自己的房间。他嘴里叼着未点的雪茄，熄了灯坐在床边。他看起来就像个思乡的小男孩。

“真理啊，”萨姆望着窗外昏暗的灯光，喃喃自语道，“这些人寻求真理吗？”

第二天，他穿着从埃德那里买的衣服，和埃德的父亲一起工作，按照指示搬运木材，钉钉子。他有四名工友，他们都寄宿在埃德的旅馆，另外还有四个人与家人在镇上居住。午时，他询问老木匠旅馆里那些不住在镇上的人如何就电力债券问题投票。老人咧嘴一笑，搓了搓手，说道：

“我不清楚，”他说，“但我认为埃德会帮我们弄清楚。他可是个老练的家伙。”

到该工作时，那些平时在办公室沉默寡言的人都精神抖擞，忙碌起来。老人一声令下，他们就跑东跑西，挥动手中的锯子，用力锯着树木。他们似乎一心想超越对方，谁在工作中落后，谁就要被大肆嘲笑，被质问今天是不是不想工作了。尽管他们一直互相赶超，但老人似乎一直领先他们，他的锤子整日在木板上叮当作响。午时，老人从口袋里掏出小册子发给每个人分一本。当晚回旅馆的路上，老人告诉萨姆，大家想见见他。

“他们想见见老当益壮的我。”他解释道，在萨姆身旁昂首阔步、兴高采烈地耸了耸肩。

萨姆疲惫不堪，他手上磨出了水泡，双腿酸软无力，喉咙像灼烧一般极度口渴。他整日昏昏沉沉地走着，忍受着身体不适，拖着紧张疲劳的肌肉。在日复一日的工作中，身心俱疲的他逐渐忘记了汤姆上校和玛丽·安德伍德。

这月到下月，萨姆一直和老人的那群工人待在一起。他停止了思考，只是拼命工作。他心里涌现出一种对老人的忠诚，觉得自己也必须尽力工作。回到旅馆，他默默吃过晚饭便立刻上床睡觉，醒来时浑身酸痛，而后继续工作。

某个星期天，一名工人来到萨姆的房间邀请他和一行人去趟乡下。他们乘着船，带着一桶桶的啤酒来到一个幽深的峡谷，峡谷两岸是茂密的丛林。和萨姆坐在一起的是一个红头发的年轻人杰克，他高声阔论着他们即将在树林里度过的时光，吹嘘自己是这次旅行的发起者。

他不断地重复：“这是我的主意，我的主意。”

萨姆很奇怪自己为何会被邀请。在这样一个柔和的十月天，他在峡谷里观赏着五彩斑斓的树木，畅快地呼吸着清新的空气。多亏这天的旅程，他全身心放松下来。这时，杰克走过来坐在他旁边。

“你到底是做什么的?”杰克径直问道。“我们知道你不是工人。”

萨姆只说了一半实话。

“好吧，你说对了，我的钱多到根本不需要工作，我以前是个做生意的，还倒卖军火。但我患上了一种病，医生说如果我不去户外做些体力活，我身体的某些部位就会坏死。”

邀请萨姆参加旅行的那位同行拿着一杯冒着泡沫的啤酒走过来递给萨姆，萨姆摇了摇头。

“医生不让喝酒。”他向两人解释道。

红头发杰克开始说话。

“我们要和埃德干一架，我们来这里就是为了讨论此事。我们想看看你的立场，看看我们要回来的钱是不是和你这个商人在芝加哥赚的一样多。”

萨姆躺在草地上。

“行吧，接着说。如果我能帮上什么忙我会帮的，我不太喜欢埃德这个人。”

人们开始相互交谈。杰克则站在人群中间，大声念着一份名单，其中就有萨姆写在埃德旅馆登记簿上的名字。

“我们认为这张名单上的人会在债券发行问题上一致投票，”他转过身向萨姆解释道，“埃德也在里面，所以我们想用选票来威胁他，让他给我们想要的东西。你愿意和我们并肩战斗吗？你看起来很能打。”

萨姆点点头，站起来走到那些喝着酒的人中间。他们开始讨论起埃德在镇里赚钱的事。

“他在镇里整了不少活，每次都要贪些钱。现在我们要让他改改这贪污的坏毛病。”杰克着重解释道。

大家谈话时，萨姆坐在一旁观察着他们的言行，他们看起来似乎不像第一天晚上在旅馆办公室那么凶恶了。他开始明白，这些人之所以沉默压抑、机警敏感，是因为周围都是埃德、比尔这种人。想到这里，萨姆甚至有点同情他们。

萨姆说：“听着，你们把这事告诉我，我做过商人，也许能帮你们弄到你们想要的东西。”

杰克站起来，拉着萨姆的胳膊。两人走下峡谷，杰克详细说了说镇里的情况。

“这就是一场游戏。让纳税人花钱为开发这条河流的水力而建造一个磨坊水槽，再通过暗箱操作把它承包给一家私人公司。比尔和埃德都参与了这场交易，他们在给一个叫克罗夫茨的芝加哥商人工作。他曾在旅馆里跟比尔和埃德谈过，我知道他们在搞什么鬼。”萨姆坐在一根圆木上，会心地笑了笑。

“克罗夫茨是吧？行了，这场仗我们打定了。如果克罗大茨大驾光临，那就说明这场交易规模不小。为了小镇的利益，我们要把这群歪门邪道的家伙统统打垮。”

“你打算怎么办？”杰克问道。

萨姆在圆木上坐下，注视着河水流过峡谷。

“只管收拾他们，”萨姆说，“我给你看样东西。”

他从口袋里拿出铅笔和纸，开始创作他的第一本政治册。人们还在他耳边大声谈论着啤酒的事，那个红头发男人在身后偷瞄着他。他写了又改，反复斟酌词句。这本册子阐述了水力发电的价值，随后将寄给社区纳税人。萨姆对此事热情满满，他表示河里隐藏着一笔财富，只要考虑周全谨慎一些，这笔财富就能够建造一座属于人民的美丽城市。

他写道："只要管理得当，这条河创造的财富足以支付政府的开支，并永久提供一个庞大而可靠的财政收入来源。建造磨坊水槽时，首先要小心政客们的诡计，他们会采取卑劣手段将其据为己有。其次，不要接受芝加哥银行家克罗夫茨的提议。再次，请根据民意进行一些走访调查。有一个资本家愿意接受百分之四的水力债券，并支持那些为建设自由美国城市而战斗的人。"萨姆在册子另一边拟上标题"铺满黄金之河"，接着把册子递给杰克。杰克看了看，轻轻吹了声口哨。

"太好了！"杰克说。"我要拿去打印出来，比尔和埃德看到后一定会坐立不安的。"

萨姆从口袋里掏出一张二十美金钞票递给杰克。

"这是印刷费用。打败他们之后，我会接受那百分之四的债券，我就是那位资本家。"

杰克挠挠头，问道："你觉得这笔交易对克罗夫茨来说值多少钱？"

"一百万吧，不然他也不会费此周折。"萨姆答道。

杰克把纸折起来放进自己的口袋。

"这一定会让比尔和埃德坐立不安的，对吧？"杰克笑道。

在萨姆和杰克的引导下，小船顺流而下，人们拿着啤酒边畅饮边大声喧哗。在这个温暖而宁静的夜晚，萨姆觉得自己从没见过如此灿烂的星河。他一直想着为人们做点什么。

萨姆想："也许，我将在这个小镇开始从事我所追求的事业。"想到这里，他的心中充满幸福感，醉醺醺的工人们的歌声在他的耳边回荡。

接下来的几个星期，萨姆那伙人蓄势待发，埃德的旅馆里则暗流涌动。晚上，杰克走到人们中间低声说着什么。有一次他告诉埃德自己身体不适，休了三天假，在河上的游犁工人那边忙着什么。他还不时地到萨姆那里要钱。

"这是为了竞选。"他眨眨眼，匆匆离去。

一位演说家忽然光临，开始每晚在大街旁一家药店前的包厢里讲话。晚饭后，埃德旅馆的办公室里空无一人。坐在箱子上的那人把黑板挂在杆子上，上面写着河流电力价值的估数。他越说越激动，挥舞着手臂，猛烈批判债券计划中的某些租赁条款。他宣称自己是卡尔·马克思的信徒，老木匠听罢也高兴得手舞足蹈。

"会成功的，一定会的，拭目以待吧！"老木匠果断地对萨姆说。

某日,埃德乘着马车出现在萨姆的工作地点,叫走了老人。埃德两手相叠,坐在那里低语。萨姆觉得,老人在分发那些社会主义小册子时似乎有点漫不经心。他在马车旁踱来踱去,站立不安,摇头晃脑,极不自然,显得很紧张。随后他匆匆走回工地,伸出拇指向后指了指。

"埃德找你有事。"老人说道。萨姆发现老人的声音颤抖,双手战栗。

埃德和萨姆默默乘着马车,埃德一如往日,叼着一根未点燃的雪茄。

萨姆爬进马车时,埃德告诉他:"我想和你谈谈。"

到旅馆后,两人走下马车走进办公室。刚进门,走在后面的埃德忽然跳上前来,用胳膊擒住萨姆的双臂。他力大无穷,壮得像头熊。他的妻子冲进屋里,这个面无表情的大个子女人现在憎恶无比,面目狰狞。她抄着扫帚,狠狠地击打着萨姆的脸,歇斯底里,恶语连连。那个脸色阴沉的男孩也如获新生一般,眼里燃着怒火。他飞奔下楼,推开女人,不停用拳头疯狂击打萨姆的脸。看着萨姆被揍得畏畏缩缩,他狞笑起来。

萨姆拼命挣扎,试图从力大无穷的埃德手中挣脱。他毫无招架之力,从未败得如此绝望。这群人的恶行彻底激怒了萨姆,他失去了理智,甚至忘了自己本该溜之大吉。

此时,埃德突然转身,把萨姆向前一推,通过办公室的门直接把他扔到了大街上,他落地时脑袋撞上一根拴桩,当场不省人事。苏醒过来时,他起身沿着街道往前走。他的脸被打肿,上面一片瘀血,鼻子也被打破了。街上空无一人,没人注意到萨姆被打了一顿。

萨姆走向大街上位于通向车站的桥边的一家旅馆——这家旅馆比埃德的旅馆更气派。走进旅馆时,萨姆从一扇半开的门中看到那个红头发的杰克,他正靠在吧台上和那个面颊红润的比尔说着什么。萨姆没有理会,开了房间便上楼睡觉去了。

他躺在床上,用冰冷的绷带敷着自己伤痕累累的脸,试图缓和自己的伤势。他双手紧紧攥拳,血管里奔涌着对埃德的仇恨;他心烦意乱,眼前始终浮现着女人和男孩凶神恶煞的面孔。

"一定得收拾收拾这群可恶的混蛋。"他大声说着。

但随后,他回想起自己的追求便逐渐平静下来。窗外传来瀑布的轰鸣,这轰鸣与街上的噪音相互交织。他进入梦乡,这些声音和他的梦糅杂在一起,轻柔而宁静,好似那在炉边烤火、轻声说笑的一家人。

急促的敲门声吵醒了他,他呼应开门。门一开,老木匠出现在门口。萨姆笑着坐起来，冰冷的绷带已经使他的疼痛缓和了不少。

老人颤抖着手，坚忍地说道："你走吧，小镇已经容不下你了。"

他的手放在嘴边，一边嘶哑地低声说着，一边回头瞟着房间里的萨姆。萨姆起了床，开始装烟斗。

老人又说："你们斗不过埃德的，他不傻。你最好识相一点，离开这里。"说罢便从房间门口离去。

萨姆找来一个男孩并给埃德写了张便条，让男孩拿着便条帮忙取回自己放在埃德旅馆里的服装和行李。他还给了男孩一张大额现金，用于替他付清所有的到期款项。男孩拿着服装和行李返回时，把现金也原封不动地带了回来。

"他们担心你有什么其他企图。"男孩看着萨姆伤痕累累的脸解释说。

萨姆整理好衣装走上街，忽然想起他从未见过当时在峡谷写的那本政治册的印刷本。萨姆恍然大悟，杰克只是借其敛财罢了。

萨姆想："既然如此，再试试别的办法吧。"

傍晚时分，一群人从犁沟厂沿着铁路往下走，左绕右拐来到大街上。萨姆拿着药店职员给的登记号码走在他们中间，顺着一段上坡路走到那位社会主义者曾提到的药店。他在一间小木屋前停下，敲了敲门，不一会儿，那个每晚都在大街包厢里演讲的人出现了。萨姆决定观察一下能否通过他做些什么。社会主义者是个矮胖的人，他有着卷曲的灰发、油亮的圆脸，嘴里满是蛀牙、断牙。他坐在床边，像是要穿着衣服睡觉。床罩上，一支玉米芯烟斗正冒着烟。大部分谈话时间他都坐在那里，手握一只鞋，似穿非穿。房间里整齐地堆放着一叠叠纸书。萨姆在窗边的椅子上坐下，把自己的计划告诉了社会主义者。

"此事极其重要。这镇上有人准备盗取能源，"他解释说，"我很了解这个盗贼，小偷小摸入不了他的贼眼。我还听说，他们会提议城市建造磨坊水槽，过后再把它据为己有。你需要阻止他们，这对你的政党来说非常重要。我来告诉你怎么办。"

萨姆解释了克罗夫茨的计划，也介绍了一下克罗夫茨这个人：他大发横财，恃强凌弱。这位社会主义者越听越心急，他穿上鞋，在房间里踱来踱去。

萨姆继续说："选举快开始了。我已经调查过了，我们必须推翻这次债券发行，迫使其重新进行。七点有一列快车从芝加哥开出。我给你们提供五十个扩音器。必要的话，我再掏钱给你们提供一列专车和一群帮手，一起彻查此事。真相大白后，整个城市将为之一震。你跟我来，给芝加哥那边打个电话，一切费用我来出。我是麦克弗森，来自芝加哥的萨姆·麦克弗森。"

这位社会主义者跑向衣橱，穿上外套。听到麦克弗森这个名字，他的手颤抖不已，甚至连衣服都不会穿了。他开始因为房间不够美观而道歉，还一直望着萨姆，眼光中透露着不可思议的神情。两人走出房间时，他快步上前为萨姆开门。

“麦克弗森先生，您真的会帮助我们吗？您身为百万富翁，真的愿意和我们并肩战斗吗？”

萨姆有种预感，眼前的这个人会做出一些愚蠢的举动，比如亲吻他的手。他就像一个喝高了的街边混混。

在旅馆，萨姆站在大厅里，那个胖子在电话亭旁等候。

“我是被迫的，我被迫给芝加哥那边打电话。我们社会主义者不会随意做这种事的，麦克弗森先生。”他们一边走，他一边解释道。

社会主义者从电话亭出来时，站在萨姆面前摇头不已。他的态度发生了巨大转变，看起来愈发不正常。

“不必了，不必了，麦克弗森先生。”他边说边向旅馆门口走去。

走到旅馆门口，他对着萨姆摇了摇手指。

“这行不通的，”他强调说，“芝加哥那边想法太多了。”

萨姆回到自己的房间。他暴露了自己的名字，这意味着唯一击败克罗夫茨、杰克、比尔和埃德的机会破灭了。他坐在房间里，呆呆地望着窗外的街。

“现在我又该做什么呢？”萨姆问自己。

他熄了灯，听着窗外瀑布的轰鸣，回想着上周发生的事。

“曾经有这样一段时光，”他想，“我尝试了许多未曾尝试之事，尽管没做成什么，那却是我这些年来最有趣的经历了。”

时间一分一秒地流逝，转眼间夜幕降临。他听到街上有人大叫大笑，便下了楼，站在人群边围观站在中间讲话的社会主义者。这人一边大喊一边挥动着手，看起来非常骄傲，就像刚接受过战火洗礼的新兵。

“芝加哥的那个麦克弗森，他把我当傻子耍。他身为百万富翁，一个资本大户，现在竟然要来贿赂我和我的政党？”

那位老木匠也在人群中搓着双手翩翩起舞，萨姆看到这一幕，知道此事就大抵如此了，是时候退出了。他回了旅馆。

“明天早上就出发，是时候离开这里了。”他想。

此时敲门声响起，那个红头发的家伙走了进来。他轻轻掩上门，对萨姆挤眉弄眼。

他笑嘻嘻地说:“埃德犯了一个错误。他老爷子告诉他你是个社会主义者,这让他误以为你要反对他有利可图的贪污行径。他现在敬畏你,很抱歉当时打了你。其实埃德没有任何问题,他、比尔和我都拿到了选票。所以你为何一直隐藏自己的身份,不告诉我们你就是麦克弗森?”

萨姆发现任何解释都是徒劳的。杰克出卖了他的弟兄们,萨姆想知道他是怎么做的。

“你怎么知道自己能赢得选票?”萨姆问道,试图引出杰克说出事实。

杰克吞吐着那块烟草,又开始挤眉弄眼。

“我和埃德、比尔三人能够很轻易地对付那帮人。还有,你应该知道,法案中有一项条款授权债券发行,比尔称之为‘隐藏者条款’,你肯定比我更懂这些东西啊。总之,能源会赋予我们商议好的那个人。”

“而我又怎么知道你能赢得选票?”

杰克有些不耐烦地甩了甩手。

“他们知道什么?他们想要的无非是更高的工资。而这次权力交易中有一百万美金的筹码,这些钱对他们来说就是痴人说梦,还不如去想想自己归西之后做些什么来得实在。我已经答应了埃德和他的人以及他们瓜分的城市规模,所以不能放他鸽子。如果一切顺利,他能拿到十万美金。而我答应给游犁工人加薪百分之十,我会尽可能地争取,就算没争取到,交易结束之前他们也是一直被蒙在鼓里的。”

听罢,萨姆走到一旁,打开门。

“该睡觉了。”他说。

杰克好像很生气。

“怎么了?你真的不打算和克罗夫茨竞标了吗?”他问道。“如果我们好好合作,克罗夫茨就无法让我们这么被动。你在河边写的册子把他们吓得不行,我也因此卷了进来。我只想让你做正确的事,而且别再记恨埃德了,有些事他确实不知情啊。”

萨姆依然握着门把手,他摇了摇头。

“我退出了,不玩了,别费口舌了,晚安。”萨姆又说。

2

几周数月以来，萨姆一直在流浪，没有人与他同行，即使是最穷苦的流浪汉。他口袋里一直放着一千到五千美金，他又打开那个背了一路的背包，拿出之前在芝加哥的衣服穿上，继续在小镇的街头流浪，但大多数时间萨姆都穿着从埃德那里买来的粗布衣服。离开伊利诺斯州小镇后，他发现大多数人和埃德那帮人穿得差不多，都是一件保暖的帆布夹克，配上一双高帮厚靴子，用以抵抗恶劣天气。萨姆在人们的印象中是个目的明确、财大气粗、特立独行的工人形象。

数月的流浪生活改变了萨姆，他不再习惯以前的生活方式。他的内心安定不下来，人生观也发生了改变。但有时，他认为自己是人群中最特别、眼光最超前的人。随着时间的推移，萨姆开始正视自己的问题，决心找到一种平静安定的生活方式，找不到誓不罢休。萨姆走过城市，经过小镇，看到了商店里的售货员们、银行里一脸愁容忙忙碌碌的商人们，还有那辛苦劳作、拖着疲惫的身躯、期盼着夜晚休息的农民们。他告诉自己，一切生活皆为徒劳，所有人都在无谓的努力中耗尽了自己，或者误入歧途，迷失了自己。这世界上根本没有持续而稳定的生活方式，能够让人们摆脱因生活所迫而进行的辛苦劳动，摆脱这些让人们做出巨大牺牲的无谓劳作。他幻想上帝来到人间与人们交谈，也幻想着自己在与人们交谈，只是这次交谈不是为了说教，而是渴求请教。现在的他抱着无以言表的希望与渴望，就像那位卡克斯顿的男孩不再无谓地望着米勒牧场上的雨水，而是夜行千里，乞求上帝消除他的疲倦，抑或是多付些钱，睡于两张床上。

萨姆想回到休身边。他想要平静和类似幸福的生活，但他依然把工作放在首位。他想找一份真正的工作，需要日复一日地努力到极致的工作，这样他就可以放下自己好高骛远的心，安定下来。他正处于人生中的最佳状态，做搬木工和钉工的几周艰苦岁月使他重振精力，恢复体力，他那股闲不下来的冲劲又回来了。但他也下定决心，不再让自己陷入那些对自己影响太大的工作，例如赚钱、有个漂亮的小孩，或者成为伊利诺斯州小镇的金融之父。

埃德和红头发杰克的事是萨姆第一次认真努力参与的社会服务工作，这类社会服务工作通过控制或试图影响公众思想而达成，因为他自己的思想是唯物的、现实的。当他坐在峡谷里和杰克谈话、在夜晚的航船上仰望星河、看着那些喝醉的工人们时，他的脑海中浮现出一座城，他仿佛看到一座属于人民的独立之城、美丽之城、强盛之城、自由之城。但当他看到酒吧里鬼鬼祟祟的杰克、那位因为萨姆大名而恃强谄媚的所谓社会主义者时，这座城的印象又渐渐模糊起来，看不清楚了。听完那位社会主义者的话，他又变得心事重重起来。十一月的这天，萨姆从伊利诺斯州向南进发，他看着树下的晚霞余晖，呼吸着新鲜的空气，开始自嘲起来，自己怎么会幻想有这么一座城呢？不是因为那个红头发杰克出卖了他，也不是因为埃德的妻儿打了自己，而是因为他根本不相信人民想要改革，他们想的不过是再加百分之十的薪水罢了。公众思想太过庞大复杂且难以撼动，对于一个理想、一个愿景，这实在是太难以实现、难以触及了。

更夸张的是，萨姆走在路上的时候满脑子都在想着寻求真理，他需要想一想别的事情来分散精力。说白了，他既不是领导人，也不是改革家。他并不是真的想给人民创造一座自由之城带来自由，而是想把建设城市的丰功伟绩算在自己头上而已。他，麦克弗森，就是如此，一个爱财又自私的人。其实他本来就不是个政治改革家和建设者，说杰克与比尔的算计或者社会主义者的唯唯诺诺阻碍了他的从政之路，实属牵强。

他一路向南，经过一片摇曳的玉米地，又开始嘲笑自己。他琢磨道："与埃德、杰克相处的这段经历让我有所改变，他们对我的欺压，也正是我以前对别人做过的，我现在知道这么做对别人伤害有多大了。"

萨姆走在路上，他穿过伊利诺斯州、俄亥俄州、纽约州和其他地方，经过丘陵和平原，从冬日暴雪走到春日雷雨。他与人们交谈着，询问他们的生活方式，以谈论工作为结束。萨姆晚上睡觉时梦到了休，梦到自己童年在卡克斯顿奋斗的场景，梦到珍妮特·埃伯利坐在椅子上讨论着作家们的著作；他还仿佛置身于证券交易所、灯红酒绿的酒吧。克罗夫茨、韦伯斯特、莫里森和普林斯的面孔在他眼前浮现，似乎正和他讨论着赚钱的事。有时夜晚他还会做噩梦，梦到汤姆上校正拿着左轮手枪指着他的脑袋。他吓得坐起来，接下来的一整天都浑浑噩噩，胡言乱语。

“你这见鬼的老怂包!”萨姆望着窗外平静的风景，在自己黑漆漆的房间里吼着。

汤姆上校自杀的事看起来如此虚假怪诞、糟糕透顶，就和这个圆脸卷头发的男孩曾经对他自己做过的事一样，他幼稚无能、虚张声势，是个没有目标的无名之辈。

萨姆想:“然而现在，他的力量已经强大到足以打败我。毫无疑问，他终将完成他的复仇，因为当他小有所成时，我却在蔑视他。”

在萨姆的幻想中，他看到了那个房间，上校已经死去，躺在地上，他的大肚子和白胡须在地板上凸起，显得格外显眼。他想起一句荒诞的怪话，可能是在珍妮特的讲话中听到的，又或者在自己的餐桌上听到的。

“看见一个满脸胀满发紫血管死在地上的胖子可够吓人的。”

此时此刻，萨姆正匆匆赶路，好像后面有人在追他。人们驾着马车从他身边经过，看着他边走边念念有词，随后转身向背，看着他渐行渐远，消失在视线中。而萨姆则快速地从脑海里寻求安慰，唤起自己内心原始的本能，就像一位元帅指挥着军队抵抗攻击。

“我会找到这样一份工作的，会找到的，我即将发现真理。”他说。

萨姆走的时候避开所有的大城镇，避不开的则快速通过，他只在小村庄的旅馆或者在好客的农家大院寄宿。他每天都要走很久的路来满足自己的状态，尽管走得两腿酸软，双脚磨破也毫不在乎，如圣罗杰姆一般挑战着自己身体的极限。他吹过了风，因寒冬颤抖过，被雨水打湿过，也沐浴过温暖的阳光。春天，他在河里游着泳，躺在阴凉的山坡上，看着田间吃草的牛羊，望着朵朵白云飘过天空。渐渐地，他的双腿变得硬朗，身体也变得壮硕起来。有天晚上他直接睡在了林边的干草堆上，第二天早上农夫的一只狗舔舐着他的脸，才把他叫醒。

有几次，萨姆遇到了流浪汉、修伞工以及其他流浪的人们。萨姆与他们同行，却发现他们的圈子普遍安于现状，连乘坐货运、客运列车走出去瞧瞧的想法都没有。那些与他相遇、与他交谈、与他同行的人并没有让他产生很大兴趣。他们浑浑噩噩地生活着，无始无终，也从不追求丰满的理想。和他们同行并交流后，可见他们身上的浪漫气息早已在这流浪途中消耗殆尽。他们极其愚钝，没有任何期许，身上肮脏无比，唯一的热情就是酗酒买醉，他们似乎永远在逃避生活中的问题与职责。他们总是谈起大城市,什么“芝加”“辛辛纳”“弗里斯科”之类,还下决心一定要去其中一座看一看。这帮人批判着富人阶级,却从穷人手中捞钱甚至盗窃;整天趾高气扬地虚张声势,却又在乡村巡警面前卖穷乞讨。有一次晚上,萨姆经过印第安纳州一个小镇的边境时,一个戴着灰帽子的高个子年轻人心怀不轨地看着萨姆,试图抢劫他。然而现在的萨姆浑身力气,正巧对埃德妻儿的气还没撒,于是他把对埃德妻儿的愤怒全部转移在了这个年轻人身上,狠狠地揍了他一顿。他缓过神来,踉踉跄跄地从萨姆脚边爬起,夹着尾巴跑进黑暗处,直到墙挡住了他的去路才停下,向萨姆站的泥泞路上扔了块石头。

萨姆四处寻觅着愿意与他分享自己经历的人。他有一种信念,那就是终有一日,他会从一个人的口中得到他想要的信息,这个人或许是小镇居民,又或许是农民。在印第安纳州的韦恩堡火车站,萨姆与一个女人交流甚欢,对她产生了兴趣。萨姆和她搭乘同一班列车,坐着通宵的班次,听她讲述她三个儿子的事。其中一个儿子肺不好,他和两个弟弟共同在西部经营着一块政府的土地。女人和她的孩子们已经共事数月,帮助他们工作顺利起步。

“我在农场长大,知道一些他们不知道的事。”她提高嗓门告诉萨姆,声音甚至盖过了火车的隆隆声和其他乘客睡眠时的鼾声。

她和她的孩子们一起在田间种地耕田,还在乡下指挥一支生产队运送一些盖房用的木板。在日复一日的工作中,她变得皮肤黝黑,身强力壮。

“肺不好的沃尔特也在逐渐康复,他长了十斤,和我一样有着强健的棕色手臂。”说罢,她撸起袖子,展示她那粗壮无比的前臂。

她的丈夫是一名机械师,在布法罗的一家自行车制造厂工作。她还有两个刚刚成年的女儿,她们在纺织品商店当员工。她计划带着丈夫和女儿们去新的乡土,而且她发现听她讲故事的人大多对她的故事十分感兴趣:她谈起广袤无垠、人迹罕至的西部,寂静无人的平原地区,有时孤独感会让她感到心痛。萨姆认为,这个女人在一定程度上已经取得了成功,但她的经历并不值得他去效仿。

“你做得很不错,也获得了一定成就。你已经掌握了某种真理。”黎明时分,萨姆在克利夫兰下了车。临走时他与女人握手道别。

还有一次在春夏之交,萨姆在南俄亥俄州徒步前进时,一个人驾着马车从他背后驶来,停在了他身边,问道:“你要去哪里?”随后又亲切地说:“也许我可以载你一程。”

萨姆看着他,面露微笑。这个人的言行举止、穿着打扮让萨姆想到了上帝,于是他做出一副幽默诙谐的样子。

“我要去新耶路撒冷，”他故作严肃，“我追寻上帝的脚步。”

这位年轻的牧师警惕起来，他抓起缰绳。但他随后发现萨姆嘴角微微上扬，于是赶起了马车。

他说：“上车和我一起走吧，我们谈一谈关于新耶路撒冷的事。”

萨姆不假思索地上了马车，一路绝尘而去，讲述着他故事的梗概，以及他要找一份真正属于自己的工作的诉求。

“如果我一穷二白，为生活所迫而工作，那就好办多了，但我并不是这样。我想工作，并不是因为工作能给我带来面包与黄油，而是因为我需要用工作让自己感到满足而充实。与其说服务别人，不如说是服务自己。我想在工作中收获幸福，发挥自己的价值，就像前些年我为了赚钱而工作一样。对我这样的人来说，一定存在一种正确的生活方式，我一定要找到。”

这位年轻的牧师毕业于俄亥俄州斯普林菲尔德路德教会神学院，走出校门时便形成了严肃的人生观。他把萨姆带到家里，两人聊到半夜。他结了婚，娶了一位乡下姑娘，还有一个孩子，孩子正躺在母亲的怀抱里。牧师的妻子为他们准备了晚饭，吃完饭后，她坐在客厅一个昏暗的角落听他们聊天。

两人坐在一起，萨姆抽着烟斗，年轻牧师则挑拨着火炉中的炭火。他们讨论了上帝，以及上帝对人类而言的意义所在；但是这位年轻的牧师并没有解答萨姆的问题，反而暴露出自己对生活的不满以及自己的不幸福。

“这里根本没有上帝的精神！”他边说着，边恶狠狠地戳着炉中的炭块。“这边的人不愿意听我和他们讲上帝的事，他们不知道自己该做什么，也不知道自己为什么存在。他们想听的只是没意义的鬼话，例如在天边有一座像俄亥俄州代顿市一样宏伟的城市，当你们完成毕生的工作、把钱都存到账户之时，就是你们去往该城之日。”

萨姆和牧师待了一段日子，他们驾着马车出行，谈论着上帝的事，晚上回到家里继续谈。周天，萨姆来到牧师的教堂听他的布道会。

然而，布道会令萨姆大失所望。这个和他私下里侃侃而谈的牧师，在公开场合讲话却极其生硬而不自然。

萨姆想：“这个人在公开场合讲话完全没有激情，也没有把在家中向我阐述过的观点毫无保留地讲述出来，这对人们没有好处。这些人每周耐着性子来听他讲话，不过是给他提供了赖以生存的机会。”

一周后的某个夜晚，萨姆站在屋旁的小门廊上，牧师的妻子走到他身边。

“我希望你能离开这里，”她抱着孩子，望着地板说道，“自从你来后，我丈夫被搅得心烦意乱，过得也非常不如意。”

牧师妻子的眼里含着泪水。萨姆见状，便走下门廊快步离开，消失在了黑夜里。

六月，萨姆找到一群打谷人，和他们一起工作，在打谷房拥挤的桌子上一起进餐。萨姆和工友们每天都要去新的场地干活，给农场主以及他的邻居们帮忙。农民们近乎疯狂地劳作着，打谷的人们也要每天加把劲，赶上农民们的工作进度。晚上，经过一天的劳作，打谷人已经累得说不出话了，只想快点爬到谷仓的阁楼里睡上一觉，天亮之后他们又要周而复始地开始艰辛的劳作。星期天早上，他们会到小河里游泳，下午则坐在果园的树下聊聊天，但聊的都是些令人不悦的话题。他们会为一些毫无意义的问题争论数小时，比如一匹马究竟有三个白蹄子还是四个。还有一个人一直沉默不语，整个周天下午都蹲在那拿小刀削着一根树枝。

萨姆他们干活用的设备的所属人叫乔，他欠了制造商的钱。除了成天和工人们一起劳作，他还要半夜三更跑到其他农场主那里谈生意。萨姆觉得，这个乔由于工作压力和担心焦虑随时可能崩溃。有个人告诉萨姆，他已经和雇主乔共事了多日，但这一季度结束时，乔已经没有钱支付租赁设备的利息了，却依然用低于成本的价格雇用他们劳作。

有天萨姆找乔谈起这件事，乔说：“一个人必须不断前进。”

向萨姆坦白工资要拖到季度后才发放时，他似乎如释重负。但到了季度后，他却看起来愈发忧心忡忡，他承认自己没有钱了。

“如果你能给我些时间，我就能开给你一张值钱的票子。”他说。

萨姆接过票子，看着谷仓后面阴影下乔苍白憔悴的脸。

“为什么不抛弃这些累赘，去给其他人打打工呢？”他问道。

乔看起来有些愤愤不平。

“作为男人，我希望自己独立。”他说。

萨姆再一次踏上寻理之路。他在路边的小桥边停下，把乔给的票子撕得粉碎，看着纸屑在深褐色的水面上渐渐漂远。

3

走过了夏季和初秋，萨姆又踏上了流浪之途。一些特别的日子里会发生些始料未及之事，这些事能够吸引萨姆，让他产生兴趣，或许还能为他带来一些回报。但绝大多数日子里，每周他都在不停地走啊走，陷入因疲劳而产生的麻木之中。他常常试着用自己的方式与人们交流，探寻别人的生活方式以及工作体验，有些人被萨姆问得惊讶不已，萨姆只好抛下他们独自离去。在村庄的路上、人行道上，这戏码频频上演。萨姆的行动原则是，想到什么做什么，绝不犹豫，首先验证这个想法在生活中的可行性。然而这却让他身陷囹圄，使事情变得更加错综复杂，还平添了一些稀奇古怪的经历。

有一次，他在俄亥俄州东部一个小镇的酒吧里做了几天酒保。酒吧在一个小木屋里，对过是铁轨。萨姆在路旁遇到一个工人，便和他一起去了酒吧。这是一个风雨飘摇的九月夜晚，也像是萨姆这一年流浪的终点。他给工人们买了酒，自己买了些雪茄，站在燃烧的煤炉旁看着人们走进酒吧，站在吧台旁一起喝酒。随着越喝越尽兴，他们也越来越亲近，开始勾肩搭背，唱歌吹牛。其中一个人还站起来跳起了吉格舞。酒吧老板长着一张圆脸，还瞎了一只眼，在这里独自畅饮，把瓶子放在吧台上向萨姆走来，抱怨没有酒保在这帮忙，他得工作很久。

“大伙想喝什么喝什么，喝完我会告诉你们赊了多少钱。”他站在吧台里对着人们说。

看着房间里像学生一样玩耍的醉酒的人们，还有放在吧台上的酒瓶，瓶中的酒暂时将工人们生活中的忧郁苦闷抹去，萨姆自语道：“这生意我做了。也许它会吸引我呢。至少我能忘却一些东西，不在无休无止的行走和思考中浪费我的人生。”

萨姆工作的这个酒吧有着可观的收益，即使位置偏僻，老板也借此“手头宽裕”了一把。酒吧侧门通往一条小巷，通过小巷能直达镇大道。透过前门可以看到一条极少使用的铁路，或许在午时还能看到两三个年轻人走出货运站，站在附近喝啤酒。小巷侧门看似不起眼，却有着兴隆的生意。人们整日匆匆地路过这扇门，拿上酒又匆匆地离去，他们看着小巷，在道路无阻时快步奔走。这里的人都喝威士忌酒。工作一段时间后，有次萨姆听到门响，误以为有人要酒，还把手伸向了酒瓶。

“让他们自己点，”老板粗声说道，“你把他们当傻子了？”

周六，这地方满是喝啤酒的农民，在他琐碎的日子里有些人则进来嘀嘀咕咕着讨酒喝。萨姆自己在这里时，看着这些人颤抖的手指，把酒瓶放在他们面前，告诉他们：“你们想喝多少喝多少。”

老板进来时，那些讨酒的人在火炉边站立片刻便走了出去，手揣在大衣兜里，眼睛望着地板。

“一群酒鬼。”老板随意地说道。

威士忌简直不忍直视。老板自己把酒调好，放在吧台下的石瓮里，以便随时倒入喝空的酒瓶中。他一直在玻璃展柜里陈列着名牌威士忌，但有人点了一种品牌的威士忌，萨姆递出去的却是阿尔勾兑的假酒，把假酒用杯子灌进酒瓶，再从吧台下面找个标签贴上。由于阿尔宣称不出售混合饮品，萨姆无从了解调酒术，只能天天站在那来回递着阿尔勾兑的假酒和晚上工人们喝的泡沫啤酒。

侧门进来了几个人，有鞋商、杂货商、旅馆老板和一个电报员，萨姆对他们最感兴趣。这帮人每天都会出现几次，他们回头望着背后的大门，然后转向吧台看着萨姆，眼里带着歉意。

“从瓶里给我倒点酒吧，我感冒很严重。”他们都会这样说，像在重复着什么公式。

周末的时候，萨姆又开始奔波了。因为他奇怪地发现自己出于忘却生活中的不幸才参与这份工作，但这想法在工作第一天就被打破了，他对顾客的好奇导致事与愿违，毁了自己的工作。当人们从侧门走进酒吧站在萨姆身边时，他倚在吧台上，问他们为什么喝酒。结果一些人哄笑起来，还有人嘲笑他，那个电报员则向阿尔举报，称萨姆的问题有所冒犯。

“你个蠢货，没人扔石头砸了酒吧就不错了，你不知道吗？”阿尔吼骂着，解雇了萨姆。

4

秋日里一个温暖静好的早晨，萨姆坐在宾夕法尼亚制造业小镇中心的小公园里，看着人们穿过安静的街道前往工厂，想要摆脱昨晚不愉快经历所带来的沮丧。他沿着一条失修的土路穿过贫瘠的山丘前往小镇，沮丧又疲倦地站在河岸上，河水因初秋的降雨而涨起，沿着小镇的边缘流过。

他远远地从工厂厂房的大窗户向里望去，一团团冒出的黑烟给他眼前的这一切蒙上了一层灰暗。透过工厂的窗户，可以依稀看到工人们跑来跑去，时隐时现，熔炉发出的刺眼火光照亮了一群工人，忽而又照亮另一群工人。在他脚边，翻滚的水流从小水坝里翻涌而出，令他着迷不已。他注视着奔腾的水流，摇晃着自己疲倦的大脑，紧紧抓住依靠着的那棵小树，生怕自己掉进这滚滚水流中。在河流的对面，萨姆在一座面对工厂的房子后院里看着四只几内亚母鸡栖息在木板栅栏上，母鸡们发出怪异的哀号，正如他眼前的景象一般，院子里还有两只脏兮兮的家禽在打架。它们一次又一次地发起战斗，用喙和翅尖攻击着对方。打累了，就在院子里扒一扒垃圾，稍微恢复体力便又打了起来。萨姆盯着眼前的情景看了一个小时，目光从河流移到灰暗的天空，再到喷着滚滚黑烟的工厂。他认为，在强权横行下做着无意义挣扎的那两只家禽，就是人类在这个世界挣扎的缩影。他转身离去，沿着人行道走向村庄里的旅馆，感觉自己老态龙钟、力不从心。此时他坐在小公园的长椅上，随着晨光透过树上红叶沾染的雨滴撒落下来，他渐渐淡忘了昨夜的沮丧。

有个年轻人在公园散步，看到萨姆悠闲地观望着工人们，便停下脚步坐在他身边。

“在忙吗，兄弟？”他问道。

萨姆摇摇头，那人又开始说话了。

“一群傻子和奴隶。”他认真说道，指向那些走过人行道的男男女女。“你看他们，是不是像畜生一样去当奴隶？从中得到了什么？过着怎样的生活？狗一样的生活。”

他看着萨姆，希望萨姆对他的观点表示赞同。

“我们都是傻子和奴隶！”萨姆坚定地说。

年轻人跳了起来，挥舞着手臂。

“行，你说得在理，”他喊道，“欢迎来到我们镇，陌生人。但我们这可没什么思想家。工人只是像狗一样工作，他们之间也并不团结。和我吃顿早饭吧。”

在饭店，这位年轻人聊起自己。他毕业于宾夕法尼亚大学，父亲在他上学的时候去世了，留给他一笔小小的资产，他和母亲靠这笔钱度日，他没有工作却引以为豪。

“我拒绝工作！不仅如此我还鄙视它！”他说着，拿起早餐卷晃了晃。

离开学校后，他投身于家乡社会主义政党的建设，吹嘘着自己已经取得的领导地位。他说他的母亲有些担心他，因为他与政党运动关系密切。

“她想让我生活得体面，”他伤心地说，“然而和女人解释又有什么用呢？我没法和她解释社会主义者和直接行动无政府主义者的区别，我已经放弃了。她希望我退出政事，哪怕用炸药炸死人，或者向辖区警局里扔砖头被捕而退出都行。”

他说到由镇里一家犹太服装厂的年轻女雇员们发起的罢工行动，这立刻激起了萨姆的兴趣，他问了些关于罢工的问题。吃过早饭后，他便和新结识的人们一起前往罢工现场。

服装厂在一家杂货店的阁楼上，杂货店门口的人行道上有三个女纠察在来回走动。一个衣着华丽的希伯来人叼着雪茄，两手揣兜站在通往阁楼的楼梯上，近身打量着这位年轻的社会主义者和萨姆。他不停地说着粗鄙之语，还假装对着空气讲。萨姆向他走去时，他却转身跑上楼梯，背着身，嘴里依然骂骂咧咧。

萨姆走到三个女孩中间，和她们交流起来，在杂货店前走来走去。

“你们打算怎样取胜？”听她们诉说完自己的不满后，萨姆问道。

“我们会尽力而为！”其中一位犹太女孩说道。她臀胯宽厚，胸部丰满，有一双温柔漂亮的棕色眼睛，看起来像是罢工者的领导人与发言人。“我们四处游走，如果碰巧遇到其他镇来的破坏罢工者的领导人，我们会尝试与他们谈一谈。”

大学出身的弗兰克有话要说。“我们正到处张贴罢工公示，”他说道，“我已经贴了好几百张了。”

他从口袋里拿出印好的贴纸，一面已经粘好了胶。他告诉萨姆，镇里的墙壁和电线杆都被他贴过了。贴纸上的字写得很糟糕，标题是加粗的黑字“打倒肮脏的工贼”，这行字被印在纸片的顶部。

萨姆为纸片上卑劣的标题和粗俗残暴的文字所震惊。

“你们也这样称呼女工吗？”他问道。

“他们夺走了我们的工作。”犹太女孩淡淡地答道，又说起了她姐妹罢工的故事，以及低收入对于她和她的家庭而言意味着什么。“这对我来说无所谓，因为我有个在服装店工作的哥哥能养活我，但我们公会中的其他女同胞们却拿着刚刚能够养家糊口的工资。”

萨姆开始思考这个问题。

“这样，”他说，“一定得做点什么，为了这些女同胞，我要出面和这雇主较量一下。”

他暂时忘却伊利诺斯州小镇的经历，并告诉自己，身边这个年轻女人会为自己感到光荣，这是那个红头发年轻工人将他出卖给比尔和埃德时所体会不到的。

“金钱使我屡屡碰壁，”他想，“所以现在我要尽力去帮助这些女孩。”

他转向犹太女孩，快速做了个决定。

“我会帮助你们夺回属于你们的东西。”他说。

他离开女孩们，穿过街道来到一家理发店，在这里可以看到工厂入口。他想拟出一套行动方案，还想看一看罢工女孩们工作的样子。过了一会儿，几个女孩沿着街道走来，拐向了楼梯。那个衣着华丽的希伯来人叼着雪茄，又站在了楼梯间入口。三个纠察跑上前和那些上楼的女孩们搭讪，其中一个黄头发美国女孩向后大声说着什么，那个叫弗兰克的也在向后大声说话，希伯来人从口中拿出雪茄，会心一笑。萨姆装好烟斗点上，脑海中闪过一连串帮助罢工女孩的计划。

清晨时分他走进街角的杂货店，又走进附近的一家酒吧，最后回到理发店，和罢工群众谈了谈。他独自吃着午饭，还想着那三位在楼梯前耐心游走的女孩。在他看来，她们不停地游走就是在白费力气。

“她们应该做一些目标更明确的事。”他想。

吃过午饭，他和那位眼神温柔的犹太女孩一起走在街上，讨论着罢工的事。

“仅靠污蔑谩骂,你们没法赢得罢工。”他说道。“我不太喜欢弗兰克口袋里那些以‘肮脏的工贼’为标题的贴纸。这不但没好处,反而会让你手下的女孩们反目成仇。这附近的人都期待看到你们成功。我已经和酒吧以及对面理发店里的人谈过了,他们现在都很同情你们。你也需要得到自己手下女孩们的同情。把他们称作肮脏的工贼只会害死他们。今天早上那个黄头发的女孩也是这样称呼你的吗?”

犹太女孩看着萨姆,苦笑起来。

“对啊,她说我是个大嗓门站街女。”

他们沿着街道继续走着,穿过铁路走过桥,来到一条静谧的住宅街道。一辆辆马车停放在房子门前,萨姆指着这些养护完好的房子说道:“男人会给自己的爱人买的。”

女孩的脸色阴沉下来。

“我觉得我们所有人都想要这些女人拥有的东西。”她回答。“如果我们不了解这个世界,又怎么可能想靠一己之力去战斗。女人真正想要的不过是一个可靠的男人罢了。”她又简短地补充道。

萨姆开始向她讲述自己脑海中的计划。他想起杰克、普林斯和莫里森曾经说起过的直接私人信件,以及它通过邮购公司所发挥的巨大作用。

“我们即将在这里发起一场邮购罢工。”他说着,向女孩展示了计划的详细内容,建议她、弗兰克和其他参与罢工的女孩去镇里记下女破坏罢工者的姓名和邮件地址。

“还要记下她们居住公寓管理员的姓名以及与她们同居的人的姓名,”他建议道,“这样就可以把罢工的女同胞们聚在一起,让她们把自己的经历讲给我们听。之后我们每天给女罢工者们写信,包括那些寄宿在旅馆的人们以及和他们一起住在房子里吃饭的人们。我们不直呼他们的姓名,而要最简洁直白、真心真意地说明你们团队工会失败对女性而言意味着什么,就像你早上告诉我时一样。”

“这样做成本太高了。”犹太女孩说罢,摇了摇头。

萨姆从口袋里拿出一卷钞票给她看了看。

“我付钱。”他说。

“为什么?”她直勾勾地盯着萨姆,问道。

“因为我想要工作,正如你一样。”他回答,接着又赶忙说道:“说来话长,我很富有,我满世界游荡,只为寻找真理。但我不想让你知道这些。当成理所应当就好,不必有顾虑。”

萨姆在一小时之内租了一个大房间,预付了一个月的房租,并把桌椅打字机全部搬进屋里。他在晚报上刊登了一则紧急招聘女速记员和印刷员的广告,以额外奖金为担保,竭尽全力为他撰写上千张信件,每张上面都用加粗的黑字写着标题“女罢工者”。

那天晚上,萨姆在租的房间里给女罢工者们开了个会,解释了他的计划,并表示愿意支付计划中的所有费用。她们鼓掌欢呼表示赞许,而萨姆则开始筹备他的罢工运动。

他派出其中一个女孩,让她早晨和傍晚站在工厂前面。

“我会再叫些人来帮你。”他说。“晚上你回家之前,会有一个印刷工过来,送给你一沓小册子,是我之前印给你的。”

在那位眼神温柔的犹太女孩的建议下,他吩咐别人在名单上添加一些他想要加上的名字,他从房间里的女孩们那里了解到许多重要人物的名字。早上,他叫了六个女孩帮他写地址寄邮件。他还让那个犹太女孩管理房间里的其他人的工作,包括第二天将房间转变为办公室以及名单的录入。

弗兰克在房间后面站起来。

“你到底是谁?”他问道。

“一个有钱且能够让罢工胜利的人。”萨姆告诉他。

“你是出于什么目的?”弗兰克又问道。

犹太女孩跳了起来。

“因为他相信这些女同胞们,他真的想帮助我们啊。”她解释道。

“扯淡!”弗兰克说罢,出了门。

会议结束时下起了雪,两人在通向女孩房间的走廊上谈完了话。

“我不知道匹兹堡工会领袖哈里根对此作何感想。”她告诉萨姆。“他任命弗兰克到这里来领导罢工,他不喜欢被干涉,所以他可能不喜欢你的计划。但我们女工需要男人,像你这样的男人能够制订计划,井井有条地做事。然而这里有很多男人还在靠着我们度日。我们需要的是能够为我们全体服务的男人,就像迎接从马车、汽车下来的女士那样。”她笑了笑,对萨姆伸出手。“瞧瞧你让自己惹上了什么事?我都想让你娶了我们整个罢工团队呢。”

第二天一早,四位女速记员到萨姆的罢工总部工作,萨姆则写了第一封罢工信,信中讲了一个叫哈达威的罢工女孩的弟弟患上肺结核的故事。萨姆在信中没有夸大其词,他觉得没有必要。有了二三十封这样的信,每一封都简短而真情地讲述着罢工女孩的故事，这足以展现出美国小镇的另一种生活情调。他把信和邮寄名单给了四位女速记员，让她们在信封上拟上姓名。

八点时，有人来安装电话，女罢工者们则开始继续扩充邮寄名单。到了九点，三名女速记员到来开始工作，新来的女孩们通过电话给名单上更多的人寄信。犹太女孩奔来走去，指挥工作并提出建议。她不时走到萨姆的办公桌旁，建议通过其他渠道收集扩充邮寄名单。萨姆认为，如果说其他女罢工者在他面前显得胆小慎微、局促不安，那这名犹太女孩则和她们完全不同。她就像屹立于战地之上的将军。她温柔的棕色眼睛锐利有神，思维敏捷，声音洪亮有力。在她的建议下，萨姆给那些负责打字的女孩们一张名单，上面有政府官员、银行家和显赫商人们及其妻子的名字，以及各个女性社团、女性协会和慈善组织之名。她还联系了镇里的两家日报社记者对萨姆进行采访，建议他把女孩哈达威的信打印出来给记者们看看。

"打印吧，"萨姆说，"如果不能作为新闻，就当成广告刊登，完事把账单给我就行。"

十一点，弗兰克带着一个高个子爱尔兰人进了房间。这人双颊凹陷，满嘴蛀牙，穿着不合身的小号外衣站在门口，弗兰克则穿过房间走向萨姆。

"和我们一起吃午饭吧。"他说着，向后指了指这位高高的爱尔兰人。"我选了他，"他说，"他是近年来镇里最聪明的人，是个奇才。他曾担任天主教牧师，但从不相信所谓的上帝、爱情之类的东西。过来听听他怎么说呗，他很不错的。"

萨姆摇了摇头。

"我很忙，还有许多工作要做。我们要赢得罢工胜利。"

弗兰克面露疑色地看着他，环顾了一圈周围忙碌的女孩们。

"我不知道哈里根看到这一切会作何感想，"他说，"他不喜欢被人干涉。我做任何事之前都要给他写信汇报。所以我写了封信告诉他你在这里做的事。我不得不这么做，因为你知道，我有义务向总部汇报情况。"

下午，那个希伯来服装厂老板来到罢工总部，走进房间脱下帽子坐在了萨姆旁边。

"你来这干什么？"他问道。"报童已经把你的计划告诉我了。你要搞什么？"

"我要打倒你，"萨姆平静地答道，"彻底打倒你。你还不如重新站队，因为你肯定会在罢工中失败。"

“我就一个人，”希伯来人说，“有个服装制造商协会，我们都参与其中。我们也面临着罢工。打败我，你又能得到什么呢？我就是个小人物而已。”

萨姆笑了笑，提笔写了起来。

“那算你倒霉，”他说，“我正巧在这里安顿下来。打倒你之后我会接着打倒其他人。我的钱比你们加起来都多，你们会被挨个打倒。”

第二天早上罢工女孩们上班时，一群人站在通向工厂的楼梯后面。信件和采访起了不小作用，半数以上的破坏罢工者没有出现。其他人则沿着街道快步走向楼梯，不看一眼围观的人群。萨姆派的那个女孩站在人行道上，给破坏罢工者们分发着小册子。小册子的标题是“十位女孩的故事”，简明扼要地讲述了十位罢工女孩的故事以及罢工失败给她们和家庭带来的影响。

过了一会儿，来了两辆马车和一辆大汽车，一位穿着华丽的女士从汽车中走了下来，她从女纠察那里拿过一沓小册子，在人群中传阅开来。两名站在人群前的警察也摘下头盔，与那位女士一起分发起来。人群欢呼雀跃。弗兰克赶忙穿过街道，来到理发店门前找到萨姆，拍了拍他的后背。

“你真是神了。”他说。

萨姆匆匆地回到房间，准备给邮寄名单写第二封信件。两位新来的速记员即将加入，所以他不得不添加更多的机器设备。一位小镇晚报记者跑上了楼梯。

“您是什么人？”他问道。“镇里的人都想知道。”

他从口袋里掏出一份匹兹堡日报的电报。

“邮购罢工计划进展如何？请讲一下新罢工领袖的名字和生平吧。”

十点，弗兰克回来了。

“这有份哈里根发来的电报，”他说，“他一会要过来，今晚给女孩们开大会。我把她们都叫到这里，晚上我们在这个房间见。”

房间里的工作仍进行着。邮寄名单上的名字已经翻了一番。服装厂的纠察报告说，又有三位破坏罢工者离开了。犹太女孩兴高采烈，在房间里匆匆奔走，眼里散发着光芒。

“太棒了！”她说。“计划奏效了，整个小镇都被鼓动起来支持着我们，再过一天我们就会取得胜利。”

当晚七点，哈里根走进萨姆和女孩们开会的房间，插上背后的门。他身材矮壮，眼睛湛蓝，满头红发。他跟着弗兰克悄悄走进房间，忽然停住脚步，拿起一台萨姆租来的打印机举过头顶，把它摔在了地上。

“去你的罢工领导！”他吼道，“瞧瞧这些该死的破机器！”

“该死的速记员！”他咬牙切齿地说。“该死的打印机！ 统统都该死！”

他捡起一沓信头，把它们撕成两半，又走到房间前面，对着萨姆张牙舞爪。

“你个该死的领导！”他吼叫着，转身面向女孩们。

眼神温柔的犹太女孩急得跳了起来。

“他在帮我们取得胜利。”她说。

哈里根气势汹汹地向她走去。

“宁可失败，也比取得这肮脏的胜利强！”他大叫着说。

“你到底是谁？ 哪个贪污分子派你来的？”他转过身质问萨姆。

随后他讲起话来。“我监视这家伙很久了，我了解他。他密谋搞垮工会，资本家会付给他钱。”

萨姆听不下去了，他穿上帆布夹克向门外走去。他发现自己已经数次违反工会法规，也从没想过向哈里根解释自己是公正无私的。

“不必在意我，”他说，“我这就走。”

他在一群受了惊、脸色苍白的女孩们的注视之下，拔开门闩离去，犹太女孩跟在他身后。走到通向街道的楼梯口，萨姆停了下来，向后指了指房间。

“回去吧！”他说着，递给女孩一卷钞票。“如果可以，请继续工作。买一些别的机器和新打印机，我会在背后继续帮你的。”

他转身跑下楼梯，穿过站着看热闹的群众，快步走向前方亮灯的商铺。冷冷的冰雨落了下来。有个留着棕色尖胡须的年轻人在他身旁和他一同走着，这是那位前几天参访过他的报社记者。

“哈里根是不是惹你了？”年轻人问道。随后笑着说：“他告诉我们想把你从楼梯上扔下去。”

萨姆默默地走着，心中满是愤怒。他拐进一条小道，这时年轻人抓住了他的胳膊，他停了下来。

“这是我们的据点，”年轻人指着前方一座低矮狭长的楼房说道，“进来给我们讲述一下你的故事。这应该挺有意思的。”

报社办公室里坐着另一个年轻人，他正把头枕在一张平桌上。他穿着一件极其惹眼的格子外套，面带和善，脸有一丝干瘦，看起来喝了些酒。留胡子的年轻人向他解释了萨姆的身份，抓起这迷迷糊糊的人的肩膀使劲地摇了摇。

“醒醒，队长！ 这有个精彩的故事！”他喊叫着。“工会把邮购罢工领袖开除了！”

队长站起来，摇头晃脑。

“当然，当然，老朋友，他们会把你扔出去的，因为你很有头脑。没脑子的人领导不了罢工，这违背自然法则。一定有什么东西会碍你的事。那个无赖是从匹兹堡来的吗？”他转向那位留着棕胡须的年轻人问道。

随后他取下头顶钉子上挂着的大衣以及与大衣配套的帽子，对着萨姆眨了眨眼。“来吧，老朋友，我得去喝一杯。”

两人从侧门走进一条阴暗的小道，通过后门走进一家酒吧。小道上有着厚厚的泥土，队长踩着水进了门，溅了萨姆一脸、一身，两人中间放着一瓶法国红酒，随后他解释起来。

“我有张银行票据明天早上到期，但我没有钱还。”他说。“我每次都没钱还，还总是喝醉酒，但第二天一早我就会还上钱，也不知道这是怎么做到的，每次都很顺利。回到这次罢工，还是老规矩。”他开始讨论起罢工问题。酒吧里，人们进进出出，把酒言欢。十点，酒吧老板锁了前门，拉上窗帘，走到房间后面坐在萨姆和队长喝酒的桌旁。他又拿来一瓶法国红酒，两人继续喝着。

“那个匹兹堡人革了你的职，是吧？”他转向萨姆问道。“晚上有人告诉我了。他派人请来打字机工人，要他们把打字机撤走。”

他们准备离开时，萨姆准备自掏腰包支付队长点的法国红酒钱，队长摇摇晃晃地站起来。

“你在施舍我吗？”他问道，似乎受到了冒犯，拿出一张二十美元的钞票扔在桌上。老板找给他十四美元。

“你多喝点，我就不计较了。”他说道，对萨姆眨了眨眼。

队长又坐下，从口袋里拿出铅笔和一沓纸扔在桌子上。

“我想为《旧布报》刊登一篇社论。”他对萨姆说。“帮我一下，推波助澜，直击重点。我想和朋友你在这聊聊。”

萨姆把一沓纸放在桌上，开始编写社论。他思维清晰，措辞恰当，将公众视野引向当前的罢工形势、罢工女孩们的斗争，以及她们通过恰如其分的方式来赢得自己的正当权益；在接下来的段落中，他阐述道，工人和社会主义者所采取的立场会使罢工进度大打折扣。

“这些人并不关心结果，”他写道，“也不想帮助那些失业女孩和她们的家庭，他们只是担心自己那点可怜的官职受到威胁罢了。现在我们要像往日一般，展示出斗争精神、复仇精神，夺取胜利。”

编写完社论，队长和萨姆穿过小道回到报社办公室。队长噗噗地踩着泥水走，泥水四溅，他手里还拿着一瓶红杜松子酒。他坐在桌子前，从萨姆手中拿过社论读了起来。

“完美！简直细致入微、滴水不漏，老朋友。”他说着，拍了拍萨姆的肩膀。“这就是《旧布报》想对罢工做出的评论。”接着他爬上桌子，枕着大衣安静地睡了，萨姆也坐在桌旁一张摇摇晃晃的办公椅上睡着了。黎明时分，一位拿着扫帚的黑人叫醒了他们，队长走进一间满是压缩机的低矮狭长房间，把头伸到水龙头下，过了一会儿挥舞着一条脏毛巾回来了，他的头发还在滴水。

“天亮了，该干活了。”他笑着对萨姆说，随后拿起杜松子酒畅饮一口。

早饭后，两人在理发店门前停下，背对着通向服装厂的楼梯。萨姆指派分发小册子的女孩没了踪影，那个犹太女孩也毫无踪迹，取而代之的是弗兰克和那个来自匹兹堡的叫哈里根的领导在附近走来走去。马车和汽车又一次停在旁边，衣着华丽的女士下了车，走向人行道上的三位罢工女孩，结果遇上了哈里根。他对着女士张牙舞爪，大喊大叫，女士见罢，便回到车上离开了。楼梯上，那个衣着华丽的希伯来人看着人群笑了起来。

“新的罢工领导在哪呢？邮购罢工的领导呢？”他对弗兰克喊道。

话音刚落，一个提着晚餐盒的工人冲出人群，把那犹太人撞倒在楼梯上。

“揍他！狠狠揍这个该死的领导！”弗兰克叫喊着，在人行道上蹦来跳去。

两名警察跑上前，带着这个工人沿路离开，他手里依然抓着那个晚餐盒。

“我知道了！”队长拍了拍萨姆的肩膀，喊道。“我知道谁会支持我们了。那个被哈里根赶走、驾车离开的女士是全镇最富有的人，我会把你写的社论给她看，她会认为社论是我写的，这样我们就拉拢到她了。拭目以待吧。”他跑到街上，向身后的萨姆喊道：“去据点，我们在那里见。”

萨姆回到报社坐等队长，过了一会儿，他走进来脱下外套，发疯似地写起东西来。他时不时长饮一口红杜松子酒，随后默默地把酒瓶递给萨姆，接着洋洋洒洒地挥舞着笔，一页接一页。

“我让她签了名，”他回头对萨姆说，“她很生哈里根的气，所以当我提到我们准备攻击哈里根而维护你时，她立马就答应了。我有一套自己的方法，总是能获得最后的胜利。虽然我总是喝得醉醺醺的，却不妨碍我能一直赢啊。”

十点，报社陷入骚动之中。那个棕胡须年轻人和另一个人不停跑过来向队长寻求建议，把打印好的纸摆在队长面前，队长边说他们边记。

“给我点线索，我再想一个头版标题！”队长对他们大吼大叫，疯狂工作着。

十点半，哈里根和弗兰克打开门走了进来。看到萨姆，他们愣住了，不可思议地看着他，还有在桌子旁边工作的那位。

“好，有事说事。这儿不是女士接待室，你们想怎样？”队长愤怒地盯着他们说。

弗兰克走上前，把一张打印纸放在桌上，这是报童急匆匆给他送来的。

“你要用这个吗？”弗兰克问道。

队长笑了笑。

“一个字都不会动！”他大声说。“我当然要用这个，这就是我想说的事。你们看着我。”

弗兰克和哈里根走了出去，队长冲到门口对着外面大喊。

“嘿，你个矮子，还有你那跟班，最后的领导权在我手里。”

回到桌旁，他又写起东西来，边笑边忙着把弗兰克拿来的印刷纸递给萨姆。

开头写着“一群卑鄙肮脏的罢工领导和笨手笨脚的资产阶级妄图利用女工取得不光彩的胜利”，之后尽是些胡言乱语，毫无意义，比如萨姆在信里被称作“油嘴滑舌的邮购捣乱者”，队长则被称作“不起眼又胆小的舞文弄墨之辈”。

“我来处理一下，发表一下评论。”队长郑重其事地说，把自己刚写的东西递给萨姆。这是一篇即将发表的罢工领导社论，诚邀公众一同阅读，展示了对罢工女孩们的同情，她们的罢工可能会因为领导的乏智无能而失败。

“斗争万岁！这个勇敢的人能够带领女工们取得胜利，他会不遗余力地用智慧领导劳工事业，拯救工人们！”队长写道。

萨姆看着一大堆纸，又望着窗外肆虐的暴风雪。在他看来，罪恶正在蔓延，却又无法阻止，他对自己的无能感到恶心无力。队长点燃一支黑色的烟斗，从墙钉上取下帽子。

“我是镇里最圆滑的小报记者，就和那些金融家差不多。”他说道。“我们去喝一杯吧。”

喝完酒，萨姆穿过小镇向乡村走去。小镇的边缘零零散散地坐落着几座房子，道路开始下降，通向深深的峡谷。有人在背后叫他，他转过身，发现那个犹太女孩正沿着路旁的小道跑过来。

“你要去哪？”他停下来倚着木板栅栏问道，雪花飘落在他的脸上。

“我要和你走，”女孩说，“你是我见过的最优秀、最强大的人，我不会放走你的。即使你已经结婚我也不在意。你老婆一定不称职，不然你也不会孤身一人在这荒郊野岭游荡。哈里根和弗兰克说你是个疯子，但我知道你不是。我要和你走，而且我会帮你找到你想要的东西。”

萨姆惊诧不已。女孩从裙子口袋里拿出一卷钞票给了他。

“我一共花了三百一十四块钱。”她说。

他们就这样站着，面面相觑。女孩把一只手放在萨姆的胳膊上。她看着他，温柔的眼中闪烁着渴望的光，丰满的双胸起起伏伏。

“你说什么我都答应。如果需要，我可以当你的仆人。”

一股热烈滚烫的欲望席卷了萨姆全身，但他快速回过神来。他想起几个月以来苦苦的追寻和无尽的失败。

“回去吧，如果你不走，我就扔石头把你打回小镇。”他告诉女孩，随即转身跑下了山谷，留下女孩一个人在木头栅栏旁，她把头埋进了双臂。

5

一个寒冷的冬夜，萨姆无意间走到了纽约州罗切斯特市的一处繁华街角。他站在门口，注视着那些从他身边经过的人，他们或是在匆匆赶路，或是在悠闲散步。门口靠近拐角处看起来像个公共聚会场所，从四面八方赶来的男男女女相聚在这里，站着聊会儿天，然后一同离去。萨姆不禁感到好奇。从离开芝加哥办公室的那年开始，他的想法就越发多了起来。比如，有位衣衫褴褛的老人喃喃自语，笑着匆匆走过他，或者一个孩子从农舍大门伸出手来朝他挥舞，这些小事都能让他思考几个小时。他饶有兴趣地关注着路边小事，看着街角邂逅的那些男女点头、握手，匆忙地瞥视四周。门口附近的人行道上，几个中年男子——显然是从街道拐角处的一家大旅馆来的——正用他们那不怀好意的、饥渴的眼睛鬼鬼祟祟地盯着人群中的女人。

一个身材高大的金发女人走进门，站在萨姆身旁。“在等人吗?”她微笑着问，目不转睛地看着他，脸上带着人行道上的中年男子眼中的那种烦躁、不安、饥渴的神情。

“你一个有夫之妇在这里做什么?”他壮胆问道。

她惊了一下，然后笑了起来。

“如果你要打击我，为什么不直接给我一拳呢?”她问道，又补充说:“我不知道你是谁，但不管你是谁，我想告诉你的是，我已经离开我的丈夫了。”

“为什么?”萨姆问。

她又笑了起来，走过来仔细打量他。

“我猜你在唬我，”她说，“其实你根本就不认识阿尔夫，我也很高兴如此。虽然我已经离开他了，但如果阿尔夫看见我在这里拉客，他还是会暴跳如雷的。”

萨姆从门口出来，沿着小街走，路过一个灯火通明的剧院时，街上的妇女纷纷抬起头望向他。剧院外，一个年轻姑娘与他擦身而过，低声说："喂，来玩啊！"

萨姆想要躲开这些男女下流又饥渴的眼神。他开始思考，街头的那些男女、剧院里那个坐在他旁边向他投来挑逗目光的已婚妇女，以及所有现代城市青年，他们的生活是怎样的呢？他想知道，那种热切而痛苦的欲望是怎样阻碍了人们好好生活。萨姆渴望那种诚挚而有目标的生活，他觉得这也是所有人心底所向往的模样。在卡克斯顿时他还小，不止一次因那些友善的人言谈举止中闪现出粗鲁的一面而吃惊；现在，他走在城市的街道上，觉得这些都见怪不怪了。"这是我们的生活质量。"他断言道。"美国的男人和女人还没有学会像他们的森林和宽广干净的平原一样，保持纯洁、高贵和自然。"

他想起耳闻过的伦敦、巴黎和旧世界的其他城市，又陷入了深深的沉思，开始自言自语起来。

"几个月来，我一直在这片广阔洁净的新大陆上来回穿梭，"他说，"然后我发现其实这座城市也没比那些城市干净到哪儿去。难道人类会永远带着那昔日的痛苦、涌动在血液里说不清的饥渴，还有那种眼神继续生活吗？难道他们永远都不会自我忏悔、自我认识，不遗余力地去建设一个更强大、更干净的人类种族吗？"

"除了你自己，不会有人在意这些的。"他内心深处这样回答。

萨姆想起那些作家和教师们，他想知道，为什么他们所有人都喜欢深入探讨罪恶，为何他们总是绞尽脑汁、花费精力去做批判人生这种无用功，却从不加入禁酒联盟或者停止周日的棒球运动，为人类幸福而努力奋斗。

事实上，许多作家和改革家都认为，从本质上看，恶习和放荡是一种迷人的东西。可他们这样与老鸨们又有什么不同呢？反正萨姆是没感受到那些所谓的魅力。

"对我而言，"他沉思着，"在美国城市的蛮荒之地里，没有弗朗索瓦·维庸[①]，也没有萨福[②]；相反，只有令人心碎的疾病和贫穷，以及那冷酷无情的面孔和破烂油腻的衣服。"

他想到左拉那种能看清生活本质的人。他年轻时在城里生活了一段时间，听取了珍妮特·埃伯利的建议，读了些左拉的书，这些书让他受益匪浅，并对其

---

① 弗朗索瓦·维庸(Francois Villons，约1431～1474)，法国中世纪最杰出的抒情诗人。——译者注。

② 萨福(Sapphos，约前630或前612～约前592或前560)，古希腊著名的女抒情诗人。——译者注。

深怀敬畏。萨姆突然想起几周前，克利夫兰一家二手书店的老板给他一本平装书《娜娜的哥哥》，还抛着媚眼得意地笑着说："这书里有些好玩的东西哦。"萨姆疑惑起来，自己仅仅是出于对书店老板这句评论的好奇才决定要买的吗？

萨姆走过他儿时的那个小镇，这里依旧有些陋习，比如常见的粗鄙行为与男权主义。在虔诚谷的阿特·舍曼酒馆里，有人趴在一张脏兮兮且满是啤酒的桌子上睡着了。报童不声不响地从他身边走过，为他流落至此连买报纸的钱都没有而感到惋惜。

"年轻人的生活充斥着放荡和堕落。"他思考着，走到一个街角，看到一些青年在肮脏的台球室里打球、抽烟，然后转身向市中心走去。"罪恶简直无处不在。进城打工的农家男孩在烟雾缭绕的火车车厢里总会听到些淫荡的故事，而那些城里来的旅人会给这群人讲述城市街道上的村庄商店里背后的肮脏事儿。"

萨姆并不否认年轻人会接触恶性行为这一事实，这些东西本就是世界的一部分。那天晚上，当他在罗切斯特的街道上漫步时，他想如果可能的话，他希望所有的年轻人都能了解真理。自己所在的城市和熟悉的城市里的那些肮脏之事都被人们蒙上了一层浪漫面纱，一想到这，他的心就痛苦万分。

街道两旁坐落着一些小木屋，一个醉汉跌跌撞撞地走着，身边跟着一个小男孩。萨姆突然回想起他刚来城里的那几年，想起了卡克斯顿那位步履蹒跚的老人。

"你也许会认为，没有人能比卡克斯顿那位画家的儿子更善于对抗邪恶和放荡了，"萨姆提醒自己，"可他本身就很邪恶。就像所有年轻人察觉到的那样。"萨姆发现在这个话题上有很多误导性的言论和文章。他认识的那些生意人对此问题没有任何帮助，因为他们普遍缺乏自制，更别提什么立誓行事了。正如那句"沾酒的双唇不可触及我们的嘴唇"，女人的感情从不留给喝醉的人，因为喝醉的人连自己都无法掌控。

他回忆起点滴往事：同熟悉的商人们狂欢作乐，在街道和警察撞上，曾经默默地爬上桌子对着别人讲话，或者向芝加哥酒吧里那些喝醉了的酒客们倾诉自己内心深处的秘密。平日里，萨姆并不是个善于交际的人，他总是独来独往。但在这些狂欢的日子里，他可以无拘无束，大胆地和别人勾肩搭背，和他们一起唱歌，还因此成了中间的名人。他满腔热血，甚至有段时间，他觉得这才是好的生活方式，于是越来越猖狂，身上的不良风气也愈加明显。

萨姆漫无目的地在街上游荡，跌跌撞撞地走过灯火通明的酒馆。他比以往更清楚，所有的罪恶都是肮脏、有害的。

他想起曾住过的一家旅馆，那里允许各色情侣入住。这家旅馆早已失去了安宁和整洁，大厅昏暗，窗户紧闭，窗帘破破烂烂，褪了颜色，角落积满了灰尘，各种奇怪的咆哮声、咒骂声、尖叫声和哭喊声在那里回荡，令人闻之色变；人们用帽子遮住脸，匆匆地穿过大厅；侍者们拖着步子走，偶尔侧过脸偷偷瞟一眼那些男女；那里没有吹着口哨的侍者，更没有温暖的阳光、新鲜的空气和幸福感。

他想起那些从农村来的年轻人，还有那些堕落的青年，他们疲惫不堪、焦躁不安。门道里的妓女们朝他们招手，并以他们的尴尬神态为乐。在芝加哥时，萨姆也有过类似的经历。他一直在寻找那个浪漫而又不可能真实存在的情人，或许她只存在于传说中的海底世界里，可望而不可即。萨姆想有个自己的金发女郎，他就像那个住在南水街仓库里天真的德国小伙子一样，那人生活非常节俭，曾对他说："我想找个模样好看、文静谦虚的姑娘做我的情妇，不会跟我要钱的那种。"

萨姆没有找到他的金发女郎，如今他明白了，这种女郎根本不存在。他也没有见过那些被牧师称为罪恶宫殿的地方，现在他知道，世界上根本没有这样的地方。萨姆感到疑惑，为什么年轻人不能明白罪恶即肮脏粗俗呢？为什么没有人明明白白地告诉他们，是非之地永不安宁呢？

他结婚后，来家里做客的男人们讨论过这件事。萨姆记得，当时有个人断言，妓女是现代生活的必需品，正常而体面的社交生活离不开她们。在过去的一年里，萨姆经常想起那个人的话，但想这些之前，他就开始迷惑不已。在城镇和乡村的道路上，他看见成群结队的小女孩从学校里嬉笑着走出来。萨姆不知道，这些女孩儿中谁会被选中为人类服务。而现在，在他沮丧的时候，他希望餐桌上聊天的人是可以陪他散步谈心的人。

萨姆又转进一条灯火辉煌、熙熙攘攘的大街，继续研究着人群中的面孔。看着看着，心情也逐渐平静。他双腿疲惫，心想，谢天谢地，今晚总算能睡个好觉了。灯光下，无数张面孔映入眼帘，"再多良辰美景，"他平静地想，"也总有落幕的时刻。"

萨姆专心地看着这些面孔：有的呆板，有的亮丽；有些长得扭曲，鼻子与眼睛快要挤在一起，有的长着厚重的下巴；有的人看起来没什么深度，有的人看起来内心柔软。即使他思绪万千，也无法将这些描绘下来。他的手指很疼，甚至连铅笔都拿不起来，也无法用颜料在画布上创作，更无法将这些画像放在世人面前，告诉他们："这是你们用生命为自己和孩子们创造的面孔。"

在一座高大办公楼的大厅里，他在一个小雪茄柜台前停下来，想买些新鲜的烟。萨姆目不转睛地注视着一个身穿柔软皮草的女人，那人惊慌不已，匆忙跑到电梯旁等待她的男伴，显然男伴已经上电梯了。

萨姆走在街上，想到这个女人温柔的脸颊和无忧无虑的眼神，再想到她那辛勤劳作的双手，不寒而栗起来。他突然想起那位曾帮他度过病痛的加拿大小护士的面孔和身材，想起她那敏捷灵巧的手指和健壮的小胳膊。"一个像她那样的人，"他喃喃地说，"和这个贵妇人一样的面孔和身体。猎人走进北方白色的寂静地带，为她披上温暖的毛皮；为了她，这里发生了一场悲剧——一场枪击，雪地上血红一片，一只挣扎的野兽在空中挥舞着它的小爪子；为了她，一个女人忙碌了一早上才赶出来这件皮草，汗水浸湿了她洁白的四肢、她的脸颊和头发。"

对这位贵妇人来说，她也曾有一个属于她的男人，一个如他一样的男人，自恋、满嘴谎言、爱慕虚荣，一个有权力、有能力、可以成就一番事业的男人。萨姆心中再次燃起对艺术家权力的渴望，倘若成为一名艺术家，他不仅可以细细研究街上那些面孔背后的意义，还能把他看到的一切呈现出来，可以用灵活的手指把人类的成就画成一幅幅画像，挂在墙上由人欣赏。

从前，萨姆在卡克斯顿听过特尔弗的演讲，在芝加哥和纽约同休在一起时，也曾试图去了解这位艺术家内心的激情。此刻，他走在长街上，看着一张张擦肩而过的面孔，觉得自己忽然理解了那位艺术家内心的想法。

刚来这座城市的时候，有那么几个月，他一直在和一个女人偷情。这个女人是艾奥瓦州一个养牛农民的女儿。现在，萨姆满脑子都是她的面容。她无比粗糙的脸和脚、她那厚厚的嘴唇和呆滞的眼睛，再加上那子弹般坚硬的脑袋，多么像她父亲买卖的牛啊。他想起了在芝加哥的那间小房间里和这个女人的第一次。傍晚时分，男人和女人都迫不及待地奔向约会地点，她那双有力的手臂紧紧地搂住他。那段时光多么炽热，多么美好啊。办公大楼旁，一个女人坐在汽车里，萨姆细细观察着她的脸庞，她的神情十分平静，没有一丝波澜。萨姆好奇地想，是哪个养牛人的女儿夺走了这个男人的激情，让他愿意为这张美丽面孔付账呢。

小街旁有家廉价剧院，剧院内灯火通明。剧院前面，一个女人独自站着，半遮半掩地躲在教堂门口，轻轻唤他一声，他便转身向她走去。

"我不是顾客，"他看着她瘦弱的脸和枯瘦的双手说，"但如果你愿意，我想请你吃顿像样的晚餐。我饿了，而且我不喜欢一个人吃饭。我想找个人陪我聊聊天，这样我就不会胡思乱想了。”

“你真是个怪人。”女人挽着他的胳膊问。“你做了什么不愿去想的事？”

萨姆没有回应。

“那边有个地方。”她指向一家亮着灯的廉价餐馆，窗帘看起来脏乎乎的。

萨姆继续走着。

“如果你不介意，”他说，“我来选地方。我想吃顿丰盛的晚餐。选个菜色不错、桌上铺着干净亚麻布的地方。”

他们在一个角落里停下来，讨论晚饭的事。女人说要回趟家，萨姆就在附近一家药店里边等边打电话订晚餐，并叫了一辆出租车。女人回来时，穿了一件干净的衬衣，头发也精心打理了一番。隐约间，萨姆嗅到了汽油味，猜想她刚才应该清理了下那件破夹克上的污点。女人发现萨姆还在等自己，神情些许惊讶。

她说：“我还以为你在敷衍呢。”

他们坐车去了萨姆选的地方，一路沉默。那是间有干净地板和墙壁的路边小屋，私人间里还有篝火。这个月里，萨姆来这里好几次了，这里的饭菜都很可口。

他们默默地吃着。女人讲着自己的事，但萨姆对此不感兴趣，看来她似乎没有掌握随机聊天的诀窍。萨姆没有仔细观察她，就像自己说的那样，把她带过来吃饭是因为自己一人很孤独，也因为在这之前这个女人带着瘦弱、疲惫的脸庞和虚弱的身体站在教堂门口、在黑暗中张望着，向他求助。

萨姆觉得她看起来非常贞洁，她那严肃的神情像个挨了鞭笞却没有屈服的人。她的脸颊消瘦，布满雀斑，像个男孩；牙齿虽然洁白，但有的已经坏了，且修补得很差；她的手看上去与他母亲的手一样，皱皱巴巴的，很粗糙。萨姆恍惚间感觉坐他对面这个女人竟与自己的母亲有几分相似。

晚饭后，他坐在那儿抽着雪茄，眼睛望着炉火。女人斜靠在桌子上，碰了碰他的胳膊。

“一会儿……我们离开这儿后，你还要带我去其他地方吗？”她问。

“我打算把你送到你家门口，就这样。”

“我很高兴，”她说，“我很久没有过这样的夜晚了，它让我觉得很美好。”

他们沉默地坐了一会儿，然后萨姆开始谈论他在艾奥瓦州的家乡。在那里，他可以自由自在地表达自己的想法。他向她讲述了自己的母亲和玛丽·安德伍德，她也讲了些自己家乡和生活的事。她听力不太好，这给聊天增加了不少难度，萨姆不得不向她重复着词句。过了一会儿，萨姆不再讲话，抽着烟望着炉火，安静地听她说。她的父亲曾是一艘小汽船的船长，常年在长岛海峡穿梭。母亲是一个细心精明的女人，也是一个好管家。他们住在罗德岛的一个村庄里，房子后面有一个花园。她父亲四十五岁时才结婚，在她十八岁时就死了，一年后，母亲也死了。

女人说，自己在罗得岛的村子里并不出名，因为她一直很害羞，平日里也沉默寡言。她常把房子打扫得很干净，还去花园里帮父亲干活。父母去世后，只剩自己一人，还有银行里的三千七百美元和一个小小的房子。后来，她嫁给了一个铁路公司的职员，卖掉了房子，搬到了堪萨斯城。她害怕那广阔平坦的乡村，在那里的生活并不算美好。在她居住的新英格兰的村庄里，山峦和河水让她感到很孤独。她天性内向，不会轻易动感情，所以也没能很好地抓住丈夫的心。不用说也知道，她丈夫娶她就是为了那点钱，婚后便开始用各种手段从她那里弄到钱。她生了一个儿子，产后的一段时间里，自己身体很差，偶然间发现丈夫拿着自己的钱去找城里的女人挥霍。

"当我发现他既不关心我、也不关心孩子、更不愿意养我们的时候，我想没有必要再浪费口舌了，所以离开了他。"她慢条斯理地说。

她看清丈夫的嘴脸后，就去上了速记课。她算了算，发现积蓄还剩一千美元，这给了她很多底气。后来，她找到了一份工作，就去上班了，知足且快乐。接着，她的听力出现了问题。于是她失业了，最后不得不找了份薪水微薄的工作，工作内容是给邮购药商抄写信件。她把儿子给了一个能干的德国女人，那人是一个园丁的妻子。她每周为孩子支付四美元，还要给自己和孩子买衣服，而她在药商那里的工资是每周七美元。

"就这样，"她说，"我开始走上街头。我没有认识的人，也没有别的事可做。但我不能在我孩子住的镇上的街道拉客，所以我离开了。然后，我去了另一个城市。在那里，我的大部分时间花在为专利药商工作，用在街头赚的钱来维持收入。我天生就不是一个关心男人的女人，当然也没有多少男人关心我。我不喜欢他们用手碰我。我不能像大多数女孩那样喝酒，因为我酒量很差。我想一个人待着，也许我根本就不该结婚。我倒不是讨厌我丈夫，在我不得不停止给他钱之前，我们一直相处得很好。但当我明白事态的发展时，我又重新对生活进行了审视。我觉得我必须留给儿子至少一千美元，以防我有什么不测。当我发现除了走上街头、自己什么工作也干不了的时候，我就只能走上街头拉客了。我也尝试过其他工作，但都无法做下去。面临生活考验的时候，我更在意的是我儿子而不是自己。遇到这种状况，任何女人都会这样吧。我想，比起我想要的，孩子更重要。”

“站街对我来说并不容易。有时候，当我在街上拉到一个客人走在路上时，我会祈祷，祈祷他摸我的时候，我不会颤抖，也不会逃开。因为我知道，如果我这样做了，他就会走掉，我就拿不到钱了。”

“事后，那些男人通常会吹嘘自己。我会尽力让他们给我一点钱和廉价的珠宝。有时他们想和我做爱，然后再把给我的钱偷回去。这是生活里最冷酷无情的一幕，充满谎言和虚伪。我每天都在给那些专利商写同样的谎言，一遍又一遍地写，然后到了晚上，我又要听其他人的谎言。”

她不再作声，坐下来，弓着身子，用手托着脸，静静地看着炉火。

“我的妈妈，”她又开始说，“她的衣服并不总是干净的，因为她常跪在地上擦地板，或者在花园里拔杂草。但她讨厌肮脏，所以就算衣服是脏的，她的内衣和身体也会保持干净。妈妈教我也这样做，当然我也想像她那样，但我把她的好习惯丢得一干二净。今晚和你坐在这里，我一直在想，我的内衣不干净，但大多数时候我并不在乎它干不干净，干净和我现在的职业根本不沾边。在外，我必须一直打扮得漂漂亮亮，这样男人在街上看到我时就会停下来。我生意好的时候，会三四个星期不上街拉客，待在家里打扫房间，把自己洗得干干净净。我的女房东让我晚上在地下室洗衣服。在街上拉客的那几个星期里，我似乎不太在意自己身体干不干净。”

德国小交响乐团开始演奏摇篮曲，一个胖胖的德国侍者从敞开的门那边走了进来，往火里添了些木柴。他在桌旁停下来，谈论着外面路上的泥浆。另一个房间传来了清脆的碰杯声和笑声。女人和萨姆又聊起了他们的家乡。萨姆非常喜欢她，他想，如果她是自己的女人，自己应该能满足她对幸福生活的向往。她身上有种自己一直寻找的宝贵品质——诚实。

他们坐车回城里时，她把手放在他的胳膊上。

“我不抵触你。”她真诚地看着他说。

萨姆笑了笑，拍了拍她瘦弱的手。“今晚过得很愉快，”他说，“之后，我们都会回到各自原本的生活里。”

“谢谢你，”她说，“我还有件事想告诉你。也许你听完会觉得我很不道德。我们新英格兰人是有信仰的民族。有时候我不想上街拉客，我就会跪下来，祈祷上帝给我勇气，继续前行。听起来是不是很糟糕?”

她上楼去，萨姆站在街上，依然可以清晰地听到她爬楼梯时气喘吁吁的声音。她爬到一半停下来，向他挥了挥手，模样笨拙又幼稚。萨姆突然想拥有一把枪，然后拿着它去射杀街上的市民。他站在灯火通明的城市里，望着长长的、空无一人的街道，想起了卡克斯顿监狱里的迈克·麦卡锡。他像迈克那样，对着无尽的黑夜吼叫：

“神啊，你在吗？难道你要让你的孩子们在地球上互相伤害吗？当初你创造天地，赋予人类生命，难道现在要任由他们去破坏、伤害和毁灭吗？”

6

在外流浪的第二年年底，萨姆去了西弗吉尼亚州的一个采矿村，在村里一间寒冷的小旅馆里安顿下来。一天早晨，他起床后看到一些头戴灯帽的矿工走过灯光昏暗的街道。萨姆把那块硬邦邦的早餐蛋糕吃完，结了住宿费，坐火车去了纽约。他曾经喜欢在乡间漫游，在路旁和乡村里同偶然结识的人交谈以求得到自己想要的东西，但现在他已彻底放弃了那种想法，决定回到和他经济水平差不多的生活中去。

他觉得自己不是一个有天赋的流浪汉，骨子里压根儿就没有对风、太阳和棕色道路的呼唤和执着。潘的精神没有控制他，在他流浪的日子里，春天的早晨是他最享受的时刻。清晨，浓郁而甜蜜的风穿过树木、草地和他的身体，大自然顺风而行，呼唤着万物，唤醒了他身体里的每个细胞、脑海中的缕缕思绪。尽管这种快乐如此纯粹，但他终究还是属于小镇和人群，终究还是要回去。卡克斯顿、南水街和拉萨尔街在他的生命中留下了不可磨灭的痕迹。萨姆把帆布夹克扔到西弗吉尼亚旅馆房间的一个角落里，又回到了他的那片天空。

萨姆回到纽约，去了一个郊区俱乐部，他是那里的会员。之后又去了一家烧烤店，吃早餐的时候碰见了一个叫杰克逊的熟人，他是名演员。

萨姆坐在椅子上，环顾四周。他想起几年前带着韦伯斯特和克罗夫茨来这里时，环境也是现在这般宁静优雅。

“你好啊，大款，”杰克逊热情地打招呼，“听说你过了段清心寡欲的日子。”

萨姆默许地笑了笑，开始点餐，这让杰克逊惊讶地瞪大了眼睛。

“我一个人在外漂泊数月，只为寻求身体健康和生命的意义，然后突然改变主意，回到这样一个地方。对于这些，你这个尊贵人儿是不会懂的。”他说。

杰克逊笑了起来，点燃了一支香烟。

“你太不了解我了，”他说，“我刚刚结束了一场纽约长期演出，如果我没那么有名，我宁愿在外面生活。现在你又瘦又黑，你打算去做什么呢？你会回到莫里森和普林斯那儿继续赚钱吗？”

萨姆摇了摇头，看着面前这个优雅安静的人，他看起来是多么满足和快乐。

他说：“我打算试着生活在富人和闲人周围。”

“他们那帮家伙真是烂透了，”杰克逊肯定地说，“我打算坐夜班火车去底特律。和我一起走吧，咱们在车上好好聊聊。”

那晚在火车上，他们和一个肩宽背阔的老人聊了起来，老人告诉他们自己要去打猎。

“我要从西雅图出发，”他说，“去各个地方搜寻一切。我要把世界上所有大型动物的头都砍掉，然后回到纽约，在那里度过余生。”

“我和你一起去。”萨姆说。第二天早上，他离开了要去底特律的杰克逊，和他的新朋友继续向西走。

几个月来，萨姆一直和这位精力充沛、心胸宽广的老人一起旅行打猎。这位老人因为早期买了些标准石油公司的股票而变得富有，他对射击和杀戮有着强烈的激情。他们一起去捕狮子、大象和老虎。后来，萨姆从非洲西海岸乘船回伦敦，老人在海滩上走来走去，抽着黑雪茄烟叨咕：“玩了一半就走，萨姆可真是个傻瓜。”

在狩猎这一年之后，高贵的萨姆又在伦敦、纽约和巴黎过了一年富有而休闲的绅士生活。他乘汽车旅行，在北方湖泊的岸边钓鱼、闲逛，和一位写自然类书籍的作家划着独木舟穿越加拿大，在俱乐部和上流社会的酒店里坐着，听那里的男男女女聊天。

那年春天的一个傍晚，他去了哈得逊河边的一个村庄，休租的房子就在那里。他刚到那里就看见了她。萨姆跟着休走了一个小时，看着她敏捷活泼的小身影穿过村里的街道，他想知道她现在过着什么样的生活。但这时，休突然转过身来，眼看着要与他相视了，他急忙跑到街道的另一边，而后又坐火车回到了城市。萨姆觉得，几年未见，他不能这样两手空空羞愧地和她面对面。

后来，他又开始喝酒，但并不是那种偶尔喝一杯，而是不间断地饮酒。有天晚上在底特律，他和旅馆里的三个年轻人一起喝得醉醺醺的，这是他和休分手后第一次和女人在一起喝酒。他们四个在一家饭馆里相识，萨姆和那三个年轻人一起上了一辆汽车，在城里转来转去，放声大笑，向空中挥舞着酒瓶，向街上的过路人打招呼。他们来到了小镇边上的一间餐厅，围坐在一张长桌旁，边喝酒边唱歌，玩了好几个小时。

一个女孩坐在萨姆的腿上，用一只胳膊搂着他的脖子。

“给我点钱，有钱人。”她说。

萨姆仔细端详她。

“你是谁?”他问道。

女孩开始介绍自己，说她是市区一家商店的店员，恋人是开洗衣车的。

她直白道：“我会拼命挣钱去买好看的衣服，但如果蒂姆看见我在这儿，他会杀了我的。”

萨姆把一枚硬币放到她手里，下了楼，坐上一辆出租车回了旅馆。

那晚过后，萨姆经常出去痛饮狂欢。在很长一段时间里，他都是一副无所事事的麻木模样，谈论着出国旅行，却迟迟没有行动；在弗吉尼亚买了一个从未去过的大农场；计划重新做生意，却又不去执行，日复一日地荒废时光。他常常睡到中午，起床后便开始不停地喝酒。到了晚上，他又变得兴奋且健谈，总是直呼别人的名字，拍拍那些偶然认识的人的背，和那些贪图利益、技术精湛的年轻人打弹子球或台球。初夏，他参加了一个来自纽约的年轻人聚会，与他们一起度过了几个月的闲暇时光。他有时一个人待着，有时和女人们在一起，开着马力强劲的汽车长途旅行，一起喝酒喧闹，一起登上游艇狂欢。有时，萨姆会离开他的伙伴们，坐上几个小时的快车在乡间穿行，静静地看着窗外经过的乡间景色，为自己能忍受得了压抑的生活而感到惊讶。几个月以来，他一直把一个年轻人带在身边，他称之为秘书，因为这个人会讲故事，唱歌好听，萨姆给他支付很高的薪酬。但有一天，萨姆突然解雇了他，因为这个年轻人讲了一个肮脏的故事，那个故事让萨姆联想到伊利诺斯州小镇上的埃德旅馆办公室里的一个勾腰驼背的老人给他讲的另一个肮脏故事。

在那几个月里，萨姆一直沉默寡言，而后渐渐变得郁郁寡欢，性格也尖锐起来。他依旧处于那种空虚、漫无目的的状态，但他觉得应该还有一种更正确的生活方式，可自己却怎么也找不到。萨姆不再如以前一样朝气蓬勃，他的体型变得肥胖，皮肤也粗糙许多，为一点小事情就能高兴好几个小时，也不再读书。他常常喝醉了就躺在床上胡言乱语几个小时，然后再骂骂咧咧地出门乱逛。他的思想和言语也变得粗俗不堪，总是和那些庸俗的人混在一起，对旅馆和俱乐部服务员的态度也变得粗暴起来。他憎恨生活，但只要医生摇摇头，他就又像个懦夫一样奔向疗养院和疗养胜地了。

第四卷

1

九月初的一个下午，萨姆坐上了一列向西行驶的火车，打算去看望住在卡克斯顿附近农场的姐姐。多年来，凯特一直杳无音信，但他知道她有两个女儿，他想为她们做点什么。

“我要让她们住在弗吉尼亚农场，并立下遗嘱，把我的钱留给她们，”萨姆想，“也许我可以给她们带来幸福，安顿她们的生活，给她们买漂亮衣服。”

到了圣路易斯，萨姆下了火车，心不在焉地想着得去找一位律师，安排一下遗嘱的事。接下来的几天，他和之前结识的一帮酒友住在普兰特旅馆。从某天下午开始，萨姆到处同朋友喝酒聚会。他的眼睛里闪烁着一种丑恶的光芒，他望着街上走过的男男女女，感觉自己仿佛置身于敌人之间。对他来说，别人眼中所流露的那种宁静、满足和愉快是他无法得到的。

傍晚，萨姆走到街上，后面跟着一群吵吵嚷嚷的同伴，街道两旁有几间砖砌的小仓库，面朝河流，河上有几艘汽船停泊在浮船坞上。

“我想要一艘船，能够带着我和我的同伴们在河上巡游一番，”萨姆向一艘船的船长走去，说道，“带我们在河上来回多航行几次，直到我们累了为止。我会付钱的。”

那是一个酒精都控制不住他的日子，他和同伴们一起买酒喝，他觉得自己像个傻瓜，不断地供坐在他周围甲板上的那些卑鄙船员消遣娱乐。他开始冲他们大喊大叫，还命令他们。

“唱大声点！”萨姆命令道，他来回踱着步子，皱眉看着他的同伴们。

参加聚会的人中有一个会跳舞的年轻人，但他拒绝听从萨姆的命令。在大喊大叫的人群面前，萨姆跳上前去，把他拖到甲板上。

“现在就跳!”他咆哮道,“否则我就把你扔到河里去。”

那个年轻人疯狂地跳着舞,萨姆走来走去,看着他和那些懒洋洋地躺在甲板上或者朝舞者喊叫的互送秋波的男男女女。萨姆体内的酒精开始起作用,他产生了一种古怪扭曲的延续后代的新想法,他举起手,示意安静一下。

“我想要一个做了母亲的女人,”萨姆喊道,“我想要一个已经生过孩子的女人。”

一个小个子女人从围着舞者的人群中窜了出来,她有一头乌黑的头发、一双黑色的眼睛,她的眼神很火辣。

“我生了三个孩子,”她笑着对他的说,“我还可以生更多。”

萨姆呆呆地看着她,拉着她的胳膊,把她带到甲板上的一把椅子旁。众人都笑了。

“贝拉在追他。”一个矮胖的男人低声对同伴说,他的同伴是一个蓝眼睛的高个女人。

汽船载着一大群男男女女,他们一边喝酒,一边唱歌,沿着河逆流而上,经过长满树木的断崖时,萨姆身边的黑发女人指向断崖顶上的一排小房子。

“我的孩子们就在那儿,他们正在吃晚饭。”黑发女人说。

黑发女人开始唱歌,大笑着向坐在甲板上的其他人挥舞着瓶子。一个浓眉大眼的小伙子站在一把椅子上,唱着一首街头之歌,黑发女人跳了起来,萨姆的同伴用她手里的瓶子打着节拍。萨姆走近船长,抬头看着河。

“回去吧,”他说,“我受够这伙人了。”

在沿河返回的路上,黑发女人再次坐在萨姆的旁边。

“一起去我家,”她平静地说,“就你和我,我带你去看孩子们。”

船转弯时,河面上漆黑一片,远处城市的灯光开始在眼前闪烁。人群变得安静下来,有的睡在甲板上的椅子上,有的三五成群地聚在一起低声交谈。黑发女人开始对萨姆讲她的故事。

她说,她的丈夫是一个水管工,但他离开了她。

“我把他逼疯了,”她轻声笑着说,“他想让我和他以及孩子们夜复一夜地待在家里。晚上,他经常跟踪我到城里,乞求我回家。我不愿回家时,他便会含泪离开,这让我很愤怒。他根本就不是个男人,我让他做什么他都愿意做。但之后他跑了,还把孩子丢给了我。”

在城里,萨姆坐在一辆敞篷马车里,黑发女人坐在他旁边,他把孩子们抛在脑后,到处吃吃喝喝。他们在戏院的包厢里坐了一个小时,看厌了表演后又爬上了马车。

“去我家吧，我想和你单独相处。”那女人说。

他们驶过一条又一条住着工人的街道。在街道上，孩子们在灯光下欢笑玩耍，有两个男孩光着腿，他们的腿在头顶灯光的照射下闪闪发亮，男孩们抓着马车的后面，跟在马车跑。

车夫抽打着马，笑着回头看。黑发女人站起来，跪在马车的座位上，笑着面向跑着的男孩们。

“快跑开，你们这些小鬼。”她喊道。

他们继续抓着马车狂奔着。他们的腿在灯光下忽闪忽闪。

“给我一块银币吧。”她转身对萨姆说，等萨姆把银币给了她，她就把银币叮当一声扔在街灯下的人行道上。两个男孩朝银币冲过去，一边喊一边向她挥手。

成群的巨大苍蝇和甲虫在路灯下盘旋，飞撞在萨姆和那女人的脸上。其中一只巨大的黑色爬行物落在女人的胸前，她把它拿在手里，蹑手蹑脚地走上前把它顺着车夫的脖子扔下去。

尽管萨姆在下午和晚上喝得酩酊大醉，但他的头脑很清醒，一种对生活的憎恨平静地在心中燃起来了。他回想起了失信于休之后的那些日子，他蔑视一切努力。

“这是一个追求真理的人所得到的，”他想，“他的一生有了一个好结果。”

生活在萨姆的四周奔跑，在人行道上玩耍，在空中跳跃。在市中心的夏夜，生活在他的头顶上盘旋、嗡嗡地歌唱。甚至对坐在马车里那个闷闷不乐的男人身旁的黑发女人，它也开始歌唱。血液从萨姆的身体里涌出，一种奄奄一息的热望，半渴求半期望地在他体内苏醒了，它跳动着、坚持着。他望着旁边这个大笑着的醉酒女人，一股阳刚之气霎时涌上心头。他开始思考她在汽船上大笑的人群面前说过的话。

“我生了三个孩子，还能再生几个。”

一看到黑发女人，萨姆的血液就沸腾了，也唤醒了他沉睡的大脑，他又开始抱怨生活，抱怨生活给予他的一切。他认为，除非他能按自己的意愿行事，除非他能像命令、指挥炮兵连那样命令、指挥生活，否则他还是会斩钉截铁地拒绝接受生活的召唤。

“不然我为什么在这里？”他喃喃自语，目光从那女人呆滞、笑眯眯的脸上移开，转而看向前座车夫宽阔又肌肉发达的后背。“为什么我拥有智慧、梦想和希望呢？为什么我要追求真理呢？”

看到盘旋的甲虫和奔跑的男孩，萨姆的思绪开始活跃起来了。那女人把头靠在他的肩上，乌黑的头发吹拂在他的脸上。她疯狂地拍打那些盘旋着的甲虫，若是抓住了其中一只，她便像个孩子一样大笑。

“像我这样的人总有一天会死的，它们不能像我那样被玩弄。”萨姆喃喃地说，紧紧地握住黑发女人的手。他想，这个女人也在遭受生活的折磨。

马车在街道上的一家酒馆前停了下来。从敞开的前门往里看，萨姆可以看到站在吧台前喝着起沫啤酒的工人们，他们头顶上方的灯将他们的黑影投射在地板上。门口散发着一股浓郁的霉味。黑发女人俯身靠在马车的一边，大喊道：“威尔啊，到这儿来！”

一个男人从柜台后面走出来和她聊天，男人穿着白色长围裙，衬衫袖子卷到了胳膊肘。他们乘着马车再次上路了，这时黑发女人告诉萨姆，她打算把房子卖了，把这地方买下来。

“你要经营这家酒馆？”萨姆问道。

“没错，”她说，“孩子们可以照顾自己。”

街道尽头有六幢整洁的小房子，他们下了马车，沿着一条人行道步履蹒跚地走着。人行道是沿着高高的悬崖边铺设的，从这里可以俯瞰河水。房屋下方有杂乱的灌木丛和小树，在月光下也是黑压压的，远处还有隐约可见的灰色河流。灌木丛很茂密，往下只能看到树梢，偶尔还会看到露头的灰色岩石在月光下闪闪发光。

他们爬上一段石阶，来到了一幢面朝河流的房子的门廊。女人收起笑容，忧郁地挽着萨姆的胳膊，两脚摸索着走上台阶。两人穿过一扇门，进入一间低矮狭长的房间。房间一侧的楼梯一直延伸到楼上，透过房间尽头的一扇挂着窗帘的门可以看到一间小餐厅。地板上铺着块破地毯，摆着一张桌子，桌子中央挂着一盏灯，周围坐着三个孩子。萨姆仔细端详着他们，感到很震惊，他紧紧地抓住了门把手。首先看到一个大约十四岁的男孩正在大声地读书，他有着棕色的眼睛和红褐色的头发，脸上和手背上长着雀斑。他旁边坐着一个比他小一些的男孩，小男孩的头发和眼睛黑黑的，他蹲在靠前的椅子旁，下巴靠在上面，听着满脸雀斑的男孩读书。第三位是睡在另一张椅子上的小女孩，她有一头黄发，脸色苍白，还有黑眼圈，她的头很不舒服地耷拉在一边。她看起来七岁左右，那个黑头发的男孩看起来十岁左右。

脸上长着雀斑的男孩停止了朗读，看着这个男人和黑发女人。那个熟睡的孩子在椅子里不安地动了动，黑头发的男孩伸直了腿，扭头看了看。

“妈妈好。”他热情地说。

黑发女人摇摇晃晃地走到通向餐厅的挂着窗帘的门口，拉开窗帘。

“过来，乔。”她说。

雀斑男孩站起来朝她走去。她站在一边，一只手抓住窗帘撑住自己。雀斑男孩走近时，她用另一只手打了他的后脑勺，男孩摇摇晃晃地跌进了餐厅。

“现在轮到你了，汤姆，”她对黑头发男孩喊道，“孩子们，我已经告诉过你们，吃完晚饭后要洗碗，还要哄玛丽上床睡觉。现在已经十点多了，你们什么也没干，又看书。”

黑头发的男孩站了起来，顺从地朝她走去，但萨姆飞快地从他身边走过，一把抓住黑发女人的胳膊，女人畏缩了一下。

“你跟我来。”萨姆说。

他带黑发女人穿过房间走上楼。她用力倚在萨姆的胳膊上，笑着抬起头看他的脸。

到楼梯尽头时，他停住了。

“我们从这里进去。”她指着一扇门说。

他带她进了房间。“你去睡吧。”他说着，关上门走了出去，留下她疲惫地坐在床边。

萨姆发现两个男孩在楼下餐厅外的一间小厨房里洗盘子，小女孩仍然在桌旁的椅子上不安地睡着，炽热的灯光照着她那瘦弱的脸颊。

萨姆站在厨房门口看着那两个男孩，男孩们也局促不安地回头看着他。

“你俩谁负责哄玛丽睡觉？”萨姆问。没等他们回答，他就转向两个男孩中较高的那个，“让汤姆去干吧，”他说，“我在这儿帮你刷碗。”

乔和萨姆在厨房里洗盘子，男孩忙忙碌碌地走来走去，告诉萨姆洗干净的盘子该放何处，并给他拿来了干毛巾。萨姆脱下外套，把袖子卷了起来。

两人在尴尬的沉默中忙碌了半个小时，此时萨姆的内心翻腾起来了。乔害羞地抬头望着他，他突然变得柔弱起来了，仿佛有鞭子在抽打他的皮肉。过去的记忆开始在他内心深处激荡，他想起了自己的童年，想起了母亲给别人洗脏衣服，父亲温迪却醉醺醺地回到家中，想起了母亲和自己心中的那股寒意。童年是所有人的开端，不是因为它是童年，而是因为它是新生命的涌现。除了父亲或母亲的未竟之事，还有一些情义需要偿还。

位于悬崖上的小房子里一片寂静，房子外则一片黑暗，黑暗笼罩着萨姆的心灵。乔迅速地走过去,把萨姆擦过的盘子放在架子上。在河的某处,远远低于房子的地方有一艘汽船在鸣笛。男孩的手背上长满了雀斑,这双手是多么敏捷能干啊。这里有新的生命,至今一直保持洁净,没有污染,也没有为生活所迫害。萨姆因为自己手抖而感到羞愧。他一直想让自己的身体变得敏捷又结实,因为身体健康是精神健康的前提。他是一个美国人,他的内心深处有一种美国人特有的道德狂热,这种狂热在他自己和别人身上却奇怪地扭曲了。他深受触动之时,脑子里经常会冒出一大堆要去流浪的想法。作为一个有事业心的人,这种想法取代了他对生活的持久性规划,到目前为止,他所有的想法都没有为他带来什么,只是让他变得比以往更加不坚定。

碗碟都擦干净了,萨姆高兴地走出了厨房,避开了害羞沉默的男孩。"生活已经离我而去了吗？难道我只是一个行尸走肉吗？"他问自己。孩子们的出现,让他觉得自己不过也是个孩子,一个疲惫又颓丧的成年孩子。外出至某处打拼才会变成成熟的男子汉。为什么他没去呢？为什么它也不能来到他心里呢？

汤姆把妹妹放到床上后便出来了,两个男孩向家里的陌生人道了晚安。比较勇敢的乔走上前,伸出手来。萨姆郑重地握了握男孩的手,然后较小的男孩也走上前来。

"我想,明天我就在这儿附近。"萨姆声音沙哑地说。

孩子们走进了寂静的房间,萨姆则在小房间里走来走去。他焦躁不安,像要开始一段新的旅程,他有意无意地用手触摸自己的身体,希望它像刚迈入征程时那样强壮有力。就像那天他离开芝加哥俱乐部去寻找真理一样,他让自己的思想自由自在地回忆过去的生活,去分析反思。

房间里的灯还亮着,萨姆要么坐在门廊上,要么在屋里走来走去,就这样过了好几个小时。他又吸了一口烟,味道还不错,整个夜晚的空气也散发出一种甜蜜的味道,他回想起在杰克逊公园步行道上散步的情景,那时休对他以身相许,把对生活的那股新的冲劲儿也给了他。

萨姆躺在客厅的长沙发上,吹灭了灯,此时已经两点了。他没有脱衣服,只是将鞋脱下扔在地板上,萨姆躺在那儿,望着从敞开的门中洒进来的月光。黑暗中,他的大脑似乎转得更快了,焦躁不安的岁月里发生的事情和曾有的动力,就像地板上的活物一样源源不断地窜过。

突然,他坐起来,听着动静。其中一个孩子睡得很沉,呼吸很重,呼吸声从楼上的屋子里传来。

"妈妈！啊,妈妈!"女孩睡意蒙胧地喊道,萨姆觉得他能听到她在不安地翻身。

接下来是一阵沉默。萨姆坐在沙发边上等着，他觉得自己仿佛已经有了某种想法，他的大脑在几个小时里转得越来越快，现在就要想出他所等待的东西了。这种感觉和那天晚上他在医院走廊里等待的感觉一样。

早晨，三个孩子走下楼梯，在长长的房间里穿好衣服，小女孩走在最后，拿着鞋袜，用手背揉着眼睛。萨姆和乔一起做早饭，一阵凉爽的晨风从河边顺着敞开的纱门吹来。之后，他们四个人坐在桌前，萨姆试图和他们说话，但没怎么说出来。他的舌头发沉，孩子们似乎在用奇怪、疑问的目光看他。

"你为什么在这里?"他们的眼中透露着疑问。

萨姆在城里住了一个星期，每天都会来看他们。他会和孩子们小聊一会儿，傍晚他们的妈妈走了以后，小女孩就会来到他身边。萨姆把她抱到外面走廊上的一张椅子上，男孩们坐在屋里的灯下看书，她就睡在萨姆的怀里。她的身体是温暖的，她的唇间传来温柔而甜蜜的呼吸。萨姆从悬崖边往下看，远处的乡村和河流在月光下显得很美。泪水涌上了他的眼睛，他想知道这是心里追寻新目标激动的泪水，还是自我惋惜的泪水。

一天晚上，那个黑发女人再次烂醉如泥地回到家中，萨姆将她领上楼，看她倒在床上，嘴里叽里咕噜地说个不停。她的同伴是一个衣着鲜艳、留着胡子的小个子男人，一看见站在客厅灯下的萨姆就跑开了。萨姆一直给两个男孩读书，他们什么也没说，只是自觉地看着桌上的书，偶尔也用眼角的余光瞟一眼他们的新朋友。几分钟后，他们也上了楼，像那天晚上一样，他们笨拙地伸出了手。

整个晚上，萨姆都坐在漆黑的屋外，或者睁着眼躺在沙发上。"我要做一次新的尝试，找到新的生活目标。"他对自己说。

第二天早上，孩子们上学去了，萨姆坐上汽车进了城。他先去一家银行兑现了一张大面额的支票，又马不停蹄地逛商店，买衣服、帽子、软制内衣、手提箱、连衣裙、睡衣和书，最后买了一个大型洋娃娃。他把所有东西都送到自己所在旅馆的房间，并留下一个人收拾箱子和手提箱，收拾完后再将它们送到车站。一个身材高大、长相慈祥的女士从大厅走过，她是旅馆的一名雇员，主动提出要帮忙收拾行李。

来回跑了一两次后，萨姆回到车上，再次向那座房子驶去。他口袋里有好几千美元的大面额钞票。他还记得金钱在过去交易中的力量。

"我要看看钱在这儿会发挥怎样的力量。"他想。

进屋后，萨姆发现那个黑发女人躺在客厅的沙发上。他一进门，她就摇摇晃晃地站起来，望着他。

“厨房的橱柜里有瓶酒，”她说，“给我倒杯酒，你怎么还在这儿闲逛？”

萨姆拿着那瓶酒给她倒了一杯，然后把瓶子放在自己的嘴边，仰着头，假装和她一起喝酒。

“你丈夫是什么样的人？”他问道。

“谁？杰克？”她说，“哦，他还不错。他被我迷住了。在我把男人带回家之前，他什么都可以忍受。后来他疯了，离开了。”她看着萨姆，笑了起来。

“我不太在乎他，”她补充说，“他挣的钱不够养活一个活生生的女人。”

萨姆开始谈起她打算买下的那个酒吧。

“孩子们会成为累赘，对吧？”他说。

“我可以出价卖了这所房子，”她说，“我希望我没有孩子，他们的存在确实是累赘。”

“我明白了，”萨姆跟她说，“我认识一个东部的女人，她愿意收养孩子，并将他们抚养长大。她非常喜欢孩子。我想做点什么来帮助你，也许我可以把孩子们带到她那去。”

“看在上帝的分上，伙计，把他们带走吧。”她笑着从瓶子里又倒了杯酒。

萨姆从口袋里掏出一张从市区律师那里弄来的文件。

“找个邻居过来证明一下吧，”他说，“东部的那个女人希望一切按照法律程序走。这个文件可以让你免除对孩子们的所有责任，把责任推到她身上。”

她怀疑地看着他。“这笔钱是干什么的？谁会为了去东部的车费上当受骗？”

萨姆笑着走到后门，对着一个男人大喊，那个男人正坐在隔壁房子后面的树下抽烟斗。

“在这儿签名，”他说，把文件放在她面前，“你的邻居在这个地方签名作证。你一分钱也不会被骗。”

那个半醉的女人疑惑地看了萨姆好长一段时间，然后在文件上签了字。她签完字，又从瓶子里倒了一杯酒，再次躺在了沙发上。

“在接下来的六个小时里，如果有人把我叫醒，我就打死他们。”她说道。很明显，她对自己所做的事情一无所知，但此时的萨姆并不在意。他又变成了一个交易者，随时准备获利。他隐约地感觉到，他可能是在为结束旧生活、拥有自己的新生活而交易。

萨姆静静地走下石阶，沿着山顶上的小街道来到电车轨道旁。中午时分，孩子们放学了,萨姆就坐在学校门外的一辆车里等着。

萨姆开车穿过城市来到联合车站,毫无疑问,三个孩子接受了他和他所做的一切。在车站,他们找到了那个从旅馆来的人,他带着旅行箱和三个崭新的皮箱。萨姆去邮局把几张钞票装进一个密封的信封里,寄给了黑发女人。三个孩子提着箱子在列车棚里走来走去,脸上洋溢着自豪。

两点,萨姆抱着小女孩,左右各坐着一个男孩,坐在一间特等舱里,这架航班即将飞往休所在的纽约。

2

萨姆·麦克弗森是一个充满生气的美国人。他是一个富翁，但他花了那么多时间和精力得来的钱对他来说并没有多大意义。人们眼中的那些更富有的美国人也有同样的感受。发生在他身上的事情也发生在其他人身上，但这个其他人又有多少呢？那些勇气十足的人们有着强壮的体魄和敏捷的头脑，他们出身强大的种族，已经将他们所以为的生命旗帜举了起来，并不断将其发扬光大。但他们渐渐疲倦了，在长长的山坡路上停下，把旗子靠在树上。他们紧绷的大脑放松了些许，强大的信念也变得软弱。古老之神正在死去。

只有在你被迫离开停泊区，
像无舵的船一样漂流时，
我才能靠近你。

旗帜一直由一个充满决心、勇敢坚强的人举着前进。

旗帜上面写着什么？

问得太多也许会招致危险。美国人认为生活必须有重点和目标。我们自称基督徒，却对失败的基督教哲学一无所知。一个人失败了，就等于失去了生命和勇气。长期以来，我们不得不盲目前进。我们必须在森林中开辟道路，建立伟大的城镇。欧洲在世代人的努力下才慢慢崛起，我们现在必须用一生来建设美国。

在我们父辈的年代，到了晚上，在密歇根、俄亥俄和肯塔基的森林中，在广阔的草原上，会听到狼嚎。我们的祖先充满了恐惧，却仍奋力前进，开辟了这片新土地。他们征服了这片土地，恐惧却依然存在，那是对失败的恐惧。在美国人的灵魂深处，狼依然在号叫。

萨姆带着三个孩子回到休身边后，有时他以为自己已经从失败的绝境中成功了。

但他一生都在逃避的东西仍然存在。它藏在新英格兰道路两旁的树枝里，萨姆和两个孩子会在那里散步。晚上，它又透过星星俯视他。

也许生活需要他的认可，但他做不到。或许他的故事和生活会随回家告一段落，又或许回家才是新的开端。

回家本身并不是一件十分愉快的事儿。夜里，一幢房子着火了，孩子们大嚷着。萨姆的心里有了一种鲜活的感觉，这种感觉越来越强烈。

休慷慨大方，但她现在不是当年那个在芝加哥杰克逊公园步行道上的休了，也不是那个试图通过拯救失足妇女来重塑世界的休了。在一个夏夜，萨姆突然带着三个陌生的孩子造访，她有点想哭，有点想家，既慌乱又紧张。

他们沿着石子路从大门口走到房门口时，天已经黑了。萨姆的怀里抱着玛丽，乔和汤姆则严肃庄重地跟在他身边。休刚从前门出来，正好看见了他们，她吓了一跳，还有点害怕。休的头发已经开始变白了，她站在那儿时，萨姆觉得她身材苗条得像个假小子。

休立刻抛开了自己想问许多问题的打算，但她的确问了一个带有嘲讽意味的问题。

“你决定回到我身边了吗？这就是你的归宿吗？”她问道。走到小路上，她看的不是萨姆，而是孩子们。

萨姆没有立刻回答她，这时小玛丽哭了起来，这真是帮了大忙。

“他们一定都想生活在一个吃穿不愁、高枕无忧的地方。”他说，仿佛他回到了久违的妻子身边，带三个陌生的孩子成了家常便饭。

尽管休感到困惑又害怕，但她还是微笑着将萨姆领进了屋。点亮了灯后，突然聚在一起的五个人站在那里面面相觑。两个男孩紧紧相拥，小玛丽则搂住萨姆的脖子，把脸靠在他的肩膀上。萨姆松开她紧握的手，大胆地把她抱进休的怀里。“现在她就是你的妈妈了。”他大胆地说，并没有看休。

这个晚上就这样过去了，萨姆想，自己太愚钝了，但休却是那样高尚。

休心中仍有一种想做母亲的渴望，萨姆敏锐地想到了这一点。这使她对别的事情视而不见，之后她脑子里产生了一个念头，这有可能会使她做出不切实际的举动。晚上稍晚的时候，在这个念头被打破前，她将萨姆和孩子们安置在了房子里。

一个又高又壮的黑人妇女走进了房间，休向她叮嘱了孩子们的饮食问题。“他们需要面包和牛奶，还得给他们找个床。”她说。尽管她脑子里思绪万千，认为他们是萨姆跟别的女人生的孩子，但她还是决定接受他们。“这是麦克弗森先生，我的丈夫，这是我们的三个孩子。”她向那个面带困惑但依然微笑的仆人介绍道。

他们走进一间低矮的房间，透过窗户可以看到一个花园。一个上了年纪的黑人正在花园里拿着洒水罐浇花。房间里还有一点点亮光，这让萨姆和休都很开心。“别带灯，点蜡烛就行了。”休说着，走到门口，站在丈夫旁边。三个孩子激动得快哭出来了，那个黑人妇女对这情形有敏锐的直觉，便不停地说话，努力使孩子们觉得像在自己家一样。她唤醒了孩子们心中的惊奇和希望。“这里有一个马厩，里面有马和牛。明天本会挨个向你们介绍的。”她微笑着对他们说。

休的家和一条下山至新英格兰村庄的小路间有一片茂密的榆树林和枫树林。休和黑人妇女安顿孩子们上床睡觉，萨姆就在那里等着。透过微弱的光线可以依稀看到树干，萨姆头顶上浓密的树枝成了他和天空之间的一道墙。他回到黑暗的小树林里，然后又回到房前的空地上。

他很紧张，心烦意乱，两个萨姆·麦克弗森似乎在争夺他的身体。

其中一个教他要永远谙熟世事，看清一切。他精明能干，有自己的手段，把别人踩在脚下，奋勇向前。他总是想要一直前进，是一个有成就的人。

另一个则完全不同，他埋藏在萨姆内心深处，长期以来被忽视、被遗忘。这是一个胆小害羞、破坏性强的萨姆。他从来没有真正地在人面前呼吸、生活、行走过。

他怎么了？萨姆的生活里没出现过这种胆怯消极的想法。尽管这种想法很强大，但它不是也没让他脱离人生的轨道，成为一个无家可归的流浪者吗？它多次试图表现自己，想要完全控制他。

它又试了一次，萨姆一次又一次地反抗它，把它塞进自己内心黑暗的洞穴里，塞进黑暗里。

萨姆不停地自言自语。也许此时他人生的考验来了。他有了走进生活和得到爱的方法，有了休，和休在一起可以找到爱和理解的基础。后来，萨姆带着这股冲劲继续生活，并将它带给了他找到的孩子们，也带给了休。

萨姆将自己想象成一个真诚谦逊、屈服于生活和各种困难的形象，但他又害怕了。当他看见休的身影，她穿着白色衣服，朦胧、苍白、闪耀地从台阶上向他走来时，他想逃走，想把自己藏在黑暗中。

但萨姆也想跑向她，跪在她脚边，不是因为她是休，而是因为她是人，和他一样充满了人类的困惑。

他还有两件事没做。卡克斯顿的男孩还活在他的心里。萨姆幼稚地昂起头，大胆地向休走去。“现在只有勇敢才可以解决问题。”他不停地自言自语。

萨姆和休走在屋前的石子路上，萨姆胆怯地讲着他的故事，他流浪及寻找真理的故事。当他讲到寻找这些孩子们的故事时，休在小路上停下脚步，站在那儿听着，在半明半暗的光线中，她脸色苍白，神情紧张。

休把头往后一仰，有点神经质地、歇斯底里地大笑起来。“我会把他们都带去，当然还有你。”萨姆走到她跟前，用胳膊搂住她的腰。“我的生活本身并没有变成一件非常鼓舞人心的事情。我已下定决心，把你们带到那儿去住。你离开的两年就像过了一个世纪。我犯了一个多么愚蠢的错误啊。我想他们一定是你自己的孩子，是你找来代替我的其他女人生的。这是个奇怪的想法。为什么奇怪呢，因为两个孩子中较大的那个都快十四岁了吧。”

他们朝房子走去，休让那个黑人妇女给萨姆找了些吃的，并把桌子重新摆好。但到了门口，萨姆停下来了，他找了个理由又走进了树林下的黑暗中。

屋里的灯已经亮了，他看见休从屋前的一个房间穿过，朝餐厅走去。不一会儿，她回来拉了拉前窗的窗帘。他的内心为他准备了一个地方，那是一个封闭的地方，他将在那儿度过余生。

随着阴影的拉动，黑暗笼罩着站在树林里的那个人的身影，也笼罩着他的内心。他内心的斗争更加激烈了。

他能屈服于人，为别人而活吗？他面前是那座看起来黑洞洞的房子，它是一个象征。屋子里有一个叫休的女人，她做好了准备，也愿意和他一起重建他们的生活。楼上还有三个孩子，这三个孩子必须像他曾经做的那样开始自己的生活，必须听他的话，听休的话，也会听到世界上其他人讲的话。他们会长大，然后像他一样，走进人类的世界。

这样做的目的是什么呢？

结束了，萨姆坚信这一点。“把重担推给孩子们是懦弱的。”他自言自语道。

有一种几乎压倒一切的欲望使他转身逃离了这所房子，离开了慷慨接待他的休，离开了他倾心照顾的三个新生命，他将来也必须关心这三个新生命，因为他们抓住了他的心。他的身体为其颤抖，但他仍然站在树下一动不动。“我不能逃避生活，我必须面对它。我必须开始试着理解其他人的生活，去爱他们。”

他告诉自己。一种埋藏在他内心深处的东西在慢慢浮现。

夜变得多么平静啊。萨姆站在树下,一只鸟在一根细树枝上跳来跳去,树叶发出微弱的沙沙声。前后的黑暗就像一堵墙,他必须设法穿过这堵墙进入光明之中。他把手伸在前面,仿佛想推开眼前这团眼花缭乱的黑乎乎的东西,他走出树林,跌跌撞撞地走上台阶,进了屋子。

译后记

出生于美国俄亥俄州的作家舍伍德·安德森(Sherwood Anderson,1876～1941)亲身经历了19世纪中期美国工业革命的蓬勃发展,农业、手工业社会向工业文明加速转化到资本主义物质文明恶性膨胀的发展时期。他对物欲横流的美国工业化社会进行的辛辣批判深刻反射出其渴望充满爱与自由的精神生活。出版于1916年的《饶舌的麦克弗森的儿子》,主要讲述了主人公萨姆·麦克弗森的经历,贫寒出身的他经过努力大获成功,后来却为了追求真理放弃了自己的事业。本书带有浓重的自传体风格,在某些方面反映出了安德森的人生轨迹:摒弃工作,离家出走,开始写作,寻求精神的慰藉和生命的意义。

安德森是美国文学史上现代文体风格的开创者之一,对威廉·福克纳、欧内斯特·海明威等著名作家的影响极大,被福克纳誉为“我们这一代作家的父亲”。安德森的主要代表作有《小城畸人》《前进的人们》《穷白人》等。他的创作颠覆了欧洲文学传统,创新了美国短篇小说形式,对美国的中长篇小说和短篇小说均产生了深远影响。他注重探索人类复杂的内心世界,用最朴实的语言勾勒出一个个丰满的人物形象,注重人物心理发展走向,平平淡淡的叙述中透露着几分灰暗与不安,总能让人产生深切的共鸣。同时,安德森的作品里揭示了工业化时代人类一昧追求物质而忽视精神领域建设的扭曲价值观。他厌恶美国近代工业化社会,渴望昔日淳朴美好的社区生活,因而想要跳出囚笼,寻求一种有意义的生活。

《饶舌的麦克弗森的儿子》中的主人公——萨姆·麦克弗森,小小年纪便辍学在镇上当起了报童,面对只会自吹自擂、不负责任的父亲和处境艰难的母亲,他一开始就坚定“赚钱”才是最值得他追求的事情。从一开始不辞辛苦地卖报到成为买手再到后来去城市发展,最终实现了自己的目标,成为首屈一指的大富豪。但随着财富的积累，其间他也经历了母亲病逝、父子反目、丧子之痛、妻子的疏离等一系列人间悲剧。最终他发现财富并没有给他带来所谓的幸福，却使他看清了物欲横流、不择手段攫取金钱的花花世界的本源。他痛恨宗教的虚伪与人性的泯灭，认为“所有人都在无谓的努力中耗尽了自己，或是误入歧途，迷失了自己”，所以想“重新开始，在工作中寻求真理，不再盯着那些诱人的钞票”。他决心找到一种平静安定的生活方式，在工作中收获幸福，发挥自己的价值，因而开启了他的流浪生活。他尝试着各种各样的工作——搬运工、打谷人、酒保等，并无偿帮助工人维权。一路上遇到形形色色的人，他会认真听着他们的故事，探索着一个个孤独的灵魂。他一直不停地发问，寻找着自我，寻找着自己可以接纳的生活，却一直处于一种混沌的状态。最后他又试着回归家庭生活，不再选择逃避，试图勇敢地面对一切，去触摸生命中的光明。

小说中传达的诸多观念也与当今现实社会有某种程度的契合，里面角色的成长轨迹和心理发展动态也从不同方面折射出社会环境对人的影响以及人对生命之路的探索。近百年后的读者再看这本小说也一定定会产生心灵上的共鸣。在经济发展变化迅速的当今社会，我们究竟要如何找寻自我，为人生的前进做出选择，过上一种更有意义的生活。让我们跟随安德森的笔触，一起开启探寻灵魂深处的思索之旅。

本书是国家社会科学基金一般项目“20世纪二三十年代美国文学中的中国文化研究”(17BWW020)的成果和拓展，也是《文学翻译》课程教学案例库建设与实践(ALK202214 SDYAL2022161)的阶段性成果。钟京伟、张红菊、徐慧娟、王薇等负责本书的整体选材、策划和审阅。章节分工大体如下：第一卷：王薇翻译第1～4章，蒋凤翻译第5～8章；第二卷：翟佳琪翻译第1～3章，宋美婷翻译第4～6章，张锦歆翻译第7～9章；第三卷：王子豪翻译第1～4章，张刘洋翻译第5～6章；第四卷：张刘洋翻译第1～2章。在本书翻译过程中，王桂云教授、邹爱民教授睿智、豁达的人生态度以及山东协和学院及其外国语言文学文化研究团队对我们持续、坚定的支持，使得我们信心倍增！王素琴教授一直帮助我们完成译稿的审定，在此表示衷心感谢！感谢舍伍德·安德森的不朽作品到目前仍然给大家启迪！感谢为本书出版倾注了情感和汗水的译者和山东大学出版社的朋友们，由于大家的辛勤付出，本书才得以按时付梓。由于译者才疏学浅，书中不当之处，尚祈读者批评指正。

2022年9月